밤,
사랑은
아무도 모르게
꽃 핀다

하정우 장편소설

# 밤,
# 사랑은
# 아무도 모르게
# 핀다

night,
secret,
love blossom

가하

사랑은
아무도 모르게
꽃 핀다

**지은이** 하정우
**펴낸이** 이형기
**펴낸곳** 도서출판 가하

**초판인쇄** 2014년 10월 27일
**초판발행** 2014년 11월 4일
**출판등록** 2008년 10월 15일 제 318-2008-00100호

**주소** 서울 영등포구 양평로 67, 1209 (당산동5가, 한강포스빌)
**전화** 02-2631-2846 **팩스** 02-2631-1846

www.ixbook.co.kr

ISBN 979-11-295-0099-1 03810

값 9,000원

5

프롤로그

희은은 입술을 잘근잘근 깨물었다.

서른 살이나 넘었을까? 여자는 생각보다 너무 어려 보였다. 화장기 하나 없는 얼굴은 창백하다 못해 푸르게 보일 지경이었고, 계절에 맞지 않는 옷을 입고 있었다. 슈트 차림의 남녀가 바쁘게 오가는 테헤란로(路)에서 그녀는 이질적인 존재였다. 본인도 그것을 의식한 듯 한참 기가 죽어 있었다.

"제, 제가 도무지 이해가 안 가서요."

고개를 푹 숙인 채 이야기하는 여자의 얼굴을 희은은 제대로 볼 수가 없었다.

변호사가 되고 나서 항상 느끼는 것이었다. 법과 현실의 괴리. 정의의 여신은 눈을 가린 채 한 손에는 칼을, 한 손에는 천칭을 들고 있다. 저울은 엄정한 정의의 기준을, 칼은 그 정의를 실현하기 위한 힘을 상징한다. 정의의 여신이 눈을 가리고 있는 것은 이러한 정의를 판단하는 데 사사로움을 떠나 공평성을 유지해야 하기 때문이다.

하지만 그게 정말 옳은가?

막상 현역에서 뛰고 있는 희은의 입장에서 말하자면, 정의는 힘센 자들의 정의였고 아는 자들의 정의였다. 아직까지 우리나라는 법이 먼 경우가 많아서, 법을 잘 모르는 사람들은 분명 정의가 그들에게 있음에도 불구하고 당하고 있을 때가 많다. 대부분 영악하게 자기입장을 계산하는 것과는 거리가 먼 순박한 사람들의 경우였다.

눈앞에 있는 여자도 그랬다. 여섯 살 난 아들이 버스에 치여 사망한 후, 그녀는 버스조합회사와 지루한 싸움을 이어가고 있었다. 하필 사고 난 운전기사가 면허정지 기간이었던데다가 말이 엇갈리고 있지만 회사에 그 사실을 보고하지 않았을 가능성까지 대두되며 회사는 그녀가 청구한 사망공제금 지급을 거절했다.

"제, 제가 아들 팔아서 먹고살려고 하는 건 아닌데요."

생각만으로도 눈물이 그렁그렁해져서 여자가 숨을 삼켰다.

희은이 맡고 있는 건이었기 때문에 그녀는 여자의 사정을 정확히 알고 있었다. 남편은 천하의 죽일 놈으로 거의 집안 가계에 도움이 되지 않았고, 여자가 마켓의 캐셔로 일하며 생활을 꾸려나가고 있었다. 그러던 중 시댁에 맡겨놓았던 아이가 집 앞 2차선 도로에서 놀다가 사고를 당했으니 억장이 무너질 게다.

"나, 남편이…… 나가서 해결해 오라고……."

낯도 모르는 남자에 대한 분노가 휘몰아쳐 희은은 눈을 감았다. 분노의 방향은 명확하지 않았다. 자식이 죽었는데 아내의 등을 밀어 어떻게든 해보라고 하는 남자를 향한 것인지, 아니면 사망사고가 났는데도 이해득실을 따져야만 하는 회사의 입장을 향한 것인지, 정당한 자신의 권리임에도 아들의 목숨값이라 요구하는 것조차 염치없게 만들어버리는 사회를 향한 것인지 모르겠다.

확실한 건, 성희은은 회사 측의 변호사라는 것뿐이었다.

"저기요……. 저한테 말씀하시면 안 돼요. 전 상대변호사니까 도움을 드릴 수 없어요."

여자가 어쩔 줄 모르고 눈을 치켜떴다가 입술을 앙다물며 내리깔았다.

"혼자서 처리하시기는 힘들 거고요. 변호사를 선임하시거나……."

아마도 여자에게는 변호사를 선임할 만한 비용이 없을 거란 생각이 들었다.

"법률구조공단이라고 아세요? 전화번호가……."

희은은 휴대전화를 뒤져 법률구조공단의 번호를 알아낸 다음 수첩에 적어 여자의 손에 쥐어주었다.

여기까지는 괜찮았다. 문제는 그러고도 어쩐지 마음이 놓이지 않아 하지 말아야 할 말까지 하게 되었다는 거다.

"판례가 있을 거예요. 비슷한 사례에 대한. 법률구조공단의 변호사를 만나면……."

법률구조공단의 변호사를 믿지 않는 것은 아니지만, 개인변호사에 비해 수많은 의뢰인을 만나야 하니 과부하라도 걸리면 놓치고 지나가는 부분이 있을지도 몰라 무심코 자세히 가르쳐주고 만 희은은 여자의 손을 꽉 잡으면서 당부했다.

"제가 이렇게까지 말씀드렸단 말씀은 어디서도 하시면 안 돼요. 지금 제가 말하다 보니 내부정보까지 말씀드린 셈이 되어버려서…… 아시겠죠?"

"예, 예."

여자는 허리를 꾸벅이며 감사를 표했다. 짧게 희망을 준 것만으로도 안심이 되었는지 아까보다 혈색도 훨씬 좋아졌다.

뒤돌아서는 여자를 보면서 희은은 반성했다. 아무리 안쓰러워도 변호사로서는 자격미달이다. 개인적으로 희은은 사회가 사회적 약자들에 대한 배려를 늘려야 한다고 믿는 입장이지만, 변호사로서 그녀는 법률만 다뤄야 하는 게 맞았다. 그게 원칙이었다. 옳고 그름을 가리는 것은 성희은이 아닌 법이어야만 하니까.


찰칵, 찰칵, 찰칵.

심각한 표정으로 서 있는 희은의 얼굴이 프레임에 담겼다. 아까부터 연속으로 셔터를 누르던 손이 멈칫한 것은 계절에 맞지 않는 옷을 입은 여자가 다가왔기 때문이다.

"저기……."

"예."

카메라를 들고 있던 손을 내리며 남자가 여자를 바라보았다.

"말씀하신 대로 저 변호사님께 여쭤봤더니 이것저것 알려주셨어요. 제가…… 이제 어떻게 하면 되나요?"

"저 변호사님이 말씀해주신 대로 하면 되죠."

남자가 싱긋 웃었다. 그리고 웃차 가볍게 움직여 여자의 가방 속에 넣어두었던 녹음기를 꺼내 들었다.

"자, 이제 가서 볼일 보세요. 정의는 아줌마에게 있으니 걱정하지 마시고요."

어딘지 서늘한 억양을 가진 남자를 잠시 올려다보았던 여자는 고개를 끄덕이고 돌아섰다.

남자가 시키는 대로 했더니 좋은 변호사에게 상담도 받을 수 있었고 좋았다. 친절한 변호사였다. 만족한 그녀는 변호사가 알려준 조언을 기억하며 법률구조공단으로 향했다.


"휘유."

여자가 떠나자마자 이어폰을 귀에 꽂고 녹음한 희은의 조언을 듣던 남자가 길게 휘파람을 불었다. 마음 약한 여자니 걸려들거라고 생각했지만 이렇게까지 자세히 조언해줄 줄은 몰랐다. 웬만한 변호사들은 상담료를 십만 원씩 받으면서도 이렇게 안 해준다. 과연 성희은이다. 하나도 안 변했다.

만족스러운 얼굴로 선협은 길게 기지개를 편 다음 사람이 많

11

은 테헤란로를 가로지르기 시작했다. 누구에게나 눈에 띌 법한 키와 외모, 그리고 몸매를 가진 남자였지만 이내 인파에 가리어지며 그는 마침내 완벽하게 서울 안에 몸을 감췄다.

01.

역광이었다. 등 뒤에서 비추는 빛을 가리고 선 선협의 그림자 속에서 희은은 새삼 그가 대단히 커다란 남자라는 것을 실감했다. 문명이라는 합의된 안전지대 속에서 잘빠진 슈트에 가려져 있을 때는 그저 늘씬하게만 느껴졌던 육체는 당장이라도 그녀의 목을 물어뜯을 것 같은 포식자의 사나운 기색을 뿜어내고 있었다.

희은은 위기감에 저도 모르게 주춤 몸을 뒤로 밀었다. 호텔처럼 깔끔한 침구와 인테리어의 집은 선협의 소유였다. 집으로 오라고 하지 않았더라도 그의 요구는 지극히 간단했기 때문에 이런 일이 있을 줄 알았다.

"서, 선협 씨?"

알고 있었지만, 막상 닥치자 가슴이 울렁거리며 두려워졌다. 쉽게 생각하려고, 아무것도 아니라고 생각하려고 했지만 잘되지 않았다. 심지어 이게 진짜 옳은 판단인지조차 헷갈렸다. 머리와 몸이 완전히 분리될 때의 통증인 듯 온몸이 벌벌 떨렸다.

상대는 이선협이다. 그것도 문제였다. 희은은 그녀가 이선협을 상대로 겁을 먹을 일이 있을 거라고는 생각조차 해보지 못했다. 심지어 그가 표정 하나 변하지 않고 협박해 올 때도 이렇게까지 무섭진 않았다.

바보라도 되어버린 걸까? 머릿속이 엉망진창이었다. 도대체왜 이렇게 되어버렸을까?

"무서워할 필요 없어."

짧게 날아온 목소리는 두 가지를 시사했다. 괜찮은 척하려고했지만 희은이 잔뜩 겁먹은 게 보인다는 것, 그리고 돌이키기엔너무나 늦었다는 것.

"서, 선협 씨…… 한 번만, 한 번만 다시 생각해보면 안 될까?"

빛을 등진 채 남자는 잠깐 희은을 바라보았다. 표정이 보이지 않았기 때문에 도무지 그 심중을 짐작할 수 없어 희은은 목이탔다.

"생각한다고 해서 달라질 게 있을 거 같지 않은데."

평소와는 아주 다른 말투, 아주 다른 상황. 희은은 마치 지독한 악몽을 꾸고 있는 것 같았다.

"그래도 생각해보고 싶다면, 좋아. 셋을 세지."

차가운 선언에 카운트다운이 시작되기도 전에, 희은은 이미자신이 어떤 선택을 할 것인지를 깨달았다. 어떤 선택을 할 수밖에 없는지.

하지만 선택의 여지가 없다. 선택의 여지가 있었다면 여기까지 오지도 않았을 거다. 그녀는 이제 겨우 스물아홉 살이었다. 염원하던 법조인의 길을 걸은 지 5년도 되지 않았다. 앞으로 하고 싶은 것도 많았고, 무엇보다 그녀는 변호사가 천직이었다. 지금 당장은 하고 싶은 일만 할 수 없었지만, 좀 더 스킬을 닦고 경력을 늘려 나중에는 반드시 법으로 많은 사람을 구할 수 있는 그런 변호사가 되고 싶었다.

하지만 여기서 윤리위원회에 회부된다면 희은의 꿈도 끝이었다. 특히 의뢰인의 신뢰를 배반했다는 파트는 최악이었다. 아무리 그녀가 약자를 돕겠다는 충동에 순간적으로 선을 넘은 것이라 하더라도 법이 그랬다. 희은 자신도 스스로의 실수를 인정하는 중이었다.


「딱 열 밤만. 열 밤만 나한테 주면 돼.」


'아무것도 아니다. 이런 건 아무것도 아니야. 눈을 감고, 아무것도 느끼지 않고, 그냥 잠깐 버티면 되는 거야. 지금만 참으면 아무 일도 없었던 것처럼 다시 일상으로 돌아갈 수 있을 테니까. 딱 열 번으로 되는 거라면 그게 낫지 않을까?'

"하나."

정말 그게 되는 걸까? 지금 일어나고 있는 이 일이, 오히려 더 돌이킬 수 없는 것은 아닐까?

"둘."

두서없이 머릿속에서 논리적이지 않은 생각들이 엉켜들었
다. 희은은 지금 전혀 이성적이지 못했다. 사나운 포식자의 앞에
서 도망칠 의욕도 그렇다고 덤빌 의욕도 완전히 상실한 피식자
에 불과했다.

"셋."

감정이 섞이지 않은 카운트다운의 끝과 함께 남자는 순식간
에 거리를 좁혔다. 방 한가운데 서 있던 희은은 그 기세에 눌려
황망히 침대에 주저앉았다. 올려다본 남자는 너무나 낯설어서,
그녀가 알던 이선협인지 알 수가 없었다.

아는 것은 다음 순간 희은은 눈을 감았고, 선협의 입술이 희
은의 입술을 단단히 덮었다는 것이다. 더 이상 다른 생각은 용납
하지 않는다는 듯한 단호한 입맞춤에 그녀는 비명을 삼켰다. 겹
쳐오는 입술을 피하려 고개를 비틀자 강한 힘이 턱을 쥐고 돌려
다시 각도를 맞췄다. 그러고 나서 침범하는 혀는 거절을 벌주려
는 듯 더욱 단호하고 강렬했다.

'왜 이렇게 됐을까? 어쩌다 이렇게 됐을까?'

입술을 탐하는 뜨거운 입술과 단호하게 몸을 쓸어 올리는 손
을 버텨내며 희은은 알 수가 없었다.

코끝을 확 덮쳐오는 머스크 향은 분명 이선협의 것이 맞았
다.

그녀의 양팔을 단단히 속박하는 커다란 손의 느낌도 이선협 맞다.

하지만 이 힘…… 그녀를 밀어붙이는 강한 완력은 이선협답지 않았다.

무자비하게 입술을 벌리고 들어온, 말캉하지만 입 안을 꽉 채우도록 두꺼운 혀의 감각은 언제나 선이 분명한, 다정한 남자와 어울리지 않게 흉포했다.

희은의 호흡을 모두 들이마셔 버리려는 듯 강하게 흡입하며 선협은 그녀의 목덜미를 쥐어 천천히 눕혔다. 속절없이 그가 이끄는 대로 몸을 눕히며 그녀는 옷이 벗겨지는 것을 느꼈다. 선협은 솜씨 좋게, 입술을 떼지 않은 채로 희은의 블라우스 단추를 뜯어내듯 풀어 헤쳤다.

순식간에 슬립이 드러났다. 블라우스가 비칠까 봐 꼭 챙겨 입는 슬립은 지금 완전히 무방비 상태로 몸을 내주고 있는 희은의 유일한 방어막이 되고 있었다. 치마 아래까지 연결되어 있는 슬립 덕에 선협은 빠른 속도로 그녀를 벌거숭이로 만들지 못하고 있는 것이다.

"아흑!"

폭풍처럼 몰아붙이는 선협의 키스에 정신을 차리지 못하고 있던 희은은 거칠게 가슴을 움켜쥐는 손에 신음을 내뱉었다. 그와 동시에 다른 가슴 위로 축축한 체온이 덮였다. 옷 채로 가슴을 크게 한입 베어 문 선협이 다소 강한 힘으로 흡입했다.

브래지어와 슬립을 통해서도 분명히 느껴지는 선협의 감각에 희은의 아랫배에 힘이 들어갔다. 절로 숨이 멈추며 허리가 들썩였다.

이게 도대체 무슨 일인가? 분명히 싫을 거라고 생각했는데, 기분이 나쁠 거라고 여겼는데, 끔찍하게 느껴질 거라고 확신했는데……. 거칠게 희은을 갖는 선협의 움직임은…… 거친데도, 사나운데도…… 다리 사이가 뻐근해지며 뜨겁게 달아오른다. 느리고 무게감 있는 움직임은 전혀 무례하지 않았고 오히려 마치, 마치, 마치…… 그녀를 절박하게 원하는 것 같다. 그리고 그녀는 거기에 반응해…….

"하악!"

가슴을 아플 정도로 강하게 흡입하며 선협은 치마의 버클을 풀고 지퍼를 내렸다. 지익 하고 지퍼가 내려가는 소리가 건조하게 나자마자 순식간에 치마는 아래로 내려졌다. 희은이 할 수 있었던 일이라고는 선협의 타액에 축축하게 젖어가는 슬립을 느끼며 몸을 떠는 일뿐이었다.

"아흥…….

고개를 뒤로 젖히며 희은은 자기 자신이 내는 것이라 믿을 수 없는 소리를 냈다. 잔뜩 발정난 고양이 같은 소리가 절로 코에서 흘러나왔다. 정신이 하나도 없었다. 뭐가 뭔지 알 수 없는 채로 몸이 뜨거워졌고 손발이 저절로 움직였다. 손이 어느새 선협의 등을 감싸고 있었다.

그러는 동안 선협의 입술이 젖을 대로 젖어버린 가슴 부위에서 떨어져 아래로 흘러내렸다. 커다란 손으로 희은의 골반을 잡은 채 그는 뜨거운 입김을 그녀의 배 위로 쏟아부었다. 그가 깊게 숨을 들이쉬고 내쉬는 것이 얇은 실크 천 하나로 가려진 납작한 배 위에서 그대로 느껴졌다.

"아……."

희은은 신음을 흘리며 다리를 세워 벌렸다. 그의 손이 닿는 곳마다, 그의 호흡이 닿는 곳마다 세포 깊이 근질거렸다. 알 수 없는 기운이 몸 안에서 꿈틀대고 있었다. 뜨거운 혀가 배를 슬립 위를 길게 핥으며 손이 슬립 아래로 진입한다.

"으으응……."

커다란 손이 천천히 팬티의 모양대로 움직이며 혀로 배와 골반 뼈를 핥아대자 희은은 엉덩이를 비틀었다. 갑자기 늦춰진 속도가 고통스러웠다. 어처구니없지만, 처음처럼 그녀를 아예 집어삼켜줬으면 좋겠다는 조바심이 일었다. 몸속에 뜨겁게 꿈틀대고 있는 무언가가 식을까 봐 두려웠다. 한쪽 다리로 그의 엉덩이를 감아 슬쩍 당겨보았지만 그는 이미 젖을 대로 젖어 있는 팬티 위로 그녀를 슬슬 자극할 뿐 당최 팬티를 벗겨낼 생각이 없어 보였다.

이런 상황에서 이렇게 빨리 완전히 젖어버릴 줄 생각도 못 했지만, 그보다 더 놀라운 것은 이선협을 이렇게 원하게 되었다는 것이다. 역시 인간은 짐승에 가까운 걸까? 이렇게 금방 반응해버리다니, 성희은이 지금껏 믿어왔던 인간의 자유의지와 이성은 뭐가 되는가? 뜨겁게 안아오는 선협의 체온에 제대로 생각하기가 점점 어려워졌다. 속도가 늦어진 게 다행이라고 생각하기는커녕…… 머릿속이 엉망진창이다.

"해달라고 말해."

천천히 맛을 보듯 희은의 단전과 골반에 입을 맞추며 선협이 명령했다. 그의 손은 그녀의 엉덩이와 골반, 허벅지께를 부드럽게 쓸고 있었다. 그의 손이 닿을 때마다 그대로 녹아버려도 하나도 이상하지 않을 것 같았다.

'뭐라고 했지……? 해달라고…… 말하라고?'

외국의 19금 드라마에서나 나올 법한 대사에 희은은 경악했다. 성적으로 훨씬 자유분방한 미국에서는 이런 식으로 서로를 안달 나게 하거나 명령하거나 자극적인 언어를 주고받기도 한다고만 받아들였다. 막상 경험하자…… 오, 맙소사. 희은은 꽉 깨문 이빨에 힘을 주었다. 불쾌감과 수치심, 그런데도 이해할 수 없는 흥분이 온몸을 쓸고 지나간다. 항상 예의 바르던 이선협의 자극적인 반말이라니. 그것도 이렇게, 노골적인.

"말해."

달떠서 혼몽한 머리로도 희은은 강렬히 반발했다. 오늘 이 정사는 오롯이 선협의 협박에 의해 그녀가 어쩔 수 없이 응한 것 아니던가? 해달라니…… 마치 원하는 것처럼 그를 보채라니…… 말도 안 되는 일이었다.

"응?"

이제 선협은 천천히 손가락을 그녀의 팬티 위로 움직였다. 삼각선을 따라 쓸어내리고, 손가락이 다녀간 자리를 입술이 지나가고, 축축하게 젖어 있는 아랫부분을 문지르고…… 그리고 온몸에 수없이 쏟아지는 키스, 키스, 키스.

"하악…….”

분명한 압점을 지니고 피부를 누르는 선협의 손과 혀의 움직임에 희은은 숨을 제대로 쉴 수가 없었다. 입을 벌리고 헐떡거려도 산소가 몽땅 사라지기라도 한 듯 숨이 막혔다. 근질근질 기어다니는 감각이 온몸으로 번지고 있었다.

"싫……어.”

간신히 거부의 의사를 표하고 있었지만 희은은 울고 싶었다. 머릿속에서 느껴지는 거부감과 몸의 반응이 너무나 달랐다. 흥분할 대로 흥분해 클리토리스가 예민해져 팽팽해진 것이 민감한 부위에 고스란히 느껴졌다. 두툼한 언덕에 피가 쏠리며 모든 신경이 다 그곳으로 집중된 것만 같았다. 이러다가는 일의 앞뒤를 잊어버리고 진짜 이선협의 허리춤을 붙잡아 자신의 안으로 집어넣을 것만 같았다.

"생각이 많군.”

피식 웃으며 선협이 손가락을 팬티 속으로 진입시켰다. 축축하게 뜨거운 계곡 위로 손가락을 쓱 문질렀을 뿐인데도 잔뜩 예민해져 있던 감각이 희은을 덮쳤다. 하악 하고 마른 소리를 내며 허리를 든 희은이 바르르 떨었다. 모르는 척 선협이 손가락을 클리토리스에 스칠 때마다 온몸이 흐느껴 우는 느낌이었다.

몸을 약간 세워 팬티를 벗겨낸 선협이 희은의 양다리를 벌리게 하고 입술을 검은 수풀에 파묻었다. 혀를 세워 단단히 성이 나 있는 작은 살점을 살짝 건드린 그는 손가락을 그녀의 안쪽으로 진입시켰다.

아주 가까운 곳, 하지만 분명히 다른 두 곳에 동시에 쏟아지는 자극에 희은이 숨을 멈췄다. 몸은 뜨거워져 있었고, 정신은 나가버릴 것 같았지만 그녀가 비명을 지르지 않도록 붙잡고 있는 것은 한 조각쯤 남은 그녀의 이성이었다. 느끼지 않는 것은 불가능했지만 적어도 이 모든 상황에 협조적이지는 않겠다는 연약하고 무의미한 자존심만이 지금 그녀를 지탱해주는 것이었다.

그렇게 희은이 비명을 꾹 누르는 동안 선협은 손가락을 그녀의 안쪽 깊숙이 찔러 넣고 움직이고 있었다. 손가락이 움직일 때마다 내벽을 긁어내는 듯한 감각과 함께 아직도 클리토리스께에 머물고 있는 입술과 혀가 닿을 듯 말 듯 클리토리스를 자극했다. 그것이 더 미칠 지경이었다. 무식하게 빨아댔다면 이러진 않았을 텐데 마치 건드릴 듯 건드리지 않고, 닿지 않을 듯 자극하는 그의 입술과 느리게 움직이는 손 때문에 희은은 미칠 것 같았다. 그의 손이 축축이 젖다 못해 완전히 그녀의 체온과 같아져 어느새 손가락이 두 개, 세 개로 늘어 그녀의 안쪽으로 드나들고 있다는 사실도 눈치 채지 못할 정도였다.

"흐으……."

온몸을 기어 다니는 감각을 감당하지 못한 희은이 온몸을 부르르 떨었다. 희미하지만 오르가슴이 그녀의 가장 예민한 부위에서부터 산들거리기 시작해 온몸으로 번지고 있었다. 마치 잔잔한 호숫가의 물결 같은 그런 감각이었다.

선협은 아직 시작도 안 했는데 벌써부터 위험조짐이 느껴지는 것은 나쁜 징조였다. 정말이지 느끼고 싶지 않았다. 이런 상황에서, 정말이지 느끼고 싶지 않다.

"그러면 좀 나아?"

선협이 몸을 위로 당겨 희은의 뺨에 입을 맞췄다. 손가락은 여전히 그녀의 안에 넣은 채였기 때문에 희은은 허리를 들썩여야만 했다. 바뀐 손가락의 각도 때문에 자극받은 클리토리스가 혼자서 부르르 떨었다. 무얼 들은 건지 모르는 채로 희은이 열에 달떠 희미한 눈으로 선협을 바라보았다.

"……뭐?"

"이렇게나 느끼면서…… 날 원하지 않는다고 합리화하면 마음이 편해? 나 같은 놈은 모르겠어. 내가 널 이렇게 즐겁게 해주려고 하고 있는데……."

"이건 네가…… 협박……."

숨이 막혀 띄엄띄엄 고집을 피우는데…… 선협의 시선이 느껴졌다. 무언가 슬픈 듯한. 하지만 그것은 잠시뿐이었다. 이내 선협은 희미하게 웃고는 그녀의 안에 넣은 손가락을 위쪽으로 세워 긁었다.

"하악!"

희은이 허리를 꺾었다. 완전히 달떠 뺨이 아니라 온몸이 핑크빛으로 물든 희은의 머릿속에 무언가 떠올랐더라도 순식간에 사라졌다.

"좋아. 그게 편하다면."

"장난치지…… 마."

무슨 말을 하는지 당최 알 수 없는 선협을 원망하듯 희은이 신음했다.

"장난?"

당치도 않은 소리를 말라는 듯 선협이 자세를 바꿔 그녀를 타고 올랐다. 다리를 벌리게 하고 엉덩이를 움켜쥔 손이 질척거리는 것이 느껴졌다. 희은은 허벅지까지 젖어 있는 상태였다.

희은은 약간 몸을 세워 그녀의 다리 사이에서 자세를 잡는 선협을 바라보았다. 더 이상 얼크러질 수 없을 정도로 얼크러져 있는 머릿속이지만 다시 뭔가가 떠오를 것 같기도 했다. 항상 사람 좋아 보였던 이선협의 이면에서, 뭔가가 분명…… 저 평소와 다른 눈빛에서…….

하지만 찰나 지나갔던 무언가는 선협이 오만하게 턱을 치켜들며 자신을 조준하는 모습에 다시 사라져버렸다. 다리 사이가 아프도록 긴장해 있었다. 그녀가 느끼는 모든 감각이 모순이라는 것조차 깨달을 수 없을 만큼 희은은 극도로 흥분해 있었다.

"아악!"

선협이 단숨에 희은을 꿰뚫어 올리는 순간 희은은 자존심이고 뭐고 모두 잃고 비명을 질렀다. 커다랗고 뜨거운 몽둥이가 몸 안으로 찌르고 들어온 것만 같았다. 온몸이 그대로 두 쪽 나도 조금도 이상하지 않을 것 같은 묵직한 감각이 몸을 채웠다. 그가 자신을 깊이 박아 넣는 순간 내장이 밀리는 감각이 그대로 느껴졌다.

"하아…… 하아…… 하아……."

선협이 잡아당긴 대로 허리를 약간 들고 머리는 베개에 파묻은 채로 희은은 입을 크게 벌리고 뜨거운 숨을 내뱉었다. 아래가 움찔움찔 제 멋대로 움직이고 있었다. 이선협은 그저 한번 움직인 것뿐인데 머릿속이 검게 암전되어버렸다. 온몸이 바들바들 떨렸다.

"괜찮아?"

괜찮냐고 물었지만, 선협은 기실 그녀의 안녕에 큰 관심이 없는 듯했다. 그녀가 뭐라고 대답하기 전에 몸을 슬쩍 뺐다가 도로 찔러 넣은 것이다. 아까보다 더 깊고 강하게. 더 깊을 수는 없다고 생각했는데 더더욱 깊게.

"아흑!"

선협이 손을 내려 희은의 골반을 단단히 쥐었다. 그것이 속도를 높이겠다는 신호 같아서 희은은 정신을 차리려고 노력했다. 하지만 다른 생각을 할 틈이 없었다. 그가 그녀의 안으로 들어온 이후부터 그녀가 할 수 있는 것은 숨을 놓치지 않도록 바짝 긴장하는 것뿐이었다.

"하악!"

선협이 허리를 뺐다 넣자 희은이 손이 허공을 짚었다. 하지만 그 손이 떨어지거나, 혹은 원하던 그 무엇을 쥐기 전에 다시 선협은 진퇴를 거듭했고 결국 그녀는 시트를 움켜쥔 채 계속 숨을 쉬려고, 혹은 몸이 두 쪽 나지 않도록 힘을 주고 있을 수밖에 없었다. 덜컥덜컥 선협의 속도에 몸이 흔들릴 때마다 영혼이 다 흔들리는 듯했다.

"아, 아 안 돼. 잠……깐."

쥐어짜는 듯 애원을 뱉어낸 것은 그가 그녀의 몸을 살짝 옆으로 돌려 자세를 바꿨을 때였다. 너무나 쉽게 그녀를 엎드리게 만든 그가 그녀의 무릎을 침대 위로 세웠다. 등 뒤에 뜨거운 호흡이 느껴지나 했더니 축축하고 두껍고 뜨거운 혀가 등줄기를 따라 쭉 핥아 올랐다.

"악!"

그리고 목덜미로 이어지는 여린 살점을 꽉 깨문다. 분명 아플 정도로 깨문 것은 아닐 텐데 희은은 순간 그가 그녀를 잡아먹으려는 것이 아닐까 하는 비정상적인 두려움에 시달려야 했다. 이대로 죽을지도 몰라. 그의 커다란 손이 그녀의 가슴을 꽉 움켜쥐며 그의 가슴에 그녀의 몸을 당겨 붙였다.

"자, 잠깐. ……악!"

희은은 다시 한 번 대화를 시도해보았지만 선협은 전혀 관심이 없어 보였다. 말이 제대로 끝나기도 전에 그가 뒤에서 다시 그녀의 안으로 들어왔다. 정상위였을 때와는 비교할 수도 없을 정도로 깊이가 깊었다.

배 속을 휘젓고 다니는 그의 거대한 물건이 고스란히 느껴졌다. 그의 습기에 찬 숨결이 등 뒤에서 뜨겁게 뜨겁게 흩어진다. 머리꼭지까지 흥분해 있는 강한 수컷의 페로몬에 그녀는 아득함을 느꼈다.

그대로 몸을 붙인 채 선협은 잠시 멈춰 있었다. 이내 희은은 그가 어째서 바로 움직이지 않는지 깨달을 수 있었다. 방금 위에서 그녀의 안으로 들어올 때도 그랬었다. 그는 그녀가 그의 크기에 적응할 수 있는 시간을 주고 있는 것이다.

그가 다시 움직이는 순간 그녀는 그것을 깨달을 수 있었다. 느리게 그가 허리를 빼는 순간, 그리고 다시 찔러 넣는 순간이 너무나 선명하고 강렬해서 바보라도 알 수밖에 없었다.

"아흑! 아……흑!"

버티려고 노력했지만 선협의 힘에 몸이 앞으로 쏠리듯 무너졌다. 그래도 그는 멈추지 않았고, 그녀의 허벅지를 잡은 채 묵직하게 그녀의 안으로 진입하는 일만을 반복했다. 상체가 춤을 추듯 흔들리지 않기 위해 몸을 바짝 침대에 붙이고 희은은 입을 벌려 헐떡댔다.

허리 아래로는 그녀의 몸이 아닌 것만 같았다. 두껍고 단단하고 미끄러운 살덩이가 그녀의 안으로 깊이깊이 침입할 때마다 몸은 속에서 무언가 불을 지피듯 뜨거워지고 있었다.

그 불길은 점점 아프도록 뜨거워지더니 이윽고 폭발을 일으켰다.

"아악!"

"윽!"

희은이 머릿속을 가득 채우는 하얀 빛의 폭발에 비명을 지르자마자 선협이 동시에 인상을 쓰며 움직임을 멈췄다. 그의 분신을 마구 조여대는 희은의 수축이 너무나 강했기 때문이다. 그는 몸을 바짝 수그려 그녀를 안았다.

"아악! 아악! 아악!"

누가 들으면 그녀가 맞고 있는 줄 알 정도로 희은은 정신없이 소리를 질러댔다. 오르가슴은 길고 깊게 그녀를 훑고 지나갔다. 그녀의 내부는 오래, 강렬하게 진동했다.

"으흑!"

결국 버티던 선협도 그녀의 안에 파정하고 말았다. 뜨겁고 풀내 나는 감각이 하체에 번지는 순간, 그는 허리를 깊이 밀어 넣었다. 더 깊게, 그녀의 작은 움직임 하나도 모두 그에게 느껴지도록.

빛과 어둠이 두 사람을 뒤흔들어놓고 마침내 가라앉은 후, 선협은 눈을 감은 채 시체처럼 늘어져 가는 숨만을 내쉬고 있는 젖은 희은의 관자놀이에 입을 맞췄다.

"콘돔은 언제 한 거야?"

선협이 뒤처리를 하는 모습을 멍하니 보고 있던 희은이 놀란 눈으로 상체를 조금 세우려다 포기하며 물었다.

"몰랐다니, 칭찬으로 듣지."

희은이 미간을 찡그리며 억지로 몸을 약간 일으켰다.

"그런데 아까부터…… 선협 씨 왜 반말해?"

실오라기 하나 안 걸친 몸으로 콘돔을 처리하고 물을 따르던 선협이 멈칫 멈추고 희은을 돌아보았다. 어둠 속에서 그의 눈은 희미한 안광을 발하고 있었다.

묘한 눈이었다. 6개월 전 이선협이라는 남자가 사무실에 처음 들어온 이래 단 한 번도 이 남자가 저런 포식자의 눈빛을 하고 있다는 걸 상상 못 했는데.

그래서 처음 그가 협박 비슷한 걸 시작했을 때도 위기감이 없었던 거다. 저 눈빛을 보고 나서야 농담이 아니라고 생각했으니까. 아니, 어쩌면 그의 집에 올 때까지만 해도 심각성을 100퍼센트 느끼고 있는 중은 아니었을지도 모르겠다. 모르겠다. 모르겠어. 머릿속이 엉망진창이었다.

표정 없이 희은과 시선을 맞추고 있던 선협이 두서없는 희은의 머릿속을 들여다보기라도 한 것처럼 피식 웃었다. 그러고는 들고 있던 물 잔을 단숨에 비우고 침대로 다가와 희은의 턱을 잡아 올린다.

"어쩌려고 그러지? 이런 상황에 이렇게 예쁜 눈으로 귀여운 걸 따지면."

"뭐?"

몸을 반은 침대에 뉘인 채 상체만 조금 들고 있었던지라 아주 가까이에서 늘어져 있는 선협의 물건이 보였다. 아니, 늘어져 있어야만 하는 그의 물건이 보였다. 방금 전 미친 듯한 정사를 끝낸 그 물건은 어느새인가 다시 힘이 들어가 고개를 들고 있었다. 희은은 아무것도 못 보았다고 생각하려 애쓰며 시선을 피했다. 하지만 이내 그녀는 더 이상 모른 체할 수 없게 되고 말았다.

"아직 힘이 남아 있나 보군."

"뭐?"

"난 고맙지."

약간 허리를 굽힌 선협이 마치 커다란 짐승처럼 – 개라기보다는 오히려 호랑이나 사자, 치타 같은 위험한 포식자 – 잔뜩 땀이 나 있는 희은의 뺨을 핥았다. 이 황당한 애정표현에 희은이 당황해 있는 동안 그는 그녀를 눕히고 그녀의 위로 타올랐다. 그의 분신은 완전히 살아나 빳빳하게 고개를 들고 있었다.

"자, 잠깐!"

진심으로 공포에 질려 희은이 팔을 내저었다. 하지만 이내 그 팔은 단단한 손에 구속당해 침대에 짓눌리고 말았다.

"밤은 끝나지 않았잖아."

거의 잔인하게 들리도록, 선협이 느리게 말했다.

"앞으로 열 번의 밤은 나한테 준 거 아니었어?"

"선협 씨……."

정사를 마치고서야 처음 본 늘어져 있는 선협의 물건은 컸다. 희은이 아는 한 다른 남자들이 발기한 것만큼이나 발기하지 않은 그의 물건은 컸다. 그런데 막상 발기한 그의 물건을 보자…… 저것이 아까 그녀의 안에 온전히 다 들어갔다는 생각에 자기 자신이 장하게 느껴질 정도였다. 물리적으로 불가능하지 않은가? 내장파열 같은 게 일어나지 않아? 생각보다 사람 몸은 튼튼할지도? 온갖 생각이 다 들었다.

"십자가…… 좋아해?"

은근한 목소리가 혼란스러운 희은의 머릿속을 파고들었다.

"으응?"

잠깐 멍했던 희은은 선협의 말이 그녀가 목에 걸고 있는 목걸이 때문이라는 사실을 깨달았다. 딱히 십자가를 좋아한다기보다 한참 유행했던 아이템이었다. 비싸긴 했지만 세일가로 샀고, 어쨌든 거금을 투자했기에 주구장창 걸고 다니는 거였다.

선협의 손이 십자가를 쓰다듬었다. 혹은 십자가 아래의 여린 피부를 쓰다듬었다.

"지금이 겨울이라는 게 맘에 들어."

선협이 허벅지로 희은이 양다리를 벌리며 그녀의 목덜미에 입을 맞추고는 속삭였다. 단단히 허벅지를 누르는 그의 무게가

31

어딘지 자극적이다.

'겨울…… 아, 밤이 길지.'

두서없이 생각하며, 희은은 숨을 몰아쉬었다. 어쩐지 그가 기분이 좋은 것 같다는 생각이 드는 건…… 오해일까? 뭔지 몰라도 무척이나 만족스러운 것 같은, 아니, 그저 사정을 해서 느껴지는 수컷의 만족만이 아니라 그 이상의, 뭔가…….

희미하게 희은을 헤집어놓던 혼란은 선협이 별다른 전희 없이 그녀가 여전히 젖어 있다는 것을 확인하고 허리를 밀어 넣는 순간 완전히 사라졌다.

02.

"언니……."

"응?"

"……아니야."

아까부터 몇 번이나 민주를 불렀다가 아니라며 고개를 젓기를 반복하는 희은을 민주는 수상한 눈으로 쳐다보았다. 다른 건 몰라도 성희은은 소심한 성격은 아니었다. 오히려 다소 과하게 대범하고 쿨해서 문제였다. 사무실에 단 둘뿐인 여자 변호사 동지로 죽마고우 부럽지 않은 사이라 그런 게 아니라 성희은이라는 인물 자체가 그렇다. 끝 간 데 없이 심플하고 대책 없이 터프했다. 가끔은 이 무서운 세상에 몸을 좀 사리는 게 필요하지 않을까 우정 어린 걱정을 하게 만드는 사람이 바로 성희은이었다.

외양만 보면 순해 보이는 얼굴에 공부하던 버릇이 남아 어깨를 늘 구부정하게 구부리고 다니는 평범한 여자였지만, 정의감 넘치고 사상 반듯하고 따뜻하고…… 민주는 그런 희은이 좋았다. 사실 민주의 눈에 희은은 미인이기까지 했다. 은근히 큰 가슴과 잘빠진 팔다리를 드러내게 한 후 미녀변호사 마케팅을 밀어볼까 고민했을 정도였다.

"뭐야? 휴게실 가서 말할래?"

민주가 희은이 앉아 있는 의자의 팔걸이를 당기며 보챘다. 아직 업무가 본격적으로 시작되긴 이른 시간이었기 때문에 부지런한 몇몇 변호사들을 제외하고는 홀에 있는 커다란 테이블에서 삼삼오오 모여 잡담을 하고 있는 상황이었다. 뭔지 몰라도 희은의 이야기가 쉽게 할 수 없는 이야기라면 자리를 피하는 것도 방법일 것이다.

"아니래도."

"뭐가 아닌데?"

희은이 민주를 심란하게 바라보았다. 죽어도 할 말이 없는 사람의 눈은 아니었다.

"그게…….."

"야아, 왜 이래. 너답지 않게."

"언니 혹시……."

"혹시, 뭐?"

"어떤 사람의 전혀 다른 모습을 본 적 있어?"

"뭐?"

희은의 말을 이해하지 못하고 민주가 인상을 찡그렸다.

"사람이 평소와 전혀 다른 모습을 보이는 걸 본 적 있냐고?

사람들은 다 숨기고 있는 본성 같은 게 있지 않아? 털털한 척하지만 사실은 굉장히 예민한 성격이라든지…….”

“그 정도가 아니고, 그러니까…….”

뭔가를 설명하려던 희은이 입술을 달싹였다가, 입을 다물었다가, 입맛을 다셨다가, 다시 입을 열었다가 에잇! 하고 도리질 쳤다. 그러다가 뭔가 결심한 것처럼 입을 벌린 순간이었다.

“커피 왔어요.”

사무실 문이 열리며 선협이 들어왔다. 손에는 커피 여섯 잔이 들어 있는 캐리어를 양손에 든 채였다.

“어? 선협 씨 왔어?”

선협을 예뻐하는 민주가 반색을 하며 선협을 반겼다. 민주뿐이 아니었다. 뻔뻔하게도 사무실에서 담배를 피워대던 다른 변호사들도 다 한마디씩 알은체를 했다.

사무장 포함 달랑 열두 명뿐인 작은 법률사무실, 그것도 대개는 절반 넘게 법원에 나가거나 출장 중이라 상주 인원은 많아야 네다섯 명인 사무실은 항상 가족 같은 분위기였지만 6개월 전 조사원인 선협이 들어오고 나서는 좀 더 화기애애했다.

조사원이라는 사람들이 하는 일에서도 짐작할 수 있겠지만 대부분 출신이 애매할 때가 많아 변호사들과 섞이지 못하고 무뚝뚝하게 자기 할 일만 하는 경우가 많았다. 그런데 이선협은 붙임성도 좋고, 말귀도 잘 알아듣고 변호사들 사이에 예의 바르게 잘 끼는 편이었다.

여자인 희은, 민주뿐 아니라 꼰대기질 충만한 육십 대의 대표 김변도 그랬고 오십 대의 파트너 박변도 그랬으며, 삼사십 대의 남자변호사들도 모두 동의했으니 말 그대로 남녀노소에게 통하는 인물과 성격이라는 뜻이다.

희은도 그랬다. 그녀도 선협이 마음에 들었다. 일단 선협은 다소 캐주얼하게 입고 다니는 다른 조사원들과는 달리 누가 변호사인지 알 수 없을 정도로 말끔한 슈트를 입고 다니는데다가 그것이 꽤 잘 어울리고, 또 말투나 행동거지도 묘한 기품이 느껴져 편했다. 키는 딱 적당한 180센티미터 정도, 몸매는 약간 호리호리해 보였지만 사무실의 비품을 나르는 것을 보니 힘은 센 듯했다.

하지만 침대에서 봤을 때는 좀 달랐다. 언제나 적당하다고 생각했던 키는 위협적일 정도로 크게 느껴졌고, 날씬하지만 근육이 붙어 있는 몸은 단단하게 남성미를 풍기고 있었다. 심지어 항상 웃고 있는 얼굴마저 달라 보일 정도로. 희은은 질끈 눈을 감았다.

'무슨 생각을 하는 거야!'

확실한 것은 아무리 자유로운 척하려고 해도 온실의 화초에 불과한 변호사들과 조사원들 사이의 벽을 간단하게 넘나드는 사람이랄까……. 일만 잘하면 무뚝뚝하든 과거가 어떻든 문제는 없지만 이왕이면 다홍치마라고 희은은 선협이 맘에 들었었다. 남동생은 없었지만 남동생이 있다면, 선협 같지 않을까 생각하기도 했다. 진짜 그랬다.

"캬! 커피타임! 좋다 좋아!"

다방 커피가 딱 어울리는 박 변호사가 선협이 내미는 커피를 받아 들며 감탄했다.

"그거 알아? 1층 엔제리너스에 선협 씨 좋아하는 점원 있는 거? 그 단발에 눈 화장 진한 아가씨 있잖아. 나한테 물어보더라고, 선협 씨 여자친구 없냐고."

"점원이 뭐예요? 박 변호사님, 할배란 소리 들어요. 엔제리너스는 바리스타죠."

"바리스타? 그건 또 뭐야? 군대도 아닌데 스타 타령이야?"

"그런데 선협 씨 인기 있는 건 맞는 거 같아요. 왜 동주 물산 법무팀 차 대리 있잖아요. 은근 선협 씨는 어떤 사람이냐고 묻더라니까요? 저번에 느닷없이 떡이니 음료수니 사와서 뭔가 했더니 선협 씨 없으니까 실망해가지고선……. 그 여자가 그렇게 얼굴 표정을 못 숨겨서야."

박 변호사의 헛소리를 차단하며 민주가 나섰다.

"요즘 대세는 선협 씨처럼 자상하고 다정한 남자거든. 잘 웃어주고 목소리도 나긋나긋하고 말이야."

"그렇죠? 덩치는 또 안 그런데 인상도 순하고…… 요즘은 두부상이 인기래요. 두부상."

"우리도 선협 씨를 광고에 쓰는 게 어때? 사무실에 이런 조사원 있다고 하면 이삼십 대 여자들 소송이 많아지지 않겠어?"

"그까짓 푼돈 해서 뭐하려고요. 동주 물산 차 대리가 갑이라니까. 섬영 그룹 김 과장까지 감고 나면 이 두 회사 일만 처리해도 우리 먹고는 살잖아요?"

"선협 씨, 어떻게 좀 안 될까? 양다리라고 소송 걸리면 우리가 변호해줄 테니까."

선협에 대해 이런저런 농담들이 날아다니는 와중에도 희은은 기가 막힐 뿐이었다. 일주일 전만 해도 희은 역시 이런 평가와 농담들에 적극 참여했겠지만 주말이 지나고 난 지금은 그럴 수 없었다. 지금 저기서 아무것도 모르는 것처럼 웃고 있는 남자는 생각보다 훨씬 더 위험한 남자란 말이다. 머리가 지끈지끈 아파왔다.

"성 변호사님은 캐러멜 마키아토죠?"

왜 이렇게 되어버린 걸까 멍하니 허공을 응시하던 희은은 귓가에 착 감겨드는 낮은 목소리에 화들짝 놀라 벌떡 일어섰다. 어느새 선협이 그녀의 책상 옆에서 캐러멜 마키아토를 든 채 싱글벙글 웃고 있었다. 평소와 조금도 다름없는 공손하고 붙임성 있는 얼굴이라 어이가 없었다.

아직도 다리 사이가 욱신거리지 않는다면, 이틀 전 그 광란의 정사 같은 건 혼자 꾼 꿈이 아닐까 의심스러울 정도였다. 하지만 당장 화장실에 달려가 겉옷을 들추면 아직도 그날의 흔적이 남아 있을 터였다. 붉고, 진하고, ……지독하게.

"캐러멜 마키아토, 아니에요?"

약간 몸을 숙여 컵을 내려놓는 그의 손등과 희은의 새끼손가락이 닿았다. 고의적인지 아닌지는 알 수 없었지만 희은은 불에 데기라도 한 듯 놀랐다. 선협이 커피를 그녀의 손에 쏟아부었다 해도 이렇게 놀라지 않았을 것이다.

번개처럼 손을 빼며, 동시에 그런 그녀의 행동이 오버스러워 보이지 않기를 기도하며 희은이 벌떡 일어섰다.

"어? 어…… 응. 거기 놔둬. 조금 있다가…… 먹을게."

'젠장. 이렇게 될 줄은 몰랐는데.'

몸을 피하려고 일어선 건데 선협이 책상 가까이 서 있었던 탓에 몸이 밀착되고 말았다. 아주 찰나일 뿐으로 희은이 어쩌기 전에 선협이 먼저 태연하게 물러났지만, 짙은 머스크 향을 느끼지 못할 정도로 빠르진 않았다.

미치겠다. 정말 미치겠다. 그동안 선협에게서 무슨 향이 나는지 같은 거, 단 한 번도 느낀 적이 없는데 어쩜 이렇게 쉽고 가까이 느껴지는지!

'이게 스톡홀름 신드롬이라는 걸까? 미쳤다. 정말 미쳤어.'

"어디 가?"

하이힐에서 떨어지지 않도록 다리에 힘을 주며 돌아서자 물색 모르는 민주가 희은을 불렀다.

"아까 복사기에 판례 걸어놨거든요. 그거 가지러 가요."

"그럼 간 김에 버터링 쿠키도 가져와라. 탕비실에 내가 사다 놨거든? 커피에 찍어먹자. 오늘 원두가 아주 끝내준다!"

"……알았어요."

제발 자신도 한가하게 버터링 쿠키 같은 소리나 할 수 있는 입장이었으면 좋겠다고 간절히 기도하다가 슬쩍 뒤를 돌아보는 순간 정면으로 선협과 눈이 마주쳤다. 그는 묘한 미소를 입술에 건 채 그녀를 보고 있었다. 어찌 보면 평소와 조금의 다름도 없지만 눈빛이……. 오, 희은은 전 재산을 걸 수도 있을 것 같았다. 지금 만약 사무실에 불이 꺼진다면, 모두 보게 될 거다. 저 눈빛은 어젯밤 어둠 속에서 빛나던 포식자의 눈빛이었다. 만족스럽고 나른하게, 자신의 먹잇감을 희롱하는.

아주 짧은 순간 희은은 마치 시간이 멈춘 것처럼 느꼈지만 선협은 이내 표정을 지우고, 평상시와 같은 온건하고 지극히 타당한 얼굴을 하고는 자기 자리로 가 앉았다. 등 뒤로 문을 닫고 복사질 쪽으로 향하는 희은의 가슴만 두방망이질 쳤다.


"아웃! 왜 이렇게 된 거지?"

복사기는 규칙적인 소리를 내며 아직도 A4지를 부지런히 뱉어내고 있었다. 벌써 끝났을 리가 없다는 건 알고 있었다. 다만 그 자리를 피하고 싶었던 것뿐이다. 창틀에 엉덩이를 기대고 선 희은이 입술을 질겅질겅 깨물었다. 갈수록 태산이었다. 변호사로서 해서는 안 되는 행동을 한 것도, 그러고 나서 선협의 입을 막기 위해 그와 잔 것도, 그리고 지금 이 상황도. 모든 것이 희은의 제어를 벗어난 것만 같았다.

희은은 무척이나 평범한 인생을 살아왔다. 하고 싶은 일을 다음 위해 열심히 공부했고, 범법이라고는 아무도 없는 거리에서 신호등이 빨간 불인데도 불구하고 길을 건넌 적이 있다든지 아니면 과속티켓을 끊은 것 정도가 전부인 그런 인생을 살았다.

그런데 이렇게 하루아침에 무너지다니! 말 그대로 하늘이 무너지는 듯한 느낌이었다.

"아웃!"

가장 문제는 이선협이라는 세 글자를 생각하자마자 머릿속이 살색 창연해지는 자신이다. 정말 제정신이 아닌 게 분명했다. 어떻게 이런 상황에 이런 생각을 할 수 있단 말인가? 희은은 머리를 감싸 쥐었다. 아까부터 코끝에서 머스크 향이 떠나지 않고 있었다.

미쳤다. 미친 거다. 스톡홀름 증후군이 일어나는 이유를 모르겠다고 생각했었다. 도대체 왜 자기 자신을 납치하고 핍박한 사람에게 동요하고 감정이입을 하는 건지 알 수 없다고. 아니, 이게 스톡홀름 증후군이 맞긴 한가?

"맞으면 또 어떻고, 아니면 또 어쩔 거라고."

깊은 한숨을 내쉬며 희은이 한탄했다. 자버리기 전이라면, 어떻게든 할 수 있었을지도 모른다. 하지만 이제는 늦었다. 이제 모든 것은 '내친걸음'이었고 희은이 할 수 있는 것은 거의 없었다.

버스조합 건은 상대가 변호사도 선임하지 않은 채 어이없이 판결이 날 뻔한 사태를 벗어나 정식 재판으로 진행 중이었다. 십 중팔구는 정당한 보상을 해주라는 판결이 날 상황이었다. 판례도 있었고, 회사 측에서도 피해자의 생활환경이 법적으로 대응할 수 없을 거라는 판단 하에 면책을 주장한 거지, 이미 법률적인 검토는 끝난 상황이었다.

조합 측에서 희은의 개입을 알게 되면 사무실을 고소할 수도 있다. 그 정도가 아니라 희은은 윤리위원회에 회부되고 아예 변호사로서의 생명이 끝날 수도 있다. 도대체 선협은 어떻게 안 걸까.

희은은 창틀에 손을 짚으며 깊이 한숨을 내쉬었다. 덩치 커다란 순한 강아지 같은 얼굴을 하고 있으면서, 그런 눈빛으로 그렇게…….

"젠장."

흡연자들은 이럴 때 담배를 물겠지, 싶은 기분으로 희은은 한숨을 내쉬었다. 회식 날이었고, 모두가 취했다.

희은도 그랬다.


「성 변호사님.」

네온이 번쩍이는 거리를 서성이며 대리운전기사를 기다리고 있는데 희은을 부르는 목소리가 들렸다. 돌아보니 선협이 오가는 사람들 사이에 단정하고 말짱한 얼굴로 서 있었다. 그가 아까 대표를 챙겨 나가는 걸 본 지라 희은은 눈을 깜빡였다. 나이에 맞지 않게 일을 빠릿빠릿하게 잘하는 것은 사실이지만 벌써 대표를 집에 데려다 주고 왔다기에는 시간이 빠듯했다.

「기사님이 오셔서, 인계했어요.」

희은의 마음을 읽은 것처럼 선협이 선하게 웃었다.

「아! 그랬구나. 잘했네. 대표님 집은 너무 멀잖아. 그런데…… 뭐하러 이쪽으로 와? 얼른 집에 가지. 추운데.」

「성 변호사님 모셔다 드리려고요.」

「나아?」

약간 기분이 좋아져서 희은이 웃었다. 딱히 다른 맘은 아니었다. 슬슬 그녀도 누군가가 챙겨주는 연차가 되었다는 다소 자뻑성 가득한 만족이었다. 그게 아니라도 누가 자기를 따로 챙겨준다는데 싫을 이유가 없었다. 게다가 술도 마셨겠다, 평소에도 진중하지는 않지만 술 마시면 몇 배로 기분이 방방 뜨는 희은이었다.

「선협 씨 줄 못 서는구나? 나 같은 초짜 변호사를 챙겨서 뭐해? 박 변호사님이나 음……, 차라리 민주 언니가 터줏대감이지.」

「그런 거 아니에요.」

생각해보면, 그때부터 이상했다. 술기운에 몰랐지만 부른 대리기사는 어쩌고 그가 이끄는 대로 차에 올랐는지, 선협은 왜 자연스럽게 차를 운전했는지 모든 것이 이상했다. 솔직히 말하자면 경계심이 전혀 없었다.

신입이라고 해도 이선협을 본 것이 6개월째였다. 게다가 그는 희은보다 어렸고, 늘 한결같이 순하고 사람 좋은 얼굴을 하고 있었다. 과하게 예의 바른 공손한 사람이었다. 덩치가 그렇게 커다란데도 남자다운 냄새는 조금도 나지 않았다. 좋은 사람, 좋은 동생, 좋은 직원. 그 이상도 그 이하도 아니었다.

「저…….」

그래서 차를 집 앞에 세운 그가 쭈뼛거리며 말을 걸었을 때도 이상하게 여기지 않았다. 오히려 그냥 집에 들어가려고 한 자신을 탓했다. 술에 취하긴 한 모양이라며, 얼른 지갑을 꺼내 오만 원짜리를 내민 것이다.

「데려다 줘서 고마워. 택시 타고 집에 가. 덕분에 따뜻하고 안전하게 왔어. 진짜진짜 고마워. 내가 은혜 꼭 갚을게.」

선협은 정말 뚱한 표정으로 오만 원짜리를 내려다보았다.

「이러길 바라고 데려다 드린 거 아닌데요.」

「알아. 알아.」

민망할까 봐 희은은 얼른 선협의 슈트 주머니에 오만 원짜리를 쑤셔 넣었다.

「내가 미안해서 그래. 선협 씨 집, 어디야?」

가만히 희은을 내려다보던 선협이 하얀 입김을 내뱉었던 것이 생각난다. 어쩌면 약간 웃기도 했을까? 그날 밤처럼?

「근처예요.」

「다행이다. 얼른 택시 타고 휑하니 가. 알았지?」

「정말 고마워요?」

「응?」

「데려다 줘서 정말 고맙냐고요.」

생각해보면 이때부터 말투가 이상했는데, 아니 오만 원을 내민 손을 보는 눈도 이상했는데 그때는 까맣게 몰랐다.

「그러엄, 고맙지!」

「그럼 돈 말고 다른 거 해줘요.」

「응? 뭐? 필요한 거 있어?」

「나랑 자요.」

「응?」

추웠고, 술기운이 올라 있었다. 뺨을 치는 게 마땅한 소리에 희은은 그만 깔깔대고 웃고 말았다.

「으햐햐학학학! 선협 씨! 무슨 소리야…… 나 선협 씨보다 세 살이나 많아.」

「무슨 상관이에요. 내가 그러고 싶은데.」

「어우, 나 술이 확 깬다. 선협 씨 유머감각 있네. 가, 언능 가. 누나 놀리는 거 아니에요.」

「놀리는 거 아닌데.」

다시 돌이켜보면 과하게 차분한 얼굴로 선협이 말했다.

「그리고 물어본 것도 아니에요. 자자고 말하는 거지.」

「응?」

선협이 주머니를 뒤져 꺼내 든 건 펜처럼 날렵하게 생긴 녹음기였다. 그는 평소와 똑같이 선한 얼굴로 웃으며 녹음기의 재생 버튼을 눌렀다.

— 제가 이렇게까지 말씀드렸단 말씀은 어디서도 하시면 안 돼요. 지금 제가 말하다 보니 내부정보까지 말씀드린 셈이 되어버려서…… 아시겠죠?

진짜 술이 확 깼다.

「서, 선협 씨?」

「회사 측에서는 운전자가 면허정지 사실을 통지한 적이 없다고 주장하고 있지만 사실은 아니라는 걸 피해자 측에 말씀하시는 거…… 변호사법에 위반된다는 사실 모르실 분은 아닌데.」

황망하여 선협을 멍하니 보고 있는 동안에도 그는 여전히 선한 얼굴을 하고 있었다.

「이 사실을 알면 버스조합이 변호사님은 물론 사무실에도 소송을 걸 텐데……. 이 정도 사안이면 사무실은 그냥 작살나요.」

「무, 무슨 그렇게 무서운 말을 해?」

선협은 차게 웃었다. 아니면 평상시처럼 그냥 웃은 건데 희은이 차게 느낀 걸 수도 있다. 확실한 건 그 순간 희은의 눈에 선협의 미소는 북풍한설의 몰고 온 바람보다 더 차게 느껴졌다는 거다.

그다지 크지 않은 사무실인 만큼 몇몇 굵직한 클라이언트를 꽉 잡고 가는 중이었고 그중 버스조합은 제법 큰 클라이언트였다. 사안들도 크게 문제가 되기보다는 자잘한 민사상의 문제들이 많아 좋은 클라이언트였다. 어쨌든 정의가 뭐든 간에 변호사로서 의뢰인에게 해가 될 만한 사실을 누설한 것은 옳지 못한 짓이었다. 순간의 동정심으로 해서는 안 되는 일이었다는 거다.

하지만 정말 뭐가 옳고 뭐가 그른가? 사법 연수원 시절부터 희은은 헷갈렸고 고민했다. 선배들은 답 나오지 않는 문제에 고민하지 말라고 했지만, 결국엔 그랬다. 한 걸음 한 걸음 딛고 나가는 길이 바로 그 답이었다.

희은의 입장에서는 정당한 대가를 지불하지 않으려 상황을 조작하는 것은 옳지 않다고 생각했다. 동시에 그녀의 행동도 옳지 않고.

「입 다물 테니까 나와 자요.」

「선협 씨.」

머리가 지끈거렸다. 정의니 뭐니 하는 문제와 더불어 당장 닥친 경력과 인생의 위기가 살벌하게 희은을 뒤흔들었다.

「버스조합은 보험도 들었을 거고, 아마 손해는 나지 않…….」

「그런 문제가 아니잖아요.」

선협이 희은의 말을 잘랐다. 그리고 도저히 반박할 수 없는 어조로 말했다.

「이건 원칙에 관한 문제예요.」

희은은 입을 다물 수밖에 없었다.

「열 밤, 딱 열 밤만 나와 보내면 나는 이 자료를 통째로 폐기할 거예요. 사진, 녹음테이프. 하지만 이번 주말에 우리 집에 오지 않으면…….」

「선협 씨 이러지 마. 우린 동료잖아. 내가 실수한 건 사실이지만 그건…… 나쁜 의도도 아니었고, 이대로 넘어가면…….」

「아무도 피해 입지 않겠죠. 그러니까 우리 이대로 잘 넘겨봐요.」

「말도 안 돼. 이런 얘기…….」

이때도 선협의 눈빛은 짐승 같았던 것 같다. 본성을 내보이지 않으려 스스로를 자제하고 억누르는 사나운 짐승. 똑바로 희은에게 꽂혀 있는 눈빛은 그대로 그녀를 삼켜버릴 듯 깊고 뜨거웠다.

「알았어요.」

선협은 아무 표정 없는 얼굴로 고개를 끄덕였다. 그리고 돌아섰다. 그러는 모든 것이 너무나 군더더기가 없어서 오히려 불안해졌다.

「서, 선협 씨?」

「예.」

돌아서는 표정도 별다를 게 없었다.

「비밀로 해주는 거지? 난 그냥, 그 엄마가 너무 안타까웠어. 아이는 겨우 여섯 살이었고, 그 아이를 잃었는데도 남편 때문에 날 찾아올 수밖에 없었던 거야. 그게 어떤 삶인지 이해가 가?

아이 엄마 눈은 텅 비어 있었어. 그냥 그 엄마의 인생이…… 나는…… 돈으로라도 보상받는 게 맞다고 봤어.」

「내일 아침 일찍 보고서 올릴 예정이에요.」

「선협 씨!」

「제 일이에요. 지금 저더러 제 일을 하지 말라고 하시는 거예요? 왜요?」

말문이 턱 막혔다.

희은이 어쩔 줄 모르고 눈동자만 굴리고 있자 선협이 한 걸음 다가서 희은과의 거리를 좁혔다. 차가운 공기가 두 사람 사이에서 부서져 가라앉았다.

「어떡할래요? 나랑 잘래요?」

「지, 지금?」

성큼 물어오는 목소리가 시사하는 바에 희은이 빳빳하게 굳었다.

「우리 집이 여기서 가까워요.」

설핏 미소를 짓는 선협의 얼굴에서 희은은 패배를 직감했다. 입술 끝에 늘 달고 다니던 웃음기도 감춘 그는 자신이 뜻하는 바대로 될 것이라 100퍼센트 믿고 있었다.

「자.」

선협이 손을 내밀었다. 까만 허공에 마디가 두꺼운 하얀 손이 떠 있었다. 그 손이 그녀를 위협하기라도 한다는 듯 주춤 물러섰던 희은은 결국 그 손을 잡고야 말았다.

그것이 저번 주말이었다.


'차라리 돈을 달라고 하지.'

입술을 잘근잘근 깨물던 희은은 고개를 흔들었다. 선협의 솜씨는 대단했다. 아주 잠깐 충동적으로 한 짓을 사진에 녹음까지……. 하기야, 이 정도면 그녀가 변호사이긴 해도 뜯어낼 돈이 그리 많지 않다는 것까지도 알고 있을지도 모르겠다. 오히려 이쪽이 더 효용이 있다고 생각했을 지도…… 라고 한다면 너무 자만일까?

따지자면 눈이 크거나 코가 오뚝한 서양식 미녀는 아니었지만 희은은 제법 미인이라는 소리를 들었다. 법대에서는 법대 전지현이니 하는 소리를 들으며 공부했고, 사시 공부하기에는 아까운 얼굴이라는 소리까지 들었다. 본인 입장에서야 다소 평범한 인상이 아닌가 생각했지만 가끔 남자들이 들이대는 모양새를 보면 무언가 그들을 자극하는 면이 있지 않은가 생각했었다.

그렇긴 해도 솔직히 선협의 제안은…….

'이런 생각 지금에 와서 하면 뭐해?'

선협은 지독하게도 현명했다. 만약 그녀에게 시간을 주었다면 어떤 선택을 했을지 모른다. 그런데 그녀가 생각하기 이전에, 생각할 시간을 주지 않고 몰아붙였다. 결국 현실은 지금. 이제와서 뒤로 도망가지도 그렇다고 앞으로 나아갈 생각도 하지 못한 채 희은은 패닉에 빠져 있었다.

덜컹.

"악!"

곰곰이 생각에 잠겨 있던 희은은 5년이 넘어가는 복사기가 덜컹 멈추는 소리에 작게 비명을 질렀다. 하루에서 수천 장씩 카피를 뜨는 복사기는 나이는 다섯 살인데 쉰 살처럼 굴고 있었다. 돈도 많이 버는 김 변호사는 소품에 짜서 절대로 바꿔줄 생각을 안 했다.

"내가 사무실을 차리면 복사기도 스캐너도 새걸로만⋯⋯ 악!"

복사기를 다시 작동시키기 위해 몸을 일으켰던 희은이 다시, 이번에는 좀 더 크게 비명을 토해냈다. 누가 들고 나는 기척을 느끼지 못했는데 어느새 선협이 다가와 복사기 앞에 서 있었던 것이다. 소름이 바짝 돋으며 오한이 등을 핥고 지나갔다.

"서, 선협 씨, 언제 들어왔어?"

복사기뿐만 아니라 사무실도 오래된 건물이라 문을 열고 닫을 때마다 풍경이 필요 없을 정도로 명확한 소리가 나는데 날짐승도 아니고 사람이 어쩜 발소리도 내지 않고 다니는지.

"소리도 없이⋯⋯."

"내가 하는 일은 조용히 해야 하는 일이 많으니까요."

거짓말처럼 순하게 미소 지으면서 선협이 대답했다. 그런데 항상 참 순둥이 같다 생각했던 그 얼굴을 보면서 왜 희은은 등골이 오싹할까? 이 남자를 모르겠다. 모르겠지만⋯⋯ 무섭다.

생각해보면 조사원이라는 직업은 방법은 모르고 사람의 정보를 알아오는 직업이다. 대부분 거친 남자들이 할 때가 많았다. 우리나라는 특히 강압적으로 정보를 알아오거나 공공기관과의 모종의 커넥션 ─ 돈과 술과 여자와 연관되어 있는 ─ 으로 정보를 빼올 때가 많아 여자가 하긴 힘든 일이다. 순해 보이는 쪽이 이상했던 것이다. 너무나 자연스럽게 파고들어 아무도 물음표를 그리지 않았지만 세상을 정글이라고 한다면 선협은 단언컨대 보호색에 몸을 숨긴 채 피식자를 기다리는 최강의 포식자였다.

"왜 그런 표정을 지어요?"

평소보다 약간 느리게 말하며 선협이 희은에게 다가왔다. 저도 모르게 주춤하고 뒤로 물러서며 희은은 미소를 잃지 않으려고 노력했다. 하지만 입꼬리를 끌어올리려는 노력은 무의미했고 얼굴은 괴상하게 일그러질 뿐이었다.

"내가…… 무서워요?"

가까이 다가온 선협이 몸을 약간 숙이고는 거의 속삭이는 듯 말했다. 평소와 조금의 다름도 없는 얼굴과 목소리인데도 솔직히…… 무서웠다. 도대체 저 한없이 순둥이 같아 보이는 두부상(象)의 얼굴 뒤에 무엇이 있을까? 항상 동생 취급하고, 심부름꾼 취급했던 이선협인데 하룻밤 만에 완전히 전세가 역전되어버린 것이다.

"무, 무슨 소리를 하는 거야?"

"목소리가 떨리는데……요?"

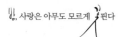

놀리듯 존댓말을 유지하며 선협이 몸을 붙였다. 훅 하고 코 끝에 머스크 향이 끼쳐왔다. 그것만으로도 희은의 머리가 아득 해지는데 그의 커다란 손이 자연스럽고 당연하게 희은의 가는 허리를 안았다. 맞물린 하체가 불을 댕긴 것처럼 뜨거웠다. 그 것이 선협의 체온인지 희은의 체온인지는 알 수 없었다. 이제 희 은은 그를 모르겠는 것처럼 그녀 자신조차 의심하고 있었다. 도 대체 이 반응은 무엇이냔 말이다. 그가 그녀에게 손을 댈 때마다 마치 사로잡힌 것처럼, 완전히 무력해진다. 꼼짝도 할 수 없었 다. 심장이 미친 듯이 펌프질을 해 머리가 아플 정도였다.

"이상해. 그냥 열 밤이면 되는데 왜 이렇게 고민이 많은 얼굴 을 하는 걸까? 열 밤이 지나면 난 귀찮게 굴지 않을 텐데."

"그냥 열 밤이 아니야. 사람을 그렇게 강제로!"

"강제?"

희은을 내려다보는 선협의 눈썹이 설핏 치켜 올라갔다. 그리 고 천천히 고개를 숙인다.

"그렇게 생각하는 게 편하다면 맘대로 해요. 그런데 누가 말 했더라? 피할 수 없으면 즐기라고. 그렇다면 이젠 즐길 때 아닌 가?"

"하지…… 마."

"내가 뭘 하는데요?"

장난스럽게 선협이 입술을 희은의 귀 쪽에 갖다 댔다. 덩치 만큼이나 두툼했던 혀가 희은의 귓바퀴를 뜨겁게 쓸어내렸다.

허리를 감지 않은 손이 가슴 위로 올라와 쓸어 올리듯 어깨를 잡고 목을 움켜쥐었다. 손이 굉장히 뜨거웠다. 손으로 감싼 부분이 데일 것 같았다.

"안…… 돼."

"뭐가 안 되는데?"

너무 가까이서 은밀히 속삭여 귓속의 솜털이 바르르 떨리는 느낌이었다. 혀끝이 살짝살짝 귀를 그리고 있는 계곡 사이를 건드리며 뜨거운 입김을 불어 넣었다. 하얗고 단단한 이가 귓불을 살짝 물었다가 입술로 삼키고는 쭉쭉 빨고 혀로 살살 달래듯 쓴다.

"으음…….."

그가 선사하는 감각에 머릿속이 텅 비며 다리 사이가 축축해지기 시작했다. 저도 모르게 희은은 체중을 선협의 팔에 실었다. 다리에 힘이 자꾸 풀리며 온몸이 부들부들 떨리기 시작했다. 자꾸만 피부가 따끔거렸다. 장소를 망각하고 다리를 벌려 선협을 받아들이고 싶다는 미친 생각이 그녀의 안에서 솟아올랐다.

허리를 안고 있던 선협의 손이 엉덩이로 내려오며 그녀의 등을 창틀에 눌렀다. 엉덩이를 어루만지다 꽉 붙잡고 그는 그녀의 몸을 그에게로 바짝 붙였다.

"느껴져요?"

단단하게 일어서 있는 선협의 남성이 옷 위로도 선명히 느껴졌다. 그는 천천히 그녀에게 몸을 비비며 뜨거운 숨을 내쉬었다.

"처음 봤을 때부터 안고 싶었어요."

엉덩이를 꽉 움켜쥐고 있던 선협의 손이 치마를 살살 말아 올렸다.

"아, 안 돼."

다리 사이는 온통 축축해져 있었지만 간신히 이곳이 복사실이라는 것, 탕비실이 코앞이고, 어쩌면 민주가 올지도 모른다는 것을 생각해낸 희은이 있는 힘을 다해 고개를 저었다. 하지만 선협은 그녀가 꼼짝도 못하도록 꽉 붙잡고 그녀의 몸을 살짝 들어 창틀에 앉혔다. 그러고는 손을 치마 아래로 넣어 팬티스타킹을 잡아당겼다.

"선협 씨! 안 돼!"

"가만히 있어요."

선협이 가볍게 입을 맞추고는 목덜미를 크게 베어 물었다. 달래듯 혀끝으로 살살 핥아 내리는 뜨겁고 말캉한 혀의 감각과 함께 팬티스타킹과 팬티 안으로 손이 들어왔다. 안 그래도 타이트한 공간에 커다란 손이 들어오자 말도 못하게 불편해졌지만 그는 아무렇지도 않다는 듯 손을 축축이 젖어 있는 곳으로 곧장 진입시켰다.

"아흥!"

저도 모르게 다리를 구부리며 희은이 몸을 움츠렸다. 여기서 이런 짓, 미친 짓인 건 아는데 그것과 별개로 미친 듯이 흥분되었다.

'이게 바로 길티플레져라는 걸까? 회사에서 이런 짓이라니! 말도 안 돼!'

하지만 온몸을 아프게 저며 오는 죄책감과는 별개로 선협의 팔에 매달려 있는 희은의 손은 완전히 위선자였다. 제대로 밀어내지도 못하고 오히려 당겨서 좀 더 만져주길 바라고 있다.

"아흥……."

저도 모르게 숨을 헐떡이며 희은이 등을 창에 기댔다. 도대체 왜 이선협이 손만 대면 견딜 수 없는 기분이 되는 걸까?

그는 망설임 없이 그녀의 클리토리스를 긁고 내려가 그녀의 안쪽 깊숙이 손가락을 진입시켰다. 겨우 손가락 하나가 들어왔을 뿐인데도 그녀의 안쪽이 그의 손가락을 단단히 물었다. 그 압박감이 희은에게도 느껴졌다. 선협이 옅게 신음을 내뱉었다.

벗지 않은 스타킹이 배를 누르고 있었고, 이래저래 움직임은 속박되어 있으며, 무엇보다 장소가 불안했다. 하지만 이 모든 제약들이 쾌감을 극대화시키고 있었다. 선협이 손가락 끝을 세워 천천히 희은의 내벽을 긁어내리자 단박에 온몸에 힘이 들어가며 단전이 팽팽히 부풀어 올랐다. 손가락을 다 빼지 않은 채 선협이 다시 다른 손가락까지 손가락 두 개를 찔러 넣었을 때는 희은은 숨을 멈추고 손을 뻗어 선협의 어깨를 끌어안았다.

"아흥…… 하……."

저도 모르게 움찔움찔 내부를 수축하면서 희은이 바르르 떨었다. 선협이 당장 그녀의 안으로 들어왔으면 좋겠다는 생각밖에 나지 않았다. 그녀를 단단하고 묵직하게 채우던 그의 감각이 미치도록 그리웠다. 다리를 벌려 선협이 움직이기 편하도록 도우려고 할 때였다. 아프도록 찡기던 배가 편해지며 선협이 순식간에 물러났다.

"?"

아직도 어깨를 떨면서 입을 벌려 숨을 몰아쉬면서 희은이 몸을 세우며 선협을 바라보았다. 다리를 벌린 채 흐트러진 희은의 모습을 보던 선협이 시선을 옮겨 흠뻑 젖어 있는 손가락 두 개를 내려다보았다. 그러더니 맛있다는 듯 손가락을 입 안에 넣고 천천히 맛보았다.

"서, 선협 씨!"

"내 이름은 서선협이 아니라 이선협이에요."

여전히 호흡은 가빴고, 뇌로는 산소가 통하지 않는 것만 같아 어리둥절해 있는 희은에게 다가온 선협이 그녀의 옷매무새를 정리해주며 예의 바르게 웃었다.

"지금은 낮이니까. 내가 가진 건 성 변호사님의 밤뿐이죠. 이제 아홉 번 남았어요."

선협은 가볍게 희은의 이마 위에 입술을 맞췄다.

"이번 주말에 우리 집에 와요. 오케이?"

그러고는 빙긋이 웃고 아무 일도 없었다는 듯이 돌아섰다. 방금까지 그녀의 안에서 그녀를 머리끝까지 매혹시켰던 손을 아무렇지도 않게 호주머니에 쑤셔놓고 나가던 그는 멈춘 복사기를 다시 작동시켰다.

　위잉 탁. 위잉 탁.

　다시 규칙적인 소음을 뱉어내기 시작한 복사기 소리를 한참 동안 멍하니 듣던 희은은 두 손을 들어 수치스러움에 붉어진 얼굴을 가렸다.

　진짜 미쳤다. 완전히 미쳐버렸다. 이런 일…… 말도 안 된다. 주말이라니, 누가 갈까 보냐.

03.

하지만 주말, 희은은 선협의 빌라 앞에 서 있었다. 하늘 높이 그 위상을 자랑하며 우뚝 서 있는 고층 건물을 희은은 한없이 심란한 마음으로 올려다보았다. 18층, 펜트하우스에 살고 있는 선협의 집에는 환하게 불이 켜져 있었다.

"뭐야…… 우리 집보다 더 좋잖아."

턱까지 감아올렸던 목도리를 코끝까지 끌어올리며 희은은 괜스레 투덜거렸다. 지난번에 왔을 때는 정신이 없어 보이지 않던 게 눈에 들어왔다. 비슷한 지역이긴 했지만 선협의 빌라는 유난히도 고급빌라가 밀집해 있는 지역이었다. 프라이버시를 보장해준다는 지은 지 얼마 안 된 빌라.

도착한 지 10분이나 지났지만 우왕좌왕 한참을 서성일 뿐 과감하게 빌라 안으로 들어서지 못하던 그녀는 결국 도로 차에 올라타버렸다. 미쳤다, 정말.

"아우! 어떻게 해!"

희은은 한숨을 내쉬었다. 저번에는 핑계라도 있었다. 선협이 그녀의 손을 잡고 강요해서 끌고 올라갔다는 핑계라도 댈 수 있었다. 하지만 오늘은…… 그럴 수 없다. 그는 간단히 오라고 말했을 뿐이다. 그녀는 가지 않을 수도 있다.

"말도 안 돼!"

희은은 머리를 쥐어뜯었다. 비싼 돈 주고 강남에서 세팅한 머리가 미친년처럼 엉클어졌지만 지금 그게 대수냐 싶었다. 이런 생각은 저번 주말이 지나기 전에 했어야 하는 거다. 이미 늦었다. 너무 늦어버렸다. 위험했다. 이건 위험했다. 열 번의 밤이 문제가 아니었다. 이선협은 몹시도 위험하게 느껴졌다.

심지어 희은은 퇴근하기 전에 선협의 이력서까지 찾아보았다. 어땠냐 하면…… 아무것도 없었다. 조사원이 대개 그렇다는 건 알고 있었지만 출신학교조차 나와 있지 않았다. 그러니까 이선협은 완벽한 미지의 위험인 것이다.

"아, 정말 미치겠네!"

핸들 위를 구르며 희은은 괴로워했다. 그런 섹스는 처음이었다. 남자와 몸을 섞는다는 게 그렇게까지 영혼을 송두리째 뽑히는 느낌이라는 건 처음 알았다. 자기가 없어지는 느낌이었다. 항상 좀 잘나고 도도하던 성희은은 도대체 어디로 간 건지……. 옷을 벗어서가 아니라 정말 영혼까지 발가벗겨진 느낌이었다. 이선협 앞에서.

'위험하다. 정말 위험해.'

다른 건 몰라도 희은은 자기 자신을 잃는다는 것은 무서웠다. 중독과 유혹에 약한 희은이었다. 어렸을 때는 달고나에 중독돼 유아 성인병에 걸릴 뻔한 적도 있었다. 엄마가 먹지 말라고 하면 몰래 탈출해서 먹었다. 얻어맞고 엄마한테 죽을 만치 혼나면서도 멈출 수가 없었다. 결국, 유아 당뇨의 위기에서 병원에 감금되다시피 고생을 하고 나서야 달고나의 유혹에서 벗어날 수 있었다.

그런가 하면 사시 준비할 때는 또 어땠는가? 당시 고시원에 열풍이 불었던 스타크래프트에 빠져서 '한 게임만 더, 한 게임만 더…….' 하다가 그 해 시험을 말아먹었다. 동차 합격도 가능하다고 할 정도로 물이 올랐던 때였는데 자제가 안 되었다. 덕분에 1년이 아니라 2년을 버려야만 했다. 그도 이른 것이었다. 일단 궤도에서 벗어나면 제 궤도를 찾는 일이란 무척이나 고통스럽고 힘든 일이니까.

그리고 지금 이선협은 희은이 경험한 어떤 유혹보다도 더 강력하고 자극적이었다. 달고나 스타크래프트 따위와는 비교할 수 없는 위험인 것이다. 어렸을 때야 어쩔 수 없지만 이제 희은은 자기 자신의 약점을 알고 있는 성인이다. 위험한 길은 피해가야만 하는 지혜를 가져만 했다. 동시에 자기 자신을 극복하기란 얼마나 힘든지.

"아웃!"

핸들에 얼굴을 파묻었던 희은은 고개를 들었다. 그리고 룸미러를 돌려 머리를 가다듬고 립글로스를 다시 발랐다. 아, 오늘따라 왜 예뻐 보이는 걸까. 왜 이 모습을 선협에게 보여주고 싶은 걸까. 왜 비싼 돈을 주고 산 슬립을 하필 오늘 입고 온 걸까.

"미쳤어. 정말 미쳤어."

울고 싶은 기분으로 중얼거린 희은이 크게 숨을 들이마시고 내쉬었다. '피할 수 없으면 즐겨라.'는 고시공부를 시작하던 스무 살 언저리쯤에 기도처럼 외우고 다니던 문장이었다. 몇 번이고 심호흡을 반복한 희은은 결국 차 문을 열고 내렸다. 차가운 겨울밤바람이 그녀의 뺨을 할퀴고 지나갔다.

턱 아래로 떨어진 목도리를 올리는 대신 씩씩하게 빌라 현관으로 간 그녀는 벨을 눌렀다. 잠깐 음악소리가 나고 인터폰이 울림 소리를 냈다. 어떤 질문도 없이 문이 열렸다.


"정말 열 번의 밤이면 되는 거지?"

어색하게 문밖에 서서 희은이 물었다.

"더 졸라도 곤란해요."

선협이 농처럼 받아치며 돌아서서 들어갔다. 저도 모르게 그를 따라 들어서자 문이 등 뒤로 닫혔다. 문 닫히는 소리가 신호탄이나 되는 것처럼 희은의 심장이 쿵쾅이기 시작했다.

"약속해줘. 열 번의 밤이 지나면 절대로 그 일에 대해 언급하지 않겠다고."

"자료도 모두 넘겨줄게요. 직접 폐기해요."

가볍게 대답한 선협이 미소 짓고, 주방으로 들어갔다. 홀로 현관에 남겨진 희은은 잠시 입술을 깨물다가 신발을 벗었다. 가슴속이 부글부글 끓는데 정확히 무엇 때문인지는 알 수가 없었다. 그저 뒤돌아서 도망치고 싶은 충동과, 또 어떻게든 이 일을 해결하고 아무 일도 없었던 셈치고 싶은 마음, 또 마지막으로 인정하고 싶지 않지만 희미하게 단전에 느껴지는 흥분이 그녀의 안에서 싸우고 있다는 사실만 분명했다.

"조사원이 돈을 생각보다 많이 버나 봐? 여기 비싸지 않아?"

거실로 들어서면서 심술궂게 뱉자마자 희은은 후회했다. 할 말이 없어도 그렇지 부동산 타령이냐? 그러나 일주일 전에 왔을 때도 그렇게 생각했지만 빌라 외부는 물론 내부 역시 과할 정도로 럭셔리했다. 바닥도 대리석에 아트월, 넓은 거실과 보이는 야경은 희은이 예상했던 이선협이라는 남자와 어울리지 않았다. 그는 좀 더 캐주얼하고 좀 더…….

"나야 돈 벌 루트가 많으니까."

딱히 겸손한 것도, 그렇다고 잘난 체하는 것도 아닌 말투로 선협이 대답했다. 주방에서는 보글보글 맛있는 소리가 나고 있었다. 희은은 올까 말까 30분은 고민한 것 같은데 선협은 태연하게 찌개를 끓이고 있었다. 밥 먹었냐는 물음에 안 먹었다고 멍청하게 대답할 수밖에 없었던 건 실제로 밥을 안 먹었고, 또 주방에서 흘러나오는 냄새가 너무나 그럴듯했기 때문이었다. 또, 첫날 그랬듯 바로 침대로 몰아붙여지는 것보다는 약간 안심이 되기도 했다.

어느새 선협은 예의 다소 건방진 이선협으로 변신해 있었지만 그것 또한 차라리 다행이었다. 그런 밤을 보내놓고, 아무렇지도 않게 순둥이처럼 구는 그를 보는 쪽이 훨씬 위화감이 심했었다.

"혼자 살아?"

적막이 불편해 질문을 던졌으나 대답은 엉뚱하게 돌아왔다.

"와서 먹어."

수저를 놓고, 냄비를 식탁으로 옮기며 선협이 짧게 명령했다. 쭈뼛대며 식탁으로 와 앉은 희은이 선협의 눈치를 보다가 다시 물었다.

"혼자 사는 거야?"

"얼른 먹어."

이번에도 돌아오지 않은 대답에 희은은 선협이 개인적인 이야기는 하고 싶어 하지 않는다는 사실을 깨달았다. 그리고 보면 6개월이 넘었는데 회사 사람 중 그 누구도 선협의 가족사 등의 개인적인 일은 알지 못했다. 약간 복잡한 기분으로 희은은 숟가락을 들었다.

"……잘 먹겠습니다."

그러지 않으려고 했는데도 기분은 곧장 얼굴이 반영되어 입꼬리는 처지고 목소리는 웅얼대는 것처럼 들렸다. 가만히 보고 있던 선협이 소리 없이 웃었다.

"그 다음 날 몸 괜찮았어?"

"응? 응?"

찌개를 입 안으로 떠 넣으며 대수롭지 않게 물은 선협의 질문에 희은이 말을 더듬었다.

'그 다음 날이라…… 그 다음 날?'

지난 토요일 밤, 말도 안 되는 격정의 밤을 보낸 후로 일요일은…… 어떻게 지나갔는지 기억이 없다. 오후가 다 되어서 어떻게 어떻게 차를 끌고 집에 오긴 했는데 밥을 차려 먹을 수도 없고 심지어 시키기 위해 전화기 버튼을 누를 힘도 없어 생라면을 조금 빠개 먹다가 실신하듯 잠이 들었다.

그렇게 꼬박 열두 시간이 넘게 자고 일어나니 출근시간이라 맥모닝을 뜯어 먹으며 출근했었다. 그리고 수요일 정도까지는 생각 없이 움직이면 절뚝댔어야 했었지.

그날 밤, 몇 번이나 했더라?

"후회했어. 밥이라도 먹여 보냈어야 하는 건데."

갑자기 모골이 송연해졌다.

'그래서, 그날 후회해서 지금은 밥부터 먹이려는 걸까? 뭘 하려고? 뭘 어떻게 하려고?'

손을 움직이는 것을 멈춘 채 동그랗게 눈을 뜬 희은을 보고 선협이 짧게 웃음을 터트렸다.

"그렇게 겁먹은 것 같은 표정을 할 건 없어. 착한 아이니까…… 오늘은 좀 더 즐겁게 해줄게."

"착한…… 아이?"

"약속을 지켰으니까."

"내가 오지 않을까 봐 걱정했어?"

잠깐 생각하던 선협이 솔직하게 고개를 끄덕였다.

"제정신이라면 오는 게 맞겠지만, 여자들은 좀…… 복잡하니까."

희은은 눈을 가늘게 떴다. '오는 게 맞는' 이유는…… 그의 협박 때문일까, 아니면 그날 밤 그녀가 지독히도 만족했다는 사실을 알고 있기 때문일까?

"왜?"

희은의 시선을 느낀 선협이 느리게 눈을 감았다 떴다. 순간 희은은 선협의 머리카락을 흐트러뜨리고 싶다는 충동을 받았다. 목이 넓은 하얀 셔츠에 회색 트레이닝복을 입은 그는 회사에서의 말끔한 모습과는 좀 달라 보였다. 방금 샤워를 했는지 머리가 약간 젖어 흐트러져 있었는데 그래서인지 안 그래도 동안인 그는 마치 소년 같은 느낌이 있었다. 6개월 전 첫인상도 그랬다. 덩치만 커다란 소년…….

'아냐, 아니지.'

희은은 스멀스멀 녹아내리려는 마음을 다잡았다.

'일주일 전 그 짐승 같은 밤을 보내고, 그러자마자 몸이 회복되기도 전에 복사실에서 그 꼴을 당하고도 이런 바보 같은 생각이라니 성희은, 생각이 있는 거니 없는 거니.'

"나랑 왜 자고 싶어?"

흔들림을 티내지 않으려고 부러 아무렇지도 않게 밥을 입에 떠 넣으며 물었지만 말끝은 조금 뭉개졌다.

"그냥."

"뭐야? 그렇게 성의 없을 거야?"

대수롭지 않은 대답에 예민해져 언성을 높이자 선협이 가만히 그녀를 쳐다보았다. 그리고 순순하다면 순순할 수 있고, 삐딱하다면 삐딱한 어조로 말했다.

"더 성의 있을 수가 없는데. 처음 본 순간부터 너하고 자고 싶다고 생각했어. 이상의 성의가 필요해?"

희은은 눈동자를 굴렸다. 그리고 무척이나 애를 쓴 끝에, 제법 태연하게 다시 물었다.

"그거…… 첫눈에 반했다, 그런 거야?"

선협이 어깨를 으쓱했다.

"그렇게 말한다면, 그런 거고."

"그럼 사귀자고 말하지?"

"나한테 그럴 시간은 없거든."

"사귈 생각은 없다는 말이야?"

"나하고 사귀고 싶어?"

의외라는 듯 선협이 눈을 설핏 치켜떴다. 희은은 움찔 어깨를 움츠리는 수밖에 없었다. 사귀자고 했으면 아마 자자고 했을 때보다 더 크게 웃었을지도 모른다.

스스로가 속물 같다는 자각이 없는 것은 아니었다. 하지만 이러라고 부모님이 뼈 빠지게 돈 벌어서 과외 시키고 공부시켜 사시까지 뒷바라지를 한 건 아니라는 책임감은 있었다. 스스로의 욕구가 있어서 몰래 연애도 하고 놀기도 했지만 인생을 관통하는 어떤 큰 이벤트는 결국, 그러니까 아예 부모님의 소망이나 사회적인 인식에서 벗어날 수 없는 것이다. 어쨌든 성희은은 변호사고, 이선협은…… 정체가 모호하기까지 한 조사원이다.

"정말…… 열 밤이면 돼? 그럼 끝나는 거지?"

주저하다 물은 물음에 선협이 가볍게 웃었다.

"몇 번이나 물어야 안심이 될 예정이야?"

"응?"

"세 번이라면 지금 세 번 대답하려고. 열 번이라면 지금 열 번 대답하고."

희은이 입술을 앙다물었다. 놀림 받는 기분이었다.

"열 밤이면 돼. 더 안 바라."

그런 희은의 마음을 눈치 챈 것처럼 선협이 달래듯 덧붙였다.

"이제는 아홉 밤이야. 맞지?"

"그래. 아홉 밤."

선선히 대답한 선협은 싱긋 웃고 수저를 내려놓았다. 그리고 식탁에 턱을 괴고 그녀를 바라본다. 무척이나 즐거운 표정이었다. 그러면서도 어딘지 차분하게 가라앉는…… 정말이지 기묘한 표정.

"그뿐 아니라 이제 아홉 밤이 지나면 AS로 회사 측이 좀 더 배상을 철저히 해야 할 이유까지 알려주지. 네가 전혀 죄책감을 느낄 필요가 없을 정도로 말이야."

눈앞에 있는 남자는 소년인가 짐승인가.

'역시 달라.'

셔츠를 훌렁 벗어 던지는 선협을 보면서 희은은 생각했다. 옷을 입고 있을 때와 아닐 때 이렇게 다른 느낌일 수 있을까? 얼굴이 하얗고 순하게 생겨서인지 셔츠라도 입고 있으면 앳된 느낌이 있는데 벗으면 다르다.

일단 어깨가 넓고 근육이 단단히 잡혀 있었다. 어깨에서 팔로 이어지는 단단한 삼두가 이렇게 예쁘다는 건 처음 알았다. 팔이 막 두꺼운 건 아닌데 엄청나게 탄탄해서 바늘로 찔러도 들어가지 않을 것 같다는 기분이 들었다. 팔이 길고 예뻤다.

그런가하면 딱 조여진 가슴 근육도 몹시 보기 좋았다. 전체적으로 하얗고 털이 없는 편인 몸에 갈색 유두가 딱 보기 좋은 위치에 자리 잡고 있었는데 마치 그림 같아 보였다. 사각으로 남자다운 모양이 잡혀 있는 납작한 가슴 아래로 옹글게 초콜릿 복근이 웅크리고 있는 허리는 정말이지 감탄이 나올 정도였다. 전혀 마르지 않은 덩치인데 왜 슈트 안에 가리어지면 말라 보이는지 알 것 같았다. 전반적으로 길었다. 비율이 좋아 가까이 서지 않으면 덩치를 느끼기 쉽지 않을 정도였다.

"관찰하는 눈인데?"

혀로 윗입술을 훑으며 선협이 침대 위로 기어 올라왔다. 그러는 양이 늘씬한 고양잇과의 포식자 같아 희은은 몸을 떨었다. 그의 표정은 다정하고 편안한데 그녀를 잡아먹기 위해 다가오는 사나운 짐승을 보는 느낌이 든달까. 눈빛 때문이다. 그녀를 향해 곧게 박혀 있는, 세포 하나하나를 모두 헤집는 듯한 눈빛. 희은조차 몰랐던 그녀를 일깨우는 야성과 야만과…… 그녀가 전혀 몰랐던 어떤 세계의 눈빛.

"그때는 정신이 없어서 제대로 보지도 못했으니까. 불도 꺼져 있었고."

"아, 불 끌까?"

생각났다는 듯 선협이 눈썹을 밀어올렸다.

"불? 왜?"

"상관없으면 그냥 하고. 난 그냥 하는 게 더 좋아."

"아."

문득 희은은 선협이 그녀를 배려해주었다는 생각이 들었다. 불을 켜는 게 부끄러울 수도 있을 것 같긴 했다. 아니, 부끄러울 것 같았다. 환하기 그지없는 복사실에서 그의 손 아래 유린당했을 때 쾌감이 빨랐던 건 분명 수치심도 포함되어 있었다.

"네가 잘 보이니까."

히죽 웃으면서 선협이 희은의 양다리를 잡아당겼다. 엉덩방아를 찧듯 뒤로 발랑 자빠지며 희은이 인상을 찌푸렸다.

"불 꺼?"

그런 희은과 몸을 겹치며 선협이 눈을 맞췄다. 이마 위에 잡힌 주름을 펴주며 내려다보는 눈은 놀라울 만큼 다정했다. 그와 대비되는 커다란 남자의 무게…….

희은은 침을 꿀꺽 삼켰다. 도대체 무슨 조화인지, 마치 지금 둘이 연애라도 하는 느낌이다. 위협과 협박 따위는 어디론가 사라지고 아무렇지도 않은 이선협의 태도에 그녀는 적잖은 혼란을 느꼈다. 급격하게 느껴지는 친밀감을 어떻게든 부정해보려 노력했지만, 이선협이라는 남자가 무슨 짓을 한 것인지 이렇게 몸을 마주 댄 것만으로도 온몸이 바짝 조여들며 아랫도리가 축축해지는 것이 느껴졌다.

"괜……찮아."

이왕 하기로 한 것 제대로 즐겨주리라 결심하면서 희은이 손을 올려 선협의 이마를 쓸었다. 태연하려고 노력했지만 심장이 두근두근 거렸다. 이런 기분은 도대체 뭘까? 오로지 섹스를 위한 관계라는 것은 언제나 이런 짜릿함을 동반하는 걸까?

그동안 사귀었던 남자친구와는 이런 기분을 느낀 적이 한 번도 없었다. 뭔가 늘 부족하고 불편하고 말 그대로 빨리 끝났으면 좋겠다는 생각뿐이었다. 남자와 침대 위에서 이런 기분이었던 적이 없었다. 불만족스러워도 제대로 말할 수 없었고, 어떻게 해달라고 요구하는 일은 꿈도 꾸지 못했다. 아니, 무엇보다 선협처럼 그녀를 정성들여 안아준 남자는 없었다. 그처럼 그녀의 몸을 샅샅이 핥고 키스하고 맛본 사람은 단 한 명도 없다.

"좋아."

선협이 싱긋 웃고는 몸을 숙여 희은의 입술에 입을 맞췄다. 묵직이 누르는 입술에서는 머스크 향과 함께 희미하게 치약 냄새가 났다. 밥을 먹고 이빨을 꼭꼭 닦는 것이 어쩐지 초등학생 아이 같아 귀여웠다. 두툼한 혀가 천천히 희은의 입 안을 헤매고 다니며 구석구석 맛을 보는 느낌이 좋았다.

"우리 집 맛이 나는군."

만족스럽게 선협이 웃었다. 그러고는 희은의 등을 안아 일으켜 하나하나 옷을 벗기기 시작했다.

"내가 할래."

뭐라도 해야 할 것 같은 생각에 희은이 선협의 손을 밀어내고 단추를 풀기 시작했다. 선협이 그녀의 손을 위에서 덮어 잡았다.

"됐어."

"싫어. 피할 수 없으면 즐기라며?"

희은이 단호하게 선협의 손을 밀어내자 그가 하하 짧게 웃고는 어쩔 수 없다는 듯 어깨를 으쓱하게 머리 뒤로 손을 올렸다. 느긋하게 구경이라도 하는 듯한 태도에 불끈 치솟지 않은 것은 아니었지만, 희은은 침착하게 블라우스의 단추를 풀었다. 선협이 찌를 듯 날카로운 눈으로 희은의 손을 따라 시선을 움직였다. 애써 선협의 시선을 무시하며 희은은 블라우스 단추를 다 벗어

풀고, 치마를 내리고 스타킹을 벗었다. 이제 남은 것은 거의 레이스로 이루어져 있어 브래지어와 팬티가 다 비치는 슬립뿐이었다.

부끄러움과 애매함이 겹쳐 하아, 하고 희은의 붉은 입술 사이로 한숨이 새어나오자 선협의 목덜미가 꿈틀하고 움직였다. 그는 크게 숨을 들이마셨다가 내쉬었다. 하지만 몸이 반 넘게 희은에게 기울어져 있는 것과는 별개로 그의 표정은 자, 이제 어떻게 하나 보자…… 라고 하는 여유가 담겨 있었다. 어둠 속이 아닌데도 눈빛이 기묘하게 사납게 변해 있다.

"이리 와."

선협이 손을 내밀어 까딱하고 희은을 불렀다. 희은은 잠자코 그가 시키는 대로 무릎걸음으로 침대 위를 지나 그에게 다가갔다. 그녀의 손을 잡아 거리를 좁힌 선협이 그녀의 허리를 당겨 안아 그의 무릎 위로 올렸다. 그리고 손으로 천천히 레이스 슬립을 쓸기 시작했다. 처음에는 완만한 곡선을 그리고 있는 가슴 부위부터였다.

"예뻐. 마음에 들어."

조그맣게 칭찬을 하며 선협이 희은의 목덜미에 입술을 묻었다. 혀로 쇄골을 살살 쓸면서 손으로는 슬립의 봉제선을 따라 피부를 꾹꾹 누르며 움직이자 희은의 눈이 절로 감겼다. 슬립 위로 가슴을 덮는 손은 커다랗고 뜨거웠다.

"흠……."

어떻게 할까 고민하는 사자처럼 코로 신음을 흘린 선협이 슬립 위로 희은의 가슴을 쓸고 배를 어루만지고 손을 내렸다. 그리고 잽싸게 슬립 아래로 손을 집어넣어 팬티만 벗겨냈다.

"아응."

"가만히 있어."

꼼짝도 못하게 엄하게 이른 선협이 손으로 천천히 희은의 무릎을 어루만지다 손을 허벅지 안쪽으로 밀어 넣었다. 느리게 위험한 곳으로 전진하는 선협의 손은 감질 맛이 났다. 그의 입술이 자근자근 그녀의 뺨과 귓불, 목덜미께를 움직이며 따스한 바람을 뿜어내고 있었기 때문에 희은은 얌전히 그에게 몸을 맡긴 채 그가 주는 감각을 느끼기만 하면 되었다. 엉덩이 아래로는 벌써 잔뜩 성이 난 선협의 분신이 그녀를 찔러대고 있었지만, 그는 서두르지 않았다.

허벅지를 위아래로 슬슬 쓸던 선협이 손가락을 세워 두툼하게 맞물려 있는 희은의 여성을 찔러왔다. 군더더기 없이 바로 찔러오는 동작에 희은이 엷게 신음을 흘렸다. 바로 깊이 들어온 손가락을 그녀의 안쪽이 꼭 물었다. 그렇게 큰 자극을 주지 않았는데도 벌써 흐르는 애액 때문에 허벅지가 흥건히 젖은 것이 느껴졌다.

"정말 잘 느끼는군."

참 잘했어요, 의 느낌이 나는 칭찬을 한 선협이 그녀의 뺨에 입술을 눌렀다. 사랑스럽다는 듯 웃는 웃음소리가 희은의 어깨

위에 부서졌다.

"하지만 오늘은 먼저 느끼면 안 돼. 저번에는 네가 너무 빨리 느껴버려서 많이 못 했어."

많이 못 했다고? 안쪽에서 느껴지는 감각에 온몸에 힘을 주고 있는 와중에도 희은은 그건 아니라며 부정했다. 자기도 괜찮냐고 물었으면서. 일요일은 내내 잠만 잤고 주중에도 영향을 받을 정도였는데.

"그럼 빨리 하면 되잖아."

"그건 싫어."

단호하게 거절한 선협이 천천히 손을 빼고는 흥건히 젖어 있는 손을 만족스럽게 바라보았다.

"네가 참아."

그게 참을 수 있는 성질의 것이냐고 항의하려는 순간 선협이 젖은 손으로 허벅지를 따라 쭉 미끄러뜨려 내렸다. 애액 때문에 그의 손이 지나간 곳에 금방 차가운 온도감이 느껴졌다.

"아앗!"

선협이 희은의 허리를 잡더니 단숨에 자세를 바꿔 엎드리게 만들었다. 저번에도 그랬는데 아무래도 그는 후배위를 좋아하는 것 같았다. 느끼기 좋은 자세니 희은도 나쁘지 않았지만 등 뒤에 서 있는 그는 위압적인데다가 부끄러운 것도 사실이었다. 가장 은밀한 부위를 그에게 모두 드러내는 셈이니 솔직히 말하자면 부끄러운 정도가 아니다. 하지만 무슨 조화인지, 그 모든 것이 쾌감을 증폭시키는 증폭제 역할을 할 뿐이었다.

"팔 제대로 지탱해."

슬립을 밀어 올려 엉덩이를 노출시키며 선협이 명령했다. 엉덩이를 쓰다듬는 손이 오싹하니 기분 좋았다.

"네가 너무 힘이 세단 말이야."

"삽입하지 않을 거니까 제대로 지탱해."

무슨 소리야?

무릎을 꿇리게 만들고 자신의 무릎으로 적당하게 간격을 벌려 들어오기 좋게 자세를 잡게 해놓고 삽입을 하지 않겠다는 선협의 말에 희은이 고개를 돌렸다. 등 뒤에서 포식자처럼 만족스럽게 혀로 입술을 핥는 선협과 눈이 마주쳤다.

"앞을 봐. 한눈팔다 무너지면 사정 봐주지 않을 거야."

어쩐지 오싹해져서 희은은 순종했다. 두 손을 단단하게 시트를 잡은 채 희은은 엉덩이에 느껴지는 노출감에 침을 삼켰다. 그의 시선이 똑바로 부끄러운 부위에 박혀 있다는 것을 알 수 있었다. 커다란 손이 엉덩이를 살살 쓸다가 위험한 곳으로 슬쩍 움직이자 안쪽이 조여들며 애액이 주르륵 흘렀다.

"아흥!"

선협의 입술이 애액을 날름 혀로 핥아 먹으며 엉덩이 사이에 입술을 묻었다. 첫날도 그가 펠라치오를 해주긴 했지만 자세가 자세라 그런지 감각이 달랐다. 희은이 고개를 뒤로 젖히며 허리를 꺾었다. 여성의 주변을 두툼하고 깔깔한 혀가 조심스럽게 핥다가 슬쩍 여성 안으로 들어왔다.

"아훗!"

상상도 못 할 감각이었다. 분명히 무게로 밀어붙이는 건 아닌데 팔이 휘청여 희은은 앞으로 고꾸라질 뻔했다.

"안 돼!"

엄하게 이른 선협이 그녀의 엉덩이를 찰싹 때렸다. 아프지 않을 정도였지만 기분이 이상했다. 팔 사이에 얼굴을 묻은 채 희은은 저도 모르게 엉덩이를 살래살래 흔들었다. 숨이 차올라 입을 벌려 헐떡이면서 자꾸 엉덩이를 밀자 선협이 다시 한 번 혀로 아래부터 위를 쓱 핥아주었다.

"악!"

저릿하고 예민한 부위에서부터 전기가 머리끝까지 달렸다. 하지만 선협은 그에서 멈추지 않고 엉덩이를 잡은 채 다시 혀를 여성 안으로 진입시켜 위아래로 움직였다. 혀를 빙글빙글 돌리기도 하고 위쪽으로 꾹 힘주어 누르기도 했다. 신경이 한 점에 모인 것만 같았다. 몸 안에서 느껴지는 기묘한 감각에 희은의 양팔이 무너졌다. 얼굴을 베개에 묻은 채 그녀가 온몸을 달달 떨었다.

기분이 이상했다. 폭발하고 싶은데, 폭발할 수 없다는 건 알고 있었다. 뭔가 더 크고 단단한 것이 필요했다. 숨이 막혔다.

"아훗! 아훗! 아훗!"

선협이 손가락을 움직여 클리토리스를 매만지자 자극이 심해졌다. 이제 그녀는 엉덩이만 치켜 올려 선협에게 맡긴 채 시트를 움켜쥐고 소리를 질러댔다.

"아앙! 서, 선협 씨! 아앙…… 아앙……."

엉덩이를 치켜들어 조금이라도 더 깊이 선협이 혀를 진입시키도록 도우며 그녀가 발을 동동 굴렀다. 미칠 것 같았다. 이런 감각이 있다니 정말이지 상상도 못 했다. 점점 차오르는 감각에 희은은 이대로 한번 가버릴 수도 있다는 걸 깨달았다. 폭발하고 싶어 미칠 것 같았다. 점점 뜨거워져서 꼭 폭발할 수 있을 것만 같았다.

"안 돼. 안 돼."

어떻게 알았는지 선협이 입술을 떼고 희은을 돌려 눕혔다. 땀에 젖어 이마에 붙어 있는 머리카락을 떼어주며 그가 그녀의 위에 몸을 겹치고 잔뜩 성이 나 있는 물건을 그녀의 배에 비볐다.

"아직 시작도 안 했는데……."

"아웅…… 제발……."

"제발, 뭐?"

이번에도 선협은 희은에게 직접적인 애원을 요구할 모양이었다. 그런데 사람이 어찌나 간사한지, 아니면 적응력이 좋은 걸까? 단 한 번 만에 희은은 까짓것 그가 원한다면 해달라는 말쯤 못 해줄 게 뭐 있나 싶어졌다.

"해줘."

뜨거운 숨이 섞인 희은의 말에 선협이 그녀를 물끄러미 내려다보았다.

"뭘?"

"그러지 말고!"

"구체적으로 말해봐. 뭘 해줘?"

"……넣어줘."

"아직 옷도 다 안 벗겼는데 음란한 여자군."

말과는 달리 선협의 얼굴은 무척이나 만족스러워 보였다. 원망스럽게 노려보는 희은이 사랑스럽다는 듯 뺨에 입을 맞춘 그는 가슴을 주무르며 그녀의 다리를 벌리게 했다. 팬티를 벗었을 뿐 슬립과 브래지어는 손도 안 댄 채였지만 상관없었다. 희은은 어서 그가 그녀의 안으로 들어오길 바랐다. 묵직하고 단단한 그의 물건이 그녀를 관통해 폭발할 수 있도록 뇌관을 눌러주길 바랐다.

"다시 말해봐."

바지를 벗어 던지고 자신은 알몸이 된 채, 여전히 희은의 옷은 벗겨주지 않은 선협이 심술궂게 말했다. 다리 사이에서 천천히 몸을 움직여 그의 물건을 허벅지에 비벼대고 있었기 때문에 희은은 돌아버릴 것 같았다. 저 단단하고 뜨거운 것이 어서 그녀의 안으로 들어와야 하는데.

"넣어줘."

"열의가 느껴지지 않아. 존댓말로 해봐."

"선협 씨!"

비명에 가깝게 소리를 지르자 선협이 설핏 눈썹을 치켜 올렸다.

"싫어?"

그럼 말라는 듯이 선협은 희은의 가슴 위로 입술을 내렸다. 아프도록 이를 세워 크게 한입 베어 무는 그의 입술에 희은이 헉하고 비명을 질렀다. 하지만 이내, 지지 않겠다는 마음에 이를 악물었다. 실낱같은 결심이었지만. 슬립을 축축하게 적시며 이빨로 혀로 유두를 자극하게 선협의 움직임에 자꾸만 정신이 아득해졌다.

제대로 생각할 수가 없었다. 자극이 조금 더 직접적이었으면 하는 바람만이 굴뚝이었다. 옷을 다 벗고 그가 유두를 강하게 빨아줬으면 좋겠는 심정에 절로 몸이 움직여 어느새 상체를 그의 입술에 마구 붙이고 있었다.

"서, 선협 씨, 빨리……."

"빨리?"

그녀의 가슴을 입에 문채 선협이 혀로 유두를 자극하며 물었다.

"넣어줘……. 넣어주세요. 제발……."

거의 흐느끼는 수준이 되어 희은이 그의 목을 끌어안으며 애원했다. 다리를 벌려 그의 허리에 감으며 그녀가 몸을 비틀었다.

"좋아."

선협이 몸을 세워 희은의 발목을 잡아 어깨로 당겨 걸쳤다. 몸이 획 하고 달려 올라갔다. 양발을 자신의 어깨에 얹게 한 그가 골반을 잡고 조준해 단숨에 그녀를 꿰뚫었다.

"아악!"

선협의 어깨를 지렛대 삼아 희은의 몸이 거의 일직선으로 펴졌다. 몸 안을 훑어 올라오는 그의 분신은 기억하고 있는 것보다 훨씬 뜨거웠고 커다랬다.

'맞아, 이랬었어. 이렇게 크고 단단했어.'

희은의 엉덩이를 단단히 잡은 채 선협이 허리를 당겼다 밀어 넣었다. 처음처럼 깊이는 아니었고 절반 정도만 넣었다 뺐다를 반복하자 내부가 수축하며 점점 단단하게 그의 물건을 물었다.

"아흑!"

신음 소리를 내며, 하지만 물건을 빼는 대신 더욱 깊게 박아 넣던 선협이 움직임을 멈췄다.

마음이 급해진 희은이 그를 끌어안으며 졸라댔다.

"멈추지 마. 멈추지 마."

"안 돼. 기다려."

결합한 채로 선협이 희은을 끌어안아 자세를 바꾸며 뜨거운 숨을 내쉬었다.

"네 안이 너무 좁아서 나도 힘들어. 기다려."

"아흥. 싫어. 싫단 말이야."

고개를 흔들면서 미친 여자 같다는 자각이 없었던 건 아니지만 희은은 정말 미칠 것 같았다. 멈추지 않았으면 좋겠는데 이러다가 정말 이선협을 강간하게 되고 마는 게 아닌가 싶을 정도였다. 도대체 어떻게 하는 걸까? 어떻게 이선협은 사람을 이렇게까지 몰고 가는 걸까?

"아흑!"

희은의 다리를 모으게 만들고 그의 허벅지 위에 앉히자 결합이 조금 얕아졌다. 그래서인지 선협은 조금 더 편해진 얼굴이었지만 희은은 불만족스럽기 그지없었다. 여전히 배를 밀어낼 정도로 그는 가득 그녀를 채우고 있었지만 좀 더 깊고 깊은 결합을 원하는 그녀의 세포가 아우성을 치고 있었다.

"누워봐. 내가 할래."

"뭐?"

어이없다는 얼굴의 선협을 밀어내 눕게 하고 희은이 몸을 살짝 뺐다가 주저앉았다. 깊이, 말 그대로 목구멍까지 내장이 밀려나올 것 같이 깊이 결합하자 선협이 숨을 흡 하고 들이마시는 것이 느껴졌다.

그리고 다시, 다시, 다시.

속도가 빨라졌다.

"아흑!"

내부가 마구 수축하며 희은이 몸을 앞으로 숙였다. 터질 것처럼 뜨거워졌던 그녀의 내부는 몇 번의 자극으로도 마구 전율했다. 온몸이 다 진동하며 뜨거워졌다. 손톱을 세워 선협의 가슴을 마구 긁어내리며 희은이 몸을 비틀었다. 이를 악물며 참던 선협도 그녀의 등을 감싸 안으며 폭발했다.

빙글 몸을 돌려 정상위로 체위를 바꾼 그가 마구 허리를 뺐다 밀어 넣었다 빠르게 움직이기 시작했다.

절정에서 아래로 흘러내리던 쾌감의 곡선이 방향을 바꿔 마구 상승하기 시작했다.

"아악! 아악!"

밖에서 누가 들으면 무슨 일이 났나 싶을 정도로 희은은 비명을 질러대며 몸을 활처럼 휘었다. 그녀의 배 위로 선협의 땀방울이 뚝뚝 떨어졌다.

04.

섹스에 관한 모든 것. 요 근래 희은의 토요일을 정의하자면 '섹스에 관한 모든 것'이 아닐까 싶다. 세 번, 네 번, 그리고 오늘까지……. 하루하루가 지나갈수록 희은은 그동안 상상치도 못하던 세계에 발을 들여놓고 있었다. 32년 동안 희은은 완전 애송이였던 거다. 이런 세계가 있다는 것은 정말 꿈에도 몰랐다. 사람의 몸이라는 것이 이렇게 다양한 감각을 느낄 수 있는지, 세상에 이렇게 많은 감각이 존재했는지.

"아……."

엄지발가락을 가볍게 물고 빠는 감각에 희은이 나른하게 신음을 흘리며 턱 끝까지 욕조에 담갔다. 찰랑찰랑 물이 가볍게 흔들렸다. 하얀 김이 폴폴 솟아오를 정도로 뜨거운 물에 몸을 담근 채 맨살을 부비는 것은 기분이 좋았다. 특히 선협이 그녀의 발을 집요하게 만지고 물고 빠는 감각은 굉장히 기묘한 감각을 선사하고 있었다.

만지고, 물고, 빤다. 지독히도 단순한 이 행위에서 이런 쾌감을 느낄 수 있다니. 뜨거운 욕실의 온도 때문인지 몸속 깊은 곳까지도 수증기가 자욱한 것처럼 느껴졌다.

"너무 늘어지지 마."

몸이 풀린 나머지 자꾸만 자꾸만 가라앉는 희은을 눈치 챈 선협이 물고 있던 엄지발가락을 살짝 깨물고 놓아준 다음 손을 뻗어 희은을 당겨 안았다. 맨살이 부딪치면서 물이 크게 요동쳤다. 욕실 안에 가득 차 있던 수증기가 흔들렸다. 그가 그녀의 뺨을 사랑스럽게 감쌌다.

"사우나 기능이라는 거 정말 좋구나."

"좋아할 거 같았지."

선협이 젖은 희은의 머리를 쓰다듬으며 웃었다. 희은이 온몸이 노곤하게 풀려서 그에게 기대고 있는 것이 기쁜 모양이었다.

"좋은 집이라서 그런가? 여기 비싸지?"

"넌 그런 것에 관심이 많군."

"난 삼십 대 여자야. 재테크는 나의 취미생활이고. 왜……? 좀 그래?"

"아니, 현실적인 것도 괜찮아."

"진짜? 좀 속물 같아 보이는 거 아니고?"

"그런 생각 안 해봤는데. 당연한 거잖아. 너 같은 여자가…….."

희은이 잠깐 생각하다가 선협과 눈을 맞췄다.

"가끔 선협 씨가 날 너무…… 음, 과대평가 하는 느낌이 들어. 나 그냥 되게 평범한 여자야."

"그래서 그래."

'그래서? 평범해서?'

선협이 희은의 이마에 입술을 누르고 양쪽 눈 하나하나에 조심스럽게 키스했다. 그래서 그렇다는 말이, 무슨 뜻인지 알 수 없었지만 키스는 무척이나 좋았다. 그의 입술의 온도는 언제나 선명해서 그가 완전히 그녀에게 집중하고 있다는 것을 알려준다.

"목걸이 맘에 들어?"

입술을 미끄러뜨린 선협이 십자가 목걸이를 입술 사이에 무는 걸 느끼고 희은이 물었다.

"십자가 좋아해?"

벌써 세 번째, 아니 네 번째인가? 묻는 질문이었다. 희은으로서는 오히려 선협이 십자가를 좋아한다고 느껴졌다. 매번 묘하게 집착하는 걸 알 수 있었다.

"응."

"하나 사줄까? 목걸이."

"십자가 목걸이? 있는걸."

"다른 거."

"아니, 됐어. 괜찮아."

손을 뻗어 선협에게 안기며 희은이 고개를 갸우뚱했다. 그녀의 귓가에 입을 맞춘 그가 그녀가 편히 기댈 수 있도록 자세를 바꿨다.

"나한테…… 왜 이렇게 잘해줘?"

그의 품에 얼굴을 기댄 채로, 코끝에 수증기 냄새를 느끼며 희은이 물었다.

"잘해준다라…… 협박당하는 사람이 할 말은 아닌데? 협박 때문에 나하고 이러고 있는 거 아니었어?"

"그, 그러니까."

어찌나 편한지 정신 차리려고 노력해도 자꾸 실수를 한다. 도대체 지금 뭘 하고 있는 건지 희은은 가끔 전혀 알 수가 없어진다.

"그냥 네 욕심만 채워도 되는 건데 선협 씨는 꼭……."

"꼭?"

"날 즐겁게 해주고 싶어 하는 사람 같으니까 이상해지잖아."

선협이 낮게 웃었다. 그러고는 그녀의 정수리께에 입술을 누른다.

"남자의 쾌락을 잘못 이해하고 있군. 내 쾌감의 가장 큰 부분은 네가 정신을 못 차리고 소리를 지를 때야."

선협의 손이 천천히 희은의 등 뒤를 쓸었다. 커다란 손이 느리게 위로 올라갔다가 느리게 아래로 내려오고, 엉덩이까지 부드럽게 어루만졌다가 다시 올라온다. 다시 내려가 엉덩이 사이 갈라진 부위를 슬쩍 건드리고는 아무 일도 없었다는 듯이 시침을 떼기도 한다.

"후……."

뭉근히 만지는 그 모든 것이 너무 좋아 희은은 가볍게 한숨을 내쉬었다. 누가 어루만져준다는 것이 이렇게나 좋은 기분이었나?

"하지만 정 원한다면…… 내 욕심만 채워보도록 할까?"

선협의 목소리가 바뀐 것은 그의 품에서 희은이 거의 잠들었을 때였다. 좋은 기분에 잠겨 넋을 놓고 있던 와중에도 뭐? 하고 오싹 소름이 끼쳤다. 그가 그녀를 몸에서 떼어내고 싱긋 웃더니 몸을 일으켰다. 촤르륵 소리를 내며 뜨거운 물이 욕조 밖으로 넘쳤다.

"선협 씨?"

갑작스럽게 깨진 나른한 공기에 희은이 어리둥절해 눈꼬리를 치켜 올리는 동안 선협은 욕실장을 열고 타월을 꺼냈다. 그러고는 다가와 욕조에 엉덩이를 걸치고 앉아 희은의 머리를 수건으로 덮었다. 선협도, 희은도 완벽한 나신이었지만 이제 서로 부끄러워할 때는 한참 지났다.

"왜?"

"쉿. 넌 그냥 가만히 있으면 돼. 눈 감아."

매번 이런 식이었으므로 약간의 기대감마저 들어 희은은 눈을 감았다. 오늘만 해도 집에 도착했을 때 이미 뜨거운 물이 준비되어 있었다. 희은이 해야 하는 일이라고는 성실히 선협의 설계에 응하는 것뿐이었다.

눈을 감자 수증기 냄새가 좀 더 짙어졌다. 폭신한 수건이 머리 위를 날 듯이 날아다니며 머리를 말려주는 감각이 좋았다.

"앗!"

머리를 타월로 둘둘 말아 고정시키나 했더니 몸이 붕 날아올랐다. 물이 다시 좌라락 폭포수 같은 소리를 내며 떨어져 내렸다. 균형을 상실할 뻔했다가 간신히 수습한 희은은 그녀를 안아 올린 선협의 목에 팔을 감았다.

"눈 뜨란 이야기 안 했어."

놀라 올려다보자 선협이 그녀의 눈 위에 입술을 눌러 다시 눈을 감게 했다.

"이제 또 뜨면 가만두지 않을 거야."

"뭘 하려고 그래?"

눈을 감은 채 희은이 중얼거렸다. 성큼성큼 걸어가는 선협의 발걸음이 고스란히 느껴졌다. 욕실 밖으로 나가자 춥진 않았지만 한층 낮아진 온도가 온몸을 훑고 지나갔다. 발밑에 뚝뚝 떨어지는 물방울, 욕실에 들어가기 전에 켜놓은 촛불이 타닥거리는 소리, 은밀히 깔린 향 냄새…… 등 뒤로 침대 시트가 닿았다.

"젖잖아."

"그러라고 물에 넣은 거야."

노출된 벌거벗은 몸 위로 선협의 시선이 쏟아지는 것이 느껴졌지만 희은은 눈을 뜨지 않았다. 약간 불안감이 있긴 했다. 하지만 기대감도 있었다. 네 번의 밤 동안 이선협이라는 남자가 이

룩한 성과였다.

"착한 아이군."

침대가 기울어지는가 했더니 가까이서 선협의 체온이 느껴졌고, 희은의 이마 위로 입술이 눌렸다. 가까이서 살 냄새가 났다. 심장이 쿵쾅쿵쾅 뛰기 시작했다. 손을 움직여 선협의 목을 감으려고 했지만 이내 그의 손이 제지했다.

"계속 눈을 감고 있어. 가만히 있는 거야."

선협이 짧게 명령하고 일어섰다. 그가 멀어지는 것이 느껴졌다. 멀리서 달그락거리는 소리가 들렸다. 희은은 약속을 어기고 살짝 실눈을 떴다. 선협은 주방에 있었다. 침대에서는 주방 안쪽까지는 보이지 않았지만 불이 켜져 있었다. 방의 불은 꺼져 있고, 촛불만이 타올라 무척이나 몽환적인 느낌이었다. 그러는데 주방 쪽에서 그림자가 흔들렸다. 깜짝 놀라 희은은 눈을 감았다. 간신히 조용해졌던 심장이 다시 쿵쾅거리기 시작했다. 선협의 발소리가 나고, 가까이에서 인기척이 느껴졌다.

"눈 안 떴어?"

"응."

"정말?"

침대가 다시 선협의 무게로 기울어졌다. 희은은 그녀의 얼굴 위로 쏟아지는 선협의 시선을 느낄 수 있었다. 살피는 듯이 차근차근 그녀의 눈과 코와 입을 살피는 눈동자.

"진짜?"

어쩌지 하다가 희은은 고개를 저었다.

"살짝. 아주 살짝 떴어."

"역시."

선협이 웃고 있는 것이 느껴졌다. 무언가 달그락 하는 소리가 났다. 무척이나 익숙한 소리인데 무언지는 알 수가 없었다.

"뭐야?"

"뭘까?"

"악!"

희은이 몸을 움츠리며 눈을 떴다. 하지만 거의 동시에 눈 위로 천이 덮였기 때문에 보이는 것은 없었다. 무언가 몸에 닿았던 것도 사라졌다.

"뭐, 뭐야?"

숨을 헐떡이며 희은이 고개를 도리질 쳤다. 방금 무언가 굉장히 뜨겁거나, 혹은 굉장히 차가운 것이 가슴 위에 닿았었다.

"가만히 있어."

"눈, 풀어줘. 풀어줘."

손으로 눈을 가리고 있는 천을 풀어내려 하자 금방 손도 제압당해버렸다. 순식간에 하나로 모아진 손이 무언가 부드러운 것으로 칭칭 감겨졌다. 이상한 기분이 들었다. 무서운데, 다리 사이는 뻐근하게 흥분되었다. 두려움과 수치심과 기대감이 마구 범벅이 되어 숨이 막혀오는 것과 동시에 머리가 아플 정도로 흥분된다.

"서, 선협 씨, 왜 이래?"

"오늘은 좀 색다른 날이거든."

"이, 이런 거 싫어."

"넌 항상 싫어하는 게 많군. 하지만 결국에는 끝까지 싫어한 적이 없잖아. 이번에도 그럴 거야."

"서, 선협 씨."

눈도 가려졌고, 손도 묶였다. 반항할 수 있는 방법은 많지 않 았다. 한 손으로는 묶인 희은의 손을 머리 위로 올려 누르고, 선 협은 다른 한 손으로 희은의 이마에서부터 코 위로, 그리고 턱으 로 천천히 손가락을 내렸다. 턱으로, 목으로, 그리고 가슴으로. 가슴에서 손가락은 잠시 머물렀다. 그러고는 완곡한 곡선을 따 라 오른쪽 가슴으로 기어올라 유두를 건드린다.

"읍!"

희은이 허리를 들썩였다. 몸을 수그려 유두를 한입에 머금은 선협의 입술이 도톰하고 예민한 살을 쭉쭉 빨기 시작한 것이다.

"아?"

그리고 배 쪽에 뭔가 다른 감각이 느껴졌다. 차갑다. 처음에 는 얼핏 뜨거울 수도 있다고 생각했는데 차갑고 조그맣고⋯⋯ 아마, 얼음인 걸까? 배 위에서 미끄러지듯 움직이다가 가슴 위 로 올라와서 빨지 않는 가슴 끝으로 올라간 조그만 감각이 빙글 빙글 원을 그리듯 유두 주변을 맴돌았다.

"하악!"

다리를 꺾으며 희은이 허리를 들썩였다. 몸이 뜨거워져 있는 상태였기 때문에 감각이 정상이 아니었다. 선협의 혀도, 얼음도, 모두 지독하게 자극적으로 느껴졌다.

"가만히 있어."

자꾸만 바동거리는 희은을 붙잡은 선협이 얼음을 입에 물고 천천히 가슴을 삼켰다. 얼음과 가슴을 동시에 삼키자 뜨겁고 차가운 감각이 한 점에 집중되었다. 더불어 녹아내린 얼음물이 맞물린 입술과 피부 사이를 비집고 나와 가슴의 곡선을 타고 흘러내린다.

"으응!"

허리를 비틀며 희은이 입술을 앙다물었지만 비명이 제멋대로 입술을 비집고 새어나왔다. 하지만 여기서 끝이 아니었다. 입술로는 여전히 가슴을 희롱하면서, 선협은 얼음을 붙잡은 손가락을 단전 아래의 검은 수풀로 이동시킨 것이다.

"하아…… 하아…… 하아…….."

오르락내리락 들썩이는 가슴은 희은이 생각해도 지나칠 정도였다. 혼이 다 빠져나가는 기분이다. 어째서인지 얼음이 닿는 부위를 제외하고는 온몸이 점점 더 뜨거워지고 있었다. 아까 살짝 눈을 떴을 때 보았던 촛불이 점점 더 강렬하게 타오르는 것 같다. 뜨겁고, 차갑고, 뜨겁고, 차갑고.

"아!"

검은 숲을 천천히 적시던 감각이 은밀하게 갈라진 부위로 미끄러져 내려갔다. 여성의 몸 중 가장 따뜻한 그 부위에 느껴지는 차가운 감각에 희은이 숨을 멈췄다. 얼음이 클리토리스 위를 뱅글뱅글 돌며 자극했다. 녹은 물이 계속 흘러 계곡 사이로 넘치고 고이고 시트를 적셨다. 이제 선협은 입술로 단전에 키스를 하고 있었다. 그의 손가락은 여전히 은밀한 곳을 매만지고 있었다.

"아, 안 돼."

새로운 얼음으로 갈라진 부위를 문지르는 그의 손길에서 뭔가 불길함을 느낀 희은이 몸을 비틀었다.

"괜찮아."

선협이 희은의 양다리를 붙잡아 그의 어깨에 걸치고는 얼음을 입으로 문 다음 희은의 다리 사이로 고개를 숙였다.

"아흑!"

차가운 얼음을 감은 채 위아래로 천천히 움직이던 입술이 천천히 여성 쪽으로 얼음을 밀어 넣었다. 혀와 얼음이 동시에 젖어 있는 은밀한 곳으로 진입했다.

"하악!"

희은은 발버둥 치고 싶었지만 선협이 그녀의 골반을 단단히 붙잡고 있어서 움직이지 못한 채 그가 선사하는 감각을 고스란히 느껴야만 했다. 어쩌면 고통일 수도 있었고, 어쩌면 극도의 쾌락일 수도 있었다. 그것은 날카로운 감각이기도 했고, 짜릿한 전율이기도 했으며, 무엇보다 가장 원시적이고 위험한 쾌감이었다.

"아흑!"

얼음을 여성의 통로로 완전히 밀어 넣은 선협이 혀로 천천히 구멍 주위를 핥고, 혀를 끌어올려 클리토리스를 자극했다. 내부가 움찔움찔할 때마다 몸 안에서 서서히 녹아드는 얼음이 느껴졌다.

"아, 안 돼."

하지만 도리질하던 희은은 선협이 희은의 다리를 좀 더 벌리고 천천히 그녀의 안으로 들어오는 순간 모든 움직임을 멈출 수밖에 없었다. 항상 뜨거웠던 그녀의 안의 온도가 낮기 때문일까…… 그 어느 날보다도 선협은 뜨거웠다. 너무나 뜨거워 느릿느릿 진입하는 그의 혈관 하나하나, 그 혈관에서 소용돌이치는 혈액까지 모두 다 선명해지는 느낌이었다.

더 이상 뜨거울 수 없을 정도로 뜨겁게 그녀를 가르는 느낌에 그녀는 처음에는 숨을 멈췄고, 다음 순간 미친 듯이 허리를 꺾으며 비명을 질렀다.


곯아떨어지는 것이 마땅한 순간이었지만 선협의 신경은 예민하게 일어서 있었고, 문을 두 개나 건너 방에 처박아둔 휴대전화의 진동 소리에 눈을 떴다. 품 안에서는 희은이 완전히 소진되어 죽은 듯 자고 있었다. 아주 약하게 들썩이는 가슴이 아니라면 그는 그녀의 코 아래 손가락을 대어 살아 있나 확인해야만 했을 거다.

벌써 5주째, 선협은 희은을 한계까지 몰아붙이는 중이었다. 조심스레 몸을 뺀 선협이 바닥에 내팽개쳐져 있는 타월을 크게 휘둘러 허리에 감았다. 그리고 성큼성큼 큰 걸음으로 거실을 가로질러 닫혀 있는 − 희은은 단 한 번도 열어보지 않은 − 문을 열었다.

방은 텅 비어 있었다. 박스 몇 개가 쌓여 있지만 잘 꾸며진 거실, 주방, 욕실, 침실과는 완전히 다르게 살풍경하다. 애당초 이 집은 살기 위해 빌린 집이 아니었다. 열 번의 밤을 위한 곳이니 희은을 위한 곳만 화려하면 될 거라고 생각했다. 그리고 실제로 그랬다. 두 사람은 완전히 정신이 나가버렸을 때도 거실, 욕실, 침실을 벗어나지 않았다. 그러고는 기껏해야 주방쯤?

그리고 박스 위에 올려진 채 진동하고 있는 휴대전화는 요즘 유행하는 스마트폰이 아니었다. 10년 전에나 썼을 법한 검고 무식하게 생긴 무전기 같은 휴대전화였다. 등 뒤로 문을 닫고 휴대전화를 집어 플립을 연 다음 그는 통화 버튼을 눌렀다.

『예.』

선협은 자연스럽게 중국어로 전화를 받았다.

- 선협이냐?

『예.』

- 잤냐? 목소리가…….

『아닙니다.』

가볍게 헛기침을 해 잠긴 목을 가다듬으며 선협이 박스 위에

먼지를 툭툭 털어내고 엉덩이를 걸쳐 앉았다. 전화기 너머에서는 모르겠지만 쓴웃음이 나왔다. 천하의 이선협이 잠깐 서 있는 것도 후달릴 만큼 힘을 쓰다니……. 의외로 성희은은 위험한 여자가 아닐까?

- 선협아?

『말씀하십시오.』

- 거기 일은 언제 끝나냐?

선협의 눈썹이 꿈틀 움직였다.

『무슨 일 있으십니까?』

- 일이 없어도. 무슨 일 때문에 거기 가 있는 건지는 내가 알아야지. 벌써 반년이 훌쩍 넘었지 않니.

『거의 끝나갑니다. 이제 두세 달 정도면 정리하겠습니다.』

- 그래. 휴가가 너무 길어도 못쓰는 법이다. 오래 자리를 비우면 쓸데없는 생각을 하는 놈들이 나와. 우리가 그렇다. 무슨 일인지 입 꾹 다물고 말을 안 하니 모르겠다만, 너 같은 놈이 허튼 일로 시간 뺄 리도 없고, 믿고 있으니까…….

『압니다. 감사합니다.』

- 길게 말 안 하마.

전화는 건조하게 끊겼다. 상대가 전화를 끊을 때까지 전화기를 귀에 대고 있던 선협은 가볍게 한숨을 내쉬며 휴대전화를 내려놓았다. 그리고 잠시 심란하게 검은 기계를 내려다보았다. 이런 기분이 될 줄은 몰랐는데.

선협은 자리를 털고 일어나 문을 열고 나왔다. 거실로 나와 정성스레 문을 닫자 그제야 방이 무척이나 추웠다는 걸 알 수 있었다. 이 겨울에 보일러 한번 돌리지 않았으니 당연한 일이었다. 희은이 왔을 때 혹여 썰렁함을 느낄까 거실도 주방도 침실도 옷을 벗고 돌아다녀도 문제없도록 보일러를 잔뜩 올려놓았지만 문을 닫고 있는 방에는 아예 난방을 돌릴 생각도 안 했다. 희은이 그 방에 들어갈 일이 없기 때문이다.

오직 성희은을 위해서 만들어낸 천국. 아주 짧은 기간만 존재하는.

잠깐 사이 식어버린 몸에 감기는 따뜻한 기운을 막막하게 느끼고 있던 선협은 거실로 가서 테이블 아래를 손으로 훑었다. 숨겨두었던 담배를 찾는 것이다. 딱히 숨겨둘 이유까지는 없지만, 희은이 담배 냄새를 싫어하는 것 같아 그녀 앞에서는 피우지 않는 것을 원칙으로 하는 중이다.

달칵, 하는 소리와 함께 지포라이터가 쏴아아 가스 소리를 냈다. 이어서 매캐한 연기 냄새, 깊게 담배를 빨아들였던 선협은 후우 하고 하얀 연기를 뱉어냈다. 천천히 걸어 창가로 가 서자 그녀가 좋아할 만한 야경이 보였다. 야경이 좋다며, 조사원이 이렇게 좋은 위치에 이렇게 좋은 집을 얻을 수 있냐고 신기해했지.

피식 웃은 선협의 창백한 뺨이 홀쭉하게 당겨져 연기를 빨아들였다가 뱉었다. 깊은 시간을 반영한 듯 거리에는 가로등과 띄엄띄엄 지나가는 차의 붉은 등만이 조용한 밤을 긋고 있었다.

내내 희은을 생각하며 살았던 것은 아니었다. 벼락이 떨어진 것처럼 선명하게 그녀가 그의 심장에 각인된 것은 사실이나, 살다 보니 기억나지 않는 날이 더 많았고 생각하지 않는 일이 더 쉬웠다. 그리고 부정할 수 없는 것은 성희은이 이선협 인생의 유일한 온기였다는 것이다.

그러므로 희은을 다시 만나는 순간 바로 그녀를 알아본 것은 조금도 이상하지 않았다. 나이도 들었고 얼굴도 조금 달라졌지만 알아볼 수 있었다. 여전히 순진무구하고 해맑게 그가 그토록 속하고 싶었지만 속하지 못했던 밝은 세상에서 살고 있었으니까.

'그래서, 뭐? 아주 잠깐 꿈을 꾸는 것쯤 어때.'

살면서 세상이 선협에게 친절했던 적은 한 번도 없었다. 한 번도 그에게 우호적인 적은 없었다. 그 무엇도 쉬웠던 것은 없었다. 태어나는 그 순간부터 선협은 그가 원하는 것은 단 한 번도 가져보지 못했다.

'그러니, 한 번쯤 가지면 어때.'

희은의 순진무구함은 감탄스러울 정도였다. 불이 무언지 모르는 아이는 데이는 것을 두려워하지 않는 것처럼, 그녀는 그가 몸담고 산 어둠을 몰랐기 때문에 그의 요구에도 불구하고 그가 웃고 있다는 단 하나의 사실 때문에 경계하지 않았다. 그가 무심코 드러낸 어둠에 덜컥 겁을 집어먹고도 이어 웃어주면, 웃어주었다는 그 사실 때문에 또다시 마음을 놓았다. 그리고 그것이,

단 한 번도 의심할 필요 없어 의심이 없는 그 마음이, 선협과는 다른 그 모든 순진무구함이, 그는 마음에 들었다.

그러니, 어때. 절대로 가질 수 없는 것이라도 가질 수 있을 것처럼 꿈을 꾸는 게. 절대로 잊을 수 없도록, 다시는 그 어떤 놈이 성희은을 안더라도 이선협을 잊지 못하도록 세포 하나하나 깊이 그를 각인시키면 어때. 심장에는 그의 이름이 없을 테니, 그녀의 몸에 그의 이름을 새기면 좀 어때.

언젠가 성희은은 이 모든 것을 잊고, 말짱하게 그러려니 싶은 놈을 만나 그녀처럼 순진무구한 여자들이 그렇게 사는 것처럼 아이의 영어유치원을 고민하고, 학원 선생을 알아보며 그렇게 살겠지만, 아주 가끔 바람이 부는 날이나 비가 오는 날에 선협을 떠올린다면 성공한 거라고. 만족스럽다고.

손가락에 끼워진 담배가 거의 반 넘게 홀로 탈 때까지 멍하니 창밖을 보고 있던 선협은 마지막으로 다시 한 번 담배를 길게 빨고 재떨이에 눌러 껐다.

이제 희은을 깨워야만 하는 시간이었다. 보내기 싫어지기 전에, 보낼 수 없게 되기 전에. 희은이 너무 멀리 그녀의 궤도를 이탈하지는 않도록.

05.

"그만 툴툴대지 못해?"

등짝을 찢어놓고야 말겠다는 엄마의 스매싱이 작열하고 나서야 내내 투덜거리던 희은은 입을 다물었다. 하지만 불만이 없는 건 아니라 밤을 까는 엄마를 보는 눈초리는 영 불순했다.

"나 같으면 눈 허옇게 뜰 시간에 까겠다. 다 까면 보내준다니까? 애가 왜 안 하던 짓을 하고 그래? 혼자 덩그러니 있는 집에서 주말을 보내면 뭐해? 엄마 집에 오면 가족끼리 얼굴도 보고 오순도순 이렇게 엄마 밤도 까주고 좋지."

호두까기 인형도 아니고 밤까기 인력으로 소중한 딸내미를 주말에 호출한 엄마는 당당했다. 손으로는 밤을 까고 입으로는 딸을 야단치고 눈으로는 TV를 보는 멀티플레이도 가능했다.

"오호호호호! 어머, 쟤들 어떻게 하니! 몽땅 다 야외취침인가 봐!"

새로 시작한 예능 프로그램의 몰입도도 좋았다. 이럴 때는 별수없다. 일단 밤을 다 까는 수밖에. 군대도 안 갔는데 까라면 까야 하는 상황에 직면하다니.

"아, 주말엔 안 된다니까. 3주만 더 지나면 된다니까 그걸 못 참고."

"3주 지나면 밤 다 썩어. ……오호호호! 뚱땡이 봐! 구엽기도 하지. 역시 남자는 좀 살집이 있어야 구엽다니까."

"왜 때에 안 맞게 밤이야?"

"때는 내가 정한다. 말 시키지 마. 지금 한참 재미있는데!"

희은은 끙 하고 신음을 삼켰다. 물론 제정신이 아니라는 자각은 종종 있었지만, 엄마의 호출에 뿔이 났을 정도로 희은은 걷잡을 수 없이 선협과의 관계에 빠져들고 있었다.

사람은 적응력의 동물인 걸까, 희은이 유난히 단순한 걸까……. 겨우 두 달이 지났을 뿐인데 일주일에 한 번 선협과 보내는 시간이 당연해졌다. 다른 건 몰라도 이선협과 속궁합만은 인정해야 하는 게 아닌가 희은은 생각하고 있었다.

벌써 토요일 밤에만 은밀히 함께하고 있는 그들은 꽤 좋은 파트너였다. 매번 두 사람 다 운동을 시작해야 할 정도로 격렬한 밤을 보냈고, 두 사람 모두 토요일 밤을 위해 일주일을 사는 게 아닌가 싶을 정도였다. 단 한 번도 섹스라는 것이 이렇게까지 만족스럽고 충족감을 주는 것이라고 생각해본 적이 없었다. 머리를 떼어놓은 것처럼 아무 생각 없이 그녀는 이선협이라는 남자에게 몰두할 수 있었다.

아니, 어쩌면 섹스만은 아니다. 아무리 몸이 잘 맞는다고 해도 다른 부분이 어긋난다면 지금처럼 편할 리가 없다. 마치 잘 닦인 고속도로를 질주하는 것처럼 어떤 거슬림도 없이 희은은 선협을 받아들일 수 있다. 이야기하는 것, 사소한 움직임, 취향, 태도…….

처음에는 어색했던 회사에서의 관계도 정리가 되고 있었다. 그가 회사에서 아무렇지도 않게 구는 것만큼, 희은도 아무렇지도 않게 구는 데 익숙해졌다.

달라진 게 아주 없진 않았다. 티가 나지 않을 정도로 선협은 희은을 챙겼다. 무척이나 소소해서 희은 본인밖에 모를 그런 일들이었다. 목이 마를 때 물을 대령한다든가, 일이 많아지면 어느새 준비되어 있는 간식과 커피, 급하게 법원으로 가야 할 때는 라이드, 뭐 이런 일들. 항상 지켜보고 있다가 뒤를 지켜주는 것 같은 그런 안락감.

'지금 뭐 하는 거지.'

문득 시시각각 선협의 생각을 하고 있다는 깨달을 때마다 희은은 모골이 송연해지는 느낌이었다. 이럴 때가 아니지 않은가? 지금 이 관계는 열 번으로 제한된 관계다. 지극히 당연한 것처럼 그를 생각할 그런 문제가 아니었다.

그런데도 시시각각 자꾸 잊는다. 이 관계의 시작과 끝을.

"너 요즘 만나는 남자 있어?"

하지만 여전히 TV에 시선을 둔 채, 손으로 밤을 까면서 엄마가 무심하게 물었을 때는 다시 한 번 선협이 생각났다.

"……없어."

"그럴 줄 알았다."

엄마가 한숨을 내쉬었다.

"나이도 있는 게 철딱서니가 없어서……. 너 요즘도 봉사 다닌다고 싸돌아다녀?"

"아니야. 일하느라 바빠서 그래."

"일하느라 바쁘기는…… 야, 네가 나라를 경영하는 것도 아니고 뭐 그렇게 바빠? 내가 너 스무 살 때부터 봉사한다고 깝죽댈 때부터 맘에 안 들었어. 남들 이쁘게 분 찍어 바르고 연애하는데 자기는 뭐 중뿔났다고 봉사에 힘써?"

"엄마!"

"내가 진짜 이러면 안 되는 거 아는데 넌 내 딸이니까 좀 솔직해질게. 엄만 네가 가난한 사람들 챙기고 그러는 거 싫다. 네까짓 게 뭘 해서 그 사람들을 구제할 수 있을 거 같아? 사람은 여유가 있어야 해. 여유가 없는 사람들은 자기도 살아야 하니까 결국 네 발을 잡게 되어 있어."

"엄마! 무슨 소릴 하는 거예요?"

"사람은 평등하네 어쩌구 하면서 엉뚱한 놈 데려오면 죽는다는 소리야. 널 챙겨주고 널 지켜줄 수 있는 놈을 만나야 해. 너 쓸데없이 정 많아서 내가 좀 걱정이 아냐. 일은 제대로 하는지."

투덜투덜 대는 엄마의 눈치를 보며 희은이 몰래 한숨을 내쉬었다. 아닌 게 아니라 그놈의 정 때문에 이선협과 엉키긴 했다.

그렇다고 해도 결국엔 나쁘지 않은 일이었다. 처음에는 좀 무서웠지만 결국엔 그와 좋은 관계가 되었다고 생각한다. 그의 방법이 옳았다는 것은 아니지만, 그런 방법이 아니었으면 더 좋았겠지만 어쨌든 좋은 일이 나쁘게 보답받는 법은 없다고 생각한다.

"내가 너를 믿느니……."

혼자 뭔가를 생각하던 엄마가 눈을 빛냈다.

"얘! 너 선 볼래?"

"서언?"

"그래. 내가 한번 알아볼게. 어떤 스타일 남자가 좋아?"

희은은 웃음을 터뜨렸다.

"능력 있고 돈 많고 집안 좋은 남자? 집에 돈만 많고 천박한 그런 거 말고…… 왜 시부모님 점잖고 교양 있는 그런 거 있잖아. 막장 말고."

"어이구? 바라는 것도 많다?"

"에이, 그냥 하는 말이지. 난 사실 운명적 사랑을 기다리고 있어요."

엄마가 입술을 비쭉대며 눈을 흘겼다.

"차라리 그냥 아까 그거 해라. 돈 많고 집안 좋고 시부모 자리 점잖고 교양 있는…… 운명적 사랑은 무슨 개 뿔 삶아 먹을 운명적 사랑? 그런 거 없다. 조건이 짱이야. 조건 보고 결혼한 다음에 충실히 서로 아껴주고 예의 지켜주면 되는 거야. 내가 살아보니 그래."

"엄마는 아빠하고 그러고 살았쑤?"

"아니. 운명적 사랑인 줄 알고 결혼해서 내가 지금 이 모양이 꼴이잖아. 콩깍지 벗겨지고 고생했어. 진짜 너 아니었으면 뛰쳐나갔지, 내가. 안 살았지, 내가. 어후! 그러니까 넌 조건 다 보고 결혼해. 엄마 말 듣고."

"조건이 밥 먹여줘?"

"그럼 사랑이 밥 먹여주니? 사랑보고 결혼하면 사랑이 없어지면 짜증나지만 조건은 영원해."

자기는 사랑 없이 못 산다며 외가와 3년간 절연해가며 아빠를 택했으면서 티 없이 맑은 엄마의 주장에 희은은 웃고 말았다. 말은 이렇지만 아직도 은근 아빠면 죽고 못 사는 엄마였다. 결혼한 지 35년째인데도 그렇게 좋냐며 주변에서 흉볼 정도다.

"그래. 내가 왜 걱정만 했을까? 내가 괜찮은 놈 찾아 붙여주면 되는 건데."

"엄마!"

"너 웃을 때가 아냐. 말이 나온 김에 말인데, 너한테는 내 지분이 꽤 된다? 절대 엄한 놈 데려올 생각하지 마. 그러라고 손에 물 한 방울 안 묻히고 공부시킨 거 아냐."

"엄마는 그렇게 안 살면서 나한테 왜 그래? 난 엄마랑 아빠처럼 살았으면 좋겠어."

"미쳤니? 내가 이렇게 살아보니까 거지같아. 넌 그렇게 안 살았으면 좋겠어. 우아하게, 대접받으면서, 엘레강스, 그레이스!"

엄마가 아는 영어단어는 죄다 주워섬기고 있는 와중에도 어쩐지 마음 한구석이 뜨끔거렸다. 확실히 선협은 엄마 마음에 안 들 거다. 물론 지금 선협에 대해 깊이 생각하고 그러는 것은 아니다. 선협은 약속에 의한, 협박에 의해서 잠깐 기간한정으로 만나는 것뿐이니까.

그런데 왜 이렇게 입맛이 쓸까? 선협은 엄마 마음에 들지 않을 것이라는 사실이 바늘로 쑤시는 것처럼 콕콕 아프다.


"최수혁 씨 건 말인데…… 그의 말이 옳아. 연이흠 의원 집에 연판장이 있어."

"으응."

"찍어 오긴 했는데 이건 증거효력이 없어. 그보다 연판장에 조 의원 이름이 있으니까 이쪽을 설득하는 게 나을 것 같아. 이미 꽤 흔들리고 있는 것 같아."

"으응."

"얼마 전에 내가 사준 바이브레이터는 써볼까?"

"으응…… 뭐? 뭣?"

희은이 감전된 것처럼 펄쩍 뛰어올랐다. 선협이 껄껄 웃었다.

"안 듣고 있군."

"아아."

희은이 눈을 흘기고는 도로 팔 사이에 얼굴을 묻었다. 오늘
은 마사지였다. 오자마자 밥을 두둑이 먹인 선협은 30분간 국민
체조를 시키더니 그녀를 발가벗겨 눕혀놓고 잔뜩 오일을 묻혀
마사지를 해주는 중이었다.

처음에는 이게 뭐 하는 짓이냐며 웃던 희은은 10분도 지나지
않아 선협의 손 아래서 흐물흐물 녹고 있었다. 미끈미끈한 선협
의 손이 오일을 잔뜩 바른 등 위를 훑어 내릴 때마다 몸이 불가
에 있는 밀랍인형처럼 녹진녹진해졌다.

고급 스파에서 한 번에 십만 원도 넘는 전신 마사지를 받은
적도 있지만, 지금은 그것과 비교할 수도 없었다. 오일을 잔뜩
묻혀 어깨를 주무르고 등뼈 하나하나를 꼭꼭 짚어 압박하고 허
리에서 엉덩이로 이어지는 곡선을 쓰다듬고 다리를 훑어 내린
다. 전혀 섬세하게 생기지 않은 커다란 손이 어떻게 이렇게 움직
일 수 있는지 신기할 뿐이었다. 거리낄 것 없이 벗어젖힌 후라
그런지 몰라도 자유롭고 편안하다.

진짜 파라다이스가 있다면 여기가 아닐까.

"선협 씨는 계속…… 이 일을 했어?"

나른하게 풀어진 목소리로 묻는 희은의 목소리에 잠깐 사이
를 두고 선협이 장난스럽게 대꾸했다.

"마사지?"

"아니, 조사원."

"글쎄……."

애매한 선협의 대답에 희은이 팔에 파묻었던 고개를 돌려 선협을 바라보았다. 그는 아무렇지도 않은 얼굴로 그녀의 무릎을 굽히고 발바닥을 지압했다. 단단히 굳어 있던 몸이 찌릿찌릿한 느낌과 함께 뜨끈하게 풀어진다.

이선협은 성희은의 몸 구석구석을 너무나 잘 알고 있었다. 두 달이면 충분한 시간이었다. 희은은 생각보다 선협이 자신에 대해 아는 것이 많다는 것과 생각했던 것 이상으로 자신이 그에 대해 아는 것에 없다는 것을 깨달았다.

이선협, 29세, 조사원. 로또라도 맞은 것 같은 그런 집에 살고 있고 과하게 좋은 몸을 가지고 있으며 그 몸을 효과적으로 폭발시킬 수 있는 약간 – 어쩌면 매우 – 이중성이 있는 남자라는 것 외에 희은이 그에 대해 아는 게 뭐가 있을까? 가끔은 무척이나 가까운 듯했다가 다음 순간 생경하게 낯선 타인처럼 느껴지는 것은…… 과민한 탓일까?

"기면 기고 아니면 아니지 글쎄는 뭐야?"

"말 그대로 기도 아니고 아닌 것도 아니어서 그래. 뭐 어떻게 따지면 내내 이런 일을 했다고도 볼 수 있겠다."

선협은 아무 표정도 떠올라 있지 않은 얼굴로 희은을 응시했다.

"누군가를 조사하고 어떤 일을 알아보고 결정하거나 남이 결정하는 걸 돕거나."

시선을 뗀 선협이 이내 다시 마사지에 몰두했다. 그의 표정에서 더 이상 묻지 말라는 경고를 읽었으므로 잠시 머무르던 희은이 '하나만 더…….'라고 스스로를 설득하며 다시 질문했다.

"학교는? 대학교는 졸업했어?"

뒤꿈치를 지그시 누르던 힘이 사라지더니 커다란 손이 겨드랑이 아래를 붙잡아 그녀를 획 돌려 눕혔다. 위에서 그녀를 내려다보는 시선은 달콤했고, 위험했다.

"왜 나에게 궁금해졌어, 새삼? 나한테 관심이라도 생긴 거야?"

"관심 없을 리 없잖아."

선협의 얼굴이 어두워졌다.

"아니, 관심 갖지 마."

"뭐?"

몸을 일으키려는 희은을 선협이 제지했다. 그의 턱은 단단히 굳어 있었고 표정은 타협은 없다는 듯 엄했다. 그의 눈빛은 그녀에게 경고를 보내고 있었다.

'약속한 것을 잊지 마.'

그들의 약속. 열 번의 밤.

"아, 나는……."

선협의 이면을 알고 있었음에도 아직 충분하지 않은지 그가 순한 양처럼 굴 때면 희은은 종종 그를 편하게 대하고 말았다. 이게 바로 선입견이 대단하다고 하는 건지, 아니면 겉모습에 속는다고 하는 건지 스스로의 바보스러움에 감탄하고 만다.

"그냥...... 궁금했어. 미안해. 캐묻는 것처럼 들렸다면."

잠깐 동안 선협의 시선이 묵직한 압력으로 희은을 눌렀다. 가끔 그가 이런 식으로 그녀를 내려다볼 때면, 희은은 두려웠다. 무언지 정확히 설명할 수는 없는데 감당하지 못할 무언가가 그녀를 재촉하는 것만 같은 느낌이 들었던 것이다. 그러니까 보이지 않는 선이 보이지 않는 공간에 있고 그녀는 그 선을 넘기 직전인 것만 같은 그런 조바심.

보통의 경우 선협은 선을 잘 지키는 남자였지만 – 예를 들자면, 혼을 송두리째 빼놓는 것 같은 정사를 벌이는 대신 반드시 토요일 밤에만이라든지 – 동시에 그런 선 따위는 단숨에 넘고도 남을 뼛속 깊이까지 짐승이라는 것도 희은은 알 수 있었다.

"그냥 미안하다는 말은 거절해."

선협은 희은의 이마에 입을 맞췄다. 희은은 발가벗은 상태였고, 온몸이 미끈하게 호박색 오일로 뒤덮여 있었지만 그는 솜씨 좋게 그녀를 지탱한 채 오랫동안 이마에 입술을 눌렀다. 그러더니 뭔가 불만족스러운 것처럼 고개를 오른쪽으로 왼쪽으로 꺾으며 인상을 찌푸렸다.

"그, 그럼 어떻게 해?"

다소 속 보인다고 생각하면서, 하지만 티가 나지 않기를 기도하며 희은이 눈을 설핏 치켜 올렸다. 그의 분위기가 아주 약간 위험하게 바뀐 것만으로도 단전께가 뻐근해지며 온몸이 아우성치기 시작했다. 지금부터는 축제의 시간이었다. 그의 손에서 풀어질 대로 풀어졌던 근육이 단단히 조여들기 시작한다.

"우리 사이에 몸으로 갚는 것밖에 더 있어?"

선협이 한쪽 입술을 끌어올리며 웃었다.

"어떻게?"

"내 옷 벗겨봐."

희은을 놓고 약간 물러서며 선협이 명령했다. 오만한 태도였지만 이 집 안에서 그의 그런 태도에는 이미 익숙해져 있었다. 게다가 말로만 이렇지, 둘 중 헌신 봉사하는 쪽을 택하라면 희은이 고른다 해도 선협 쪽이었다. 고분고분하게 말을 들으면 백배도 넘는 보답이 돌아왔다. 이 정도쯤은 충분히 해줄 수 있었다. 그가 명령하고 난 다음에 오는 짜릿한 쾌감은 이미 차고 넘치게 맛본 다음이기도 해서 오히려 기대가 될 정도다.

미끈거리는 몸을 간신히 수습한 희은이 타월을 잡자 선협이 고개를 저었다.

"닦지 않고 그냥?"

온몸이 오일로 미끈거리는데…… 하고 입술을 내밀었지만 희은의 심장은 벌써 쿵쾅거리고 있었다. 오늘이 일곱 번째 밤인데 매 밤, 다른 느낌으로 선협은 희은의 혼을 빼놓았다. 아라비안나이트가 따로 없었다.

희은은 손을 뻗어 선협의 셔츠를 벗겼다. 그녀가 벗기기 쉽도록 팔을 치켜들었던 그가 셔츠가 머리를 통과하는 순간 획 하고 손을 뒤로 뺐다. 덕분에 희은이 앞으로 획 고꾸라지며 침대에서 떨어졌다.

"앗!"

아주 간발의 차로 선협의 품 안으로 떨어진 희은이 놀라 두 방망이질 치는 가슴을 누르며 그를 올려다보았다. 그가 그녀를 번쩍 안아 들고 성큼성큼 침실로 갔다.

"이, 이대로? 시트를 다 버릴 텐데?"

"버리라지."

희은은 침대 위에 내동댕이치듯 내려놓은 선협이 바지와 팬티를 한꺼번에 벗고 나신이 되어 그녀의 위로 몸을 덮었다. 자르르 윤기가 흐르는 희은의 몸 위에서 몸을 슬슬 미끄러뜨리자 두 사람 모두 금방 화끈하게 열이 올랐다.

"아응…….."

다리를 세워 선협의 허리에 감으며 희은이 콧소리를 냈다. 선협은 이미 꼿꼿하게 서 있는 짙은 갈색의 유두를 혀끝으로 핥다가 깊게 흡입했다. 선협을 만나고 좀 더 커진 가슴이 그의 입술 끝으로 사라졌다.

선협과 만나면서 느낀 것이었다. 가슴이 커졌다. 원래도 가슴이 작은 편은 아니었고, 고등학교 때는 콤플렉스이기까지 했다. 가슴이 크다는 것은 지적인 것과 거리가 먼 것 같아서 숨기려고 애쓰기까지 했다. 그러던 것이 선협을 만나고 그가 그녀의 가슴을 빨고 핥고 사랑스럽게 희롱할 때마다 자랑스럽더니 정신을 차리고 봤을 때는 약간 사이즈가 커져 있었다.

"아항!"

희은이 허리를 들썩이며 교성을 질렀다. 팔로 그의 등을 감싸 안은 채 더 이상 커질 것 같지 않았던 그의 분신이 점점 더 크기를 키우고 단단해지는 것을 배로 고스란히 느끼며 그녀는 숨을 몰아쉬었다.

온몸이 미끈거리는 것은 아마 선협에게도 큰 자극이었음에 틀림없다. 평소보다 그는 훨씬 빠르게 그녀의 안으로 진입했다.

"음!"

이제는 익숙해질 법도 한 크기에 희은이 고개를 한껏 등 뒤로 젖히며 신음을 삼켰다. 그런 그녀를 빤히 보던 선협이 그녀의 골반을 잡더니 천천히 엉덩이를 돌리기 시작했다.

"아?"

배 속에서 느껴지는 색다른 감각에 희은이 눈이 휘둥그레졌다. 커다랗고 뜨거운 몽둥이가 배 속을 천천히 휘젓고 있었다. 마치 마녀가 커다란 솥단지에 온갖 재료를 다 넣고 휘젓는 것처럼 선협이 그녀를 휘젓고 있었다.

희은은 약간 상체를 세우고 게슴츠레하게 선협을 바라보았다. 고개를 약간 숙이고 그녀에게 몰두하고 있는 선협의 모습은 색정적이었다. 그의 움직임에 맞춰 흔들리는 검은 머리카락을 보는 순간 저릿하고 온몸의 근육이 바짝 조여들었다.

"아흑!"

움직임을 멈춘 채 침대를 짚고 몸을 숙인 선협이 날카롭게 나무랐다.

"날 죽일 셈이야? 힘 빼."

억울한 느낌이 없지 않았다. 힘을 준 적도 없고 주는 법도 몰랐다. 평소보다 좀 더 조인다면 순전히 선협의 탓이었다. 마사지로 온몸을 구석구석 풀어놨으니 윤활제를 친 몸이 다른 때와 다른 것은 당연한 것 아닌가?

"모, 몰라. 어떻게 하는지 모르겠어."

희은이 울상을 짓자 선협이 한숨을 내쉬었다.

"어떻게 해야 남자를 죽이는지 너무도 잘 알고 있는데."

억울하지만 칭찬처럼 들리기도 했다. 선협은 그녀의 한쪽 다리를 잡더니 한쪽만 그의 목에 걸치게 자세를 조절했다. 다리를 한껏 벌린 자세라 부끄러웠지만 또 그것이 쾌감을 증폭시키기도 했다. 얼굴을 가린 채 그녀는 그가 움직이는 대로 몸을 움직였다.

"손 치워."

"싫어."

거절하자 커다란 손이 다가와 그녀의 손을 잡아 침대에 눌렀다.

"얼굴 보여줘."

"부끄러워."

"괜찮아. 예뻐."

입을 벌린 채 숨을 몰아쉬는 얼굴이 예쁠 리가 없었다. 그런데도 이선협은 참 빈말을 잘했다. 회사에서 아무것도 모르는 순둥이인 척 곱게 굴 때도, 침대 위에서 폭군처럼 굴 때도 언제나 그의 말은 달콤했다.

"아흑!"

그가 추켜올리는 힘에 입을 크게 벌린 채 숨을 멈춘 희은의 여성이 그를 꽉 물었다. 그가 아무리 다리를 벌려도 조여대는 근육은 어쩔 수가 없었다. 그거 허리를 휙 빼고는 숨을 몰아쉬었다. 이러다가는 최단시간의 불명예 기록을 세울 판이었다.

"아흥…… 싫어. 빼는 거 싫어."

"앙큼스럽긴."

우는소리를 내는 희은의 콧잔등을 슬쩍 나무라듯 튕긴 선협이 허리를 굽혀 그녀의 가슴을 빨기 시작했다.

민감해져 있는 유두가 인정사정없는 흡입에 쓰라리기 시작했다. 하지만 이상한 것은 선협이 주는 고통은 항상 쾌감과 연결되어 있다는 것이다. 그가 가슴을 빨아대자 단전이 움찔거리더니 온몸으로 벌벌 떨리는 쾌감이 기어 다니기 시작했다.

"아흥……."

희은이 선협의 국부에 엉덩이를 비벼대며 고양이 같은 소리를 냈다. 피식 웃은 선협이 희은을 간단히 안아 올려 자신의 무릎 위에 올리고 가슴을 입에 넣었다. 아까보다 더 세게 탐스럽게 도드라진 유두를 빨면서 그가 그녀를 자신의 물건 위로 주저앉혔다. 이제 그의 분신에 익숙해진 그녀의 여성은 거의 아무런 저항 없이 그의 물건을 꼭 물었다.

"허리 움직여."

여전히 그녀의 유두를 입 안에 머금은 채 그가 명령했다.

"흐…… 어떻게……."

마치 가르치는 것처럼 선협이 희은의 허리를 잡고 살살 돌리기 시작했다. 사실 큰 움직임은 아니었다. 엉덩이는 거의 움직이지 않았고 그냥 허리만 살살 원을 그리며 돌리는 것뿐이었다. 하지만 효과는 아까 선협이 그녀의 안을 휘젓던 것과 비슷했다.

배 속에서 일어나는 쾌감에 희은이 허리를 젖히며 그를 조여 댔다.

"안 돼. 허리는 꼿꼿이 세워."

힘으로 그녀의 자세를 누르며 그가 벌주듯 그녀의 젖꼭지를 꽉 깨물었다. 저릿하면서 그녀의 안쪽이 다시 그를 꽉 문다. 두 사람의 입에서 거의 동시에 신음이 터졌다. 선협이 손을 뗀 후에도 자동적으로 허리를 돌리고 있는 희은의 허벅지를 쓰다듬으며 선협은 그녀의 젖가슴을 맘껏 맛보았다. 그가 빨아댄 덕에 발갛게 꽃핀 피부와 번들거리는 유두가 기가 막히게 사랑스러웠다.

허벅지를 쓸던 손을 배 쪽으로 옮겨 대자 그녀의 안에서 그녀를 휘젓고 있는 그 자신이 고스란히 느껴졌다.

"하악! 하악! 하악!"

숨을 몰아쉬느라 가슴을 들썩이며 희은은 허리를 뒤로 젖히고 싶어 안달 난 듯 움찔거렸다. 선협은 금방이라도 터질 것 같

117

은 그녀가 그러지 못하도록 단단히 잡고 있었다.

결국 계속되는 자극에도 터지지는 않자 지친 희은이 허리를 돌리는 것을 멈췄다. 어쩔 수 없이 그가 엉덩이를 움직이기 시작했다.

"아홋!"

희은이 어깨를 움츠리며 바르르 떨었다. 그녀가 움직일 때보다 그가 움직이면 훨씬 예측할 수 없고 깊이 찔러오는 것이 있었다. 선협이 이를 세워 그녀의 가슴을 긁어내렸다. 그리고 이내 입술 가득히 가장 예민한 정점을 삼키고, 다시 핥아 올리고 그러면서 그녀를 아래쪽에서는 쳐 올린다.

"앗! 하학! 나…… 나…… 갈 거 같아."

선협이 아무 말 없이 희은 깊이 그 자신을 박아 넣었다. 그의 움직임이 점점 커지며 희은의 몸이 들썩이기 시작했다. 점점 자극이 온몸으로 번지며 어디가 하늘인지 땅인지 침대인지 모르겠는 상태가 되어 희은은 그를 꼭 끌어안았다.

그대로 그녀의 가슴에 얼굴을 묻은 채 그는 허리를 힘껏 움직였다.

"아앗!"

선협이 단단히 잡고 있던 희은의 허리를 놓아주는 순간, 말 그대로 희은은 거대한 활이 된 것처럼 허리를 휘었고, 그녀의 내부의 통로가 좁을 대로 좁아지며 선협을 삼켰다.

그는 고개를 뒤로 젖혔다. 두 사람의 머릿속이 동시에 하얗게 빛이 번졌다가 까맣게 한 점으로 수축했다.

∽ ∾

"우리 쪽 클라이언트가 거짓말을 한 게 맞아요. CCTV 화면을 확보했어요. 슈퍼 아저씨의 증언도 받았고요."

"우리 쪽하고만 이야기한 거지?"

"예."

"에효."

민주가 코끝을 밀어 올려 돼지코를 만들며 한숨을 내쉬었다. 이럴 때가 제일 난감했다. 우리 쪽 클라이언트의 증언이 거짓으로 밝혀졌을 때. 저쪽을 잡으려고 조사를 했는데 이쪽 꼬리를 밟혔을 때.

"어떻게 해야 하지?"

민주가 시무룩해져서 선협에게 물었다. 평상시와 똑같은 표정을 하고 선협이 대답했다.

"폐기해야죠. 저쪽에 넘어가기 전에."

"슈퍼 아저씨는?"

"제가 해결할게요. 몇 푼 쥐어드리면 귀찮게 법원 나오고 하지 않으실 거예요."

"아아……."

민주가 손을 쫙 뻗어 기지개를 폈다가 책상 위로 털썩 엎어졌다.

"이럴 땐 나 참 회의스럽다? 내가 뭐 하는 건가 싶어."

"이건 정의와 관련된 일도 아닌데요, 뭐. 그냥 결혼했던 두 남녀가 관계를 끝내기로 결정했을 때, 서로 좀 더 많이 가져가려고 바동대는 일일 뿐이에요."

민주가 눈썹을 치켜세웠다.

"선협 씨, 되게 시니컬하다?"

"그래요?"

"응. 선협 씨는 진실한 사랑 그런 거 믿을 것처럼 생겼는데…… 안 그래?"

하하 하고 선협이 사람 좋게 웃었다.

"믿어요. 어딘가는 분명히 있을 거라고."

"왠지 여기에는 없다는 소리처럼 들려."

"그런가요."

알 듯 모를 듯한 미소를 지은 선협이 태블릿 PC를 챙겨 자리에서 일어났다.

"아직 일 남았어?"

"남 변호사님이 부탁하신 일이 있어서요."

"섬영 그룹 일 말이야? 버스조합 건도 선협 씨가 알아본다고 하지 않았어? 민정당 연판장과 관련된 최수혁 씨 건도 하고……. 일 너무 많은 거 아냐?"

"괜찮아요."

"섬영 그룹 일은 좀 진전이 있고?"

"공장 내부에서 뭔가 알아낼 수도 있을 것 같아요. 갔다 올게요."

"응, 다녀와. 바이바이!"

민주는 사무실을 나서는 선협을 향해 손을 흔들었다. 빙긋 웃어 보이고 나서던 선협이 그와 엇갈려 사무실로 들어오던 희은에게 가볍게 목례하고 나섰다. 약간 어색하게 몸을 비틀어 인사한 희은이 아직도 흔들던 손을 내려놓지 않은 민주를 보고 눈을 동그랗게 떴다.

"오자마자 나 보내는 거야? 웬 바이바이?"

"선협 씨, 방금 내 사건의 조사자료 줬는데 또 나간단다. 우리 사무실 일은 이선협 씨 혼자 다 해. 월급 더 줘야 하는 거 아니니?"

"내가 얼마 전에 박 변호사님한테 물어봤는데…… 선협 씨 돈 엄청 받는다더라. 그 돈 주고도 스카우트하기 힘들었대."

"엥? 그래?"

희은이 자리에 앉으며 한 말에 민주가 눈을 동그랗게 떴다.

"선협 씨 연봉은 왜 물어봤어?"

"아, 그게…… 물어본 건 아니고…….."

대답이 궁색해져 희은이 콧잔등을 멋쩍게 쓸었다. 이선협에 대해 뭐든 알려고 인사 담당자인 박 변호사에게 접근했다가 주워들은 거라고 어떻게 말한단 말인가? 그나마 알아낸 건 그 정도가 다였다.

　누군가의 소개였다고 했다. 박 변호사는 모르고, 좀 더 위쪽과 연관이 있는 듯하다고만 했다. 터무니없을 정도로 어마어마한 연봉을 요구하기에 말도 안 된다고 자르려고 했는데 두 달간의 인턴기간을 제시했다고 한다. 그 기간에 연봉에 상응하는 일을 하지 못하는 것 같거든 자르라고.

　결과는 어땠냐면, 두 달 만에 사무실은 그 언제보다도 높은 승률을 올렸다. 뭐라고 해도 정보 하나가 곧 승소로 이어지는 바닥이다. 변호사로서 가장 문제는 법적 해석이 아니라 실제로 어떤 일이 일어났는지와, 어떤 일이 일어났다면 그것을 증명할 수 있는지였다. 선협이 하는 것은 그런 일이었다. 능력 없는 변호사 열보다는 능력 있는 조사원 하나가 사무실 입장에서는 더 귀할 수도 있는 것이다.

　「누군가를 조사하고 어떤 일을 알아보고 결정하거나 남이 결정하는 걸 돕거나.」

　선협의 목소리가 생각났다. 자신의 일에 시니컬한 느낌이 드는 목소리였다. 하지만 일을 할 때 그는 딱히 자신의 일을 싫어하지 않는다고 생각했었다. 하기야 그와 그녀가 이렇게 될지도 몰랐으니 성희은은 이선협을 전혀 예측할 수 없다는 것을 인정해야 한다.

"그런데 선협 씨는 어떻게 그렇게 아는 사람이 많아? 어떻게 그렇게 정보를 잘 빼오지?"

민주가 순수하게 감탄했다. 생각해보면 보통 조사원이 기껏 하는 일이라고는 통장 조사하는 거나 거주자 조사하는 게 전부 인데 반해 선협은 상당히 디테일한 정보를 물어오곤 했다. 그의 정보 때문에 판결이 뒤집힌 적이 한두 번이 아니었다. 그것은 그 가 단순히 정보를 찾는 게 아니라 판결에 직결되는 정보가 무엇 인지도 정확히 파악하고 있다는 뜻이었다.

"머리가 좋은 것 같아요."

왠지 뿌듯해서 웃자 민주가 희은을 빤히 쳐다보았다.

"왜, 왜요?"

"너 요즘 남자 만나니?"

뜬금없는 민주의 말에 희은이 펄쩍 뛰었다.

"엑? 갑자기 무슨 소리예요? 나 만날 야근에 법원에서 상주 하는 거 다 알면서."

"그래, 그런데 묘하게 예뻐지는 거 같아서 하는 소리야. 피부 도 탱탱하게 윤기가 흐르고……."

잠깐 고개를 갸우뚱거리던 민주가 눈을 가늘게 떴다.

"혹시 피부과 개척했어? 좋은 거 혼자만 하기 있어? 나도 알 려줘. 좋은 레이저 나왔대? 요즘 추세는 서마지라던데…… 진짜 그래?"

"난 모르겠네요. 내가 레이저는 쐴 시간이 있나요?"

"그런데 요즘 왜 이렇게 피부도 좋고……. 아니지, 피부가 문제가 아니야. 희한하게 기분이 좋아 보인단 말이야. 항상 웃는 얼굴이라 예뻐 보이는 것도 있고."

"그럴 리가요. 고민만 많은데."

"고민? 무슨 고민?"

"아, 그게……."

희은이 입맛을 다셨다. 물론 민주와 나눌 수 있는 고민은 아니었다. 저번 주말이 지나고 나서 갑자기 튀어나온 고민이니까.

토요일 밤은 항상 그랬듯 더 이상 갈 수 없을 것 같은 절벽 끝을 아슬아슬하게 걷는 것처럼 짜릿했지만, 마약 같던 오르가슴이 혈액을 빠져나가자마자 뭔가 찝찝하게 마음에 남는 것이 있었다. 바로 서로에 대해 알 필요가 없다는 선협의 말이었다. 아무렇지도 않고 아쉬울 것도 없는 것처럼, 열 밤이면 정말 아주 끝날 것처럼.

물론 그랬다. 벌써 절반이 넘었지만 열 번이 끝나면 그들의 관계는 끝이었다. 처음에는 희은 역시 지겨울 정도로 선협에게 그 사실을 확인했다. 그러지 않으면 곤란할 정도였다. 선협도 그렇게 말했었고.

하지만 두 달째에 접어든 지금, 희은의 마음은…….

"언니."

"응?"

"아니야……."

민주가 미간 사이에 짙은 내 천(川)자를 그렸다.

"야! 언젠가 우리 이런 대화를 나눈 적이 있는 것 같지 않니? 너답지 않게 왜 또 이래, 무섭게?"

"그랬나?"

모르는 척했지만 언제였는지 정확히 기억한다. 두 달 전, 그러니까 선협과 처음 잤던 그 다음 주 월요일이었다. 그때는 선협의 몰랐던 모습에 깜짝 놀랐었지. 지금은 익숙하지만……. 방금처럼 아주 낯선 거리감 있는 인사조차도 이제는 그러려니 싶고, 사실 좀 짜릿하기까지 하다. 성희은만 알고 있는 이선협이라는 남자는 비밀스러운 면에 대한 자부심이랄까.

아무래도 제정신이 아닌 건지도 모르겠다. 성희은은 이선협에게 완전히 홀려버린 것 같다.

"뭔데? 뭐야? 너 연애하지? 연애하는 거 맞지?"

"왜 이래요. 아니라니까요."

"솔직히 여자가 말이다. 그것도 일 잘하고 자기 자신 알아서 관리할 줄 아는 여자가 괜히 소심녀가 되는 이유는 딱 하나라고 봐. 연애 문제."

"그건 뭐예요?"

"연애 문제는 나이가 아무리 먹어도 똑같이 어렵거든."

"어이구, 그래서 언니는 결혼 안 해요?"

"거러췌!"

민주가 손가락으로 희은을 똑바로 겨눴다.

"나는 귀찮아. 누굴 만나고 그 사람을 알아가고, 그 사람이 어떤 사람이라고 믿고 기대고 내 인생을 나누다가 갑자기 내가 알고 있던 모든 게 허무해지고 그 사람은 생경한 타인이라는 걸 발견하고 혼자되는 모든 게 싫어."

"그냥 믿고 기대는 단계에서 인생 끝까지 갈 수도 있잖아."

"애 좀 봐라. 스무 살 같은 소리 한다. 대부분의 연애나 결혼은, 지금 한 이불을 쓰는 남자가 끔찍하리만큼 철저한 타인이라는 걸 깨닫지만 되돌리기에는 너무 늦어서 그럭저럭 사는 그런 거란다."

"언니…… 철학자 같아요. 그것도 어딘지 배배 꼬인 철학자요."

"하아, 내가 좀 그렇지. 이혼소송 전문 변호사가 되지 말걸 그랬어."

민주가 아련하게 먼 곳을 바라보았다. 서른 중반을 넘긴 나이치고는 아직까지 매력적인 민주였지만, 전공이 문제였다. 이혼법 전문인 그녀는 이 사무실에서 톱 3에 들 정도로 고소득자지만, 하루 종일 만나는 부부들은 서로를 미워하고 증오하는데 도가 튼 사람들이었다. 이런 환경에서 결혼에 대한 환상이 싹트기란 불가능하다.

잠깐 침울해졌던 민주가 표정을 싹 바꾸고 추궁하듯 희은을 쳐다본다.

"그러니까 맞지? 남자 문제지?"

"음, 그렇다기보다…… 내가 아니라 친구 문젠데……."

"그래그래, 친구 문제. 친구 문제 얘기해봐."

네가 지금 친구 문제라고 이야기하지만 사실 나는 친구 문제가 아닌 네 문제라는 걸 알고 있고 성심성의껏 들어줄 테다. 하지만 친구 문제니까 절대 다른 사람들에게는 이야기하지 않으마…… 라는 무언의 약속으로 민주가 희은을 졸랐다.

"그러니까…… 사귀는 건 아니고 그냥 만나는 남자가 있는데……."

"잤어?"

희은이 눈을 가늘게 뜨고 민주를 바라보았다. 아저씨처럼 흥분했던 민주가 입맛을 쩝쩝 다시며 모르는 척을 했다.

"잔 남자냐 아니냐는 남녀관계에서 무척 중요하거든."

"잤어요."

"좋았어?"

"제 친구는…… 좋았대요."

희은이 선을 넘지 말라는 의미로 눈을 부라렸지만 이미 늦었다. 민주는 신이 나 있다. 왜 자기 연애는 귀찮아하면서 남의 연애에는 이렇게 신이 난단 말인가?

"그래? 잘한대? 테크닉이 막 슝슝슝 이리저리 뽁뽁뽁……끝내준대?"

"……언니."

"알았어. 알았어. 이야기해봐. 크크큭!"

이야기 꺼낸 게 좀 후회되기 시작했지만 내친걸음이라 희은은 상담을 이어갔다. 고민주밖에 상담할 사람이 없는 자신이 정말 한심했다.

"좌우간 남자 쪽이 만남을 더 오래 이어갈 생각은 없는 거 같아요."

"왜?"

"뭐 처음부터 기간을 정해놓고 만나자는 이야기를 하긴 했어요."

"그러니까 왜?"

"음, 시간이 없댔나…… 그랬던 것 같아요."

"시간이 없다니? 어디 외국 파견이라도 간데?"

그리고 보니 그런 건 묻지 않았다. 당시에는 어떻게든 열 밤을 견디는 데만 치중하고 있어서 굳이 이유 같은 것을 깊게 알 필요가 없기도 했다.

"하여튼 간에 그게 중요한 게 아니라 내가…… 아니, 내 친구가 궁금한 건 이거예요. 처음부터 그랬던 건 아니지만 나는…… 내 친구는, 그러니까 그 둘이 꽤 괜찮은 관계라는 생각이 들었거든요."

"사귀자고 안 해서 고민이라고?"

"아니, 그게, 그러니까, 궁금한 건……."

희은은 미간을 찡그렸다. 그런 걸까? 그런 걸 수도 있다. 하지만 그냥 단순하게 생각한다면 궁금한 건 이거다.

"그냥 그 남자는 내 친구를 계속 만나고 싶은 생각이 전혀 없는 걸까요?"

"그럴 수도 있지 않아?"

민주의 대답에 희은이 그녀를 바라보았다.

"원래 사람 감정은 통하는 거거든. 나한테 상담 오는 아줌마, 아저씨들 태반은 자기는 서로에게 티 안 냈다고 생각해. 경멸하면서, 뚱뚱하다고, 못생겼다고, 냄새난다고, 돈도 못 벌어온다고, 게으르다고…… 속으로는 별별 생각 안 하면서 그렇게 말한 적 없다는 이유로 자기는 티 안 냈다고 주장하거든. 그런데 그거 다 알아. 상대가 자길 어떻게 생각하는지 다 안다고. 사람의 커뮤니케이션의 80퍼센트 이상이 언어가 아니라 비언어적인 데서 비롯되는 거 알아?"

"진짜예요?"

"어제 본 다큐멘터리에서 그러더라. 그런데 나는 그거 맞는 거 같아. 어떤 사람은 굉장히 무뚝뚝한 사람인데도 사실은 나에게 호감이 있다는 걸 알 수 있고, 어떤 사람은 매일 좋은 이야기만 하는데 뭔가 꺼려지는 거, 난 비언어적인 문제라고 생각하거든. 너…… 아니, 네 친구의 경우도 그런 거지. 그 남자가 이미 알고 있는 거야. 네 친구 역시 100퍼센트는 아니라는 거."

희은은 고개를 끄덕였다. 분명히 그럴 수도 있었다.

"진짜 싫으네요."

"뭐가 싫어? 너…… 아니, 네 친구?"

"네."

"싫을 거까지야. 인생은 원래 그런 거란다. 나 갖긴 싫고 남 주긴 아깝고…… 원래 그런 것들만 있어. 죽어도 가져야 하는 건 만나기 쉽지 않지."

그럴까? 하지만 그렇다고 생각하니 또 슬프다. 확실히 이선협과는 복잡하다. 끝이 좋으면 다 좋다고 해도, 시작이 너무 별로였고, 또, 이선협은……. 그래, 희은은 선협과 미래를 꿈꿀 수는 없었다. 그녀의 안에서 이선협의 자리가 넓어질 때마다 시름도 깊어졌다.

속물이라고 해도 할 수 없었다. 이선협이라는 남자는 지금 희은을 머리끝부터 발끝까지 흥분시키지만, 살면서 그게 전부일까? 그럴 수 있을까? 그에게 당당히 나 네 여자 하겠다고, 너도 내 남자 하라고 그렇게 말할 수 있을까? 안 된다. 분명히 안 될 거다.

희은은 겁쟁이인 자신을 보았다. 어렸을 때부터 지금까지, 그녀는 공부를 해야 할 때 열심히 공부했다. 취미는 주구장창 이어지는 건 독서였고, 인라인이 유행했을 때는 인라인을 탔고 스키가 유행했을 때는 스키를, 보드가 유행했을 때는 보드를 탔다. 흔히 그녀와 같은 길을 걷는 사람들이 하는 수준의 봉사활동을 했으며 인맥을 만들기 위해 앞장선 적은 없지만 빠진 적도 없었다. 지극히도 평범하고, 지독하게 재미없는 그런 나날들이었다.

하지만 그 나날들에 섞일 수 없는 남자를 만난 순간, 그런 싱

거운 나날들이 얼마나 소중한 것인지 깨닫게 되었다. 이선협이
라는 남자를 그녀의 인생에 끼워 넣는 순간 빤하디 빤했던 일상
이 어떻게 될지 상상이 잘 가지 않았다.

'엄마아빠는 어떻게 나올까? 동료들은? 아니, 당장 이선협이
라는 남자와의 연애는 어떨까? 섹스가 아닌 연애를 할 수 있는
남자인가? 결……혼은?'

결론은 '모르겠다'였다. 지금은 모르겠다. 그렇다는 것은 이
선협도 그렇다는 걸까?

"야야, 남자는 말이야. 일단 잡아놓고 보는 거야. 찰지 말지
는 다음에 결정하는 거지. 네가 차이면 결정할 틈도 없다?"

"내 얘기 아니라니까요."

"그러니까 너 말고 친구. 친구 얘기 하는 거야."

뻔히 아는 거짓말을 하자니 바보 같아져 희은은 웃고 말았
다. 사람은 참 이상하다. 왜 이런 걸 인정하기가 이렇게 힘들까?

"사는 게 왜 이렇게 복잡한지 모르겠어요."

아이를 잃은 엄마, 그 엄마를 학대하는 남편, 하늘로 가버린
아이, 버스조합, 무면허 운전자. 섹스, 사랑, 연애, 일상. 뭐 이
렇게 하나도 쉬운 게 없을까?

"복잡할 게 뭐 있어?"

"그냥 다 어렵게만 느껴져요. 나는 잘하고 싶었던 건데 요즘
은 정말 내가 잘하고 있나 모르겠어요."

"너 잘하고 있어."

민주가 방글방글 웃으면서 희은의 손을 붙잡았다.

"제일 나쁜 인간들이 자기는 솔직하다면서 상대를 유기하는 인간들이야. 아무것도 안 하는 게 제일 나빠. 그런데 너는 어쨌든 매 순간 최선을 다해. 내가 아는 성희은은 그래. 잘못도 하고 실수도 하지만 내가 아는 한 가장 의뢰인을, 친구를, 이 언니를 진심을 다해 대하는 여자야. 내가 보장하니까…… 힘내!"

문득, 그런 것 같기도 했다. 적어도 항상 최선을 다했고, 언제나 진심이기는 했다.

"……모르겠어요."

희은이 고개를 내저었다. 모른다는 이야기, 별로 좋아하지 않는데, 이선협과 관련된 문제는 뭐든 모르겠다는 기분이 드는 게 문제다. 가슴이 술렁거리기만 하고 도저히 이성적으로 생각할 수가 없다.

06.

　화교기업은 뚜렷한 특색이 있다. 대부분 중소기업이며 가족 중심주의를 채택하고 있는 경우가 많았다. 중국 국적 소유에 관계없이 중국의 문화와 혈연을 중시 여긴다. 각국의 차이나타운을 중심으로 활동할 때가 많지만 현지인들에게 자신의 문화를 강조하지 않고 자연스럽게 스며든다. 이들을 특정 짓는 단어는 '실용성'이다.

　"실용적인데 또 폐쇄적인 건 뭐야…….."

　온통 금으로 두른 호텔의 화장실에서 마지막으로 옷차림을 점검하며 희은이 중얼거렸다. 그녀는 한국에 진출하려 하는 화교기업 리진 상사가 주최하는 설명회에 참석한 참이었다. 아직 계약한 법률사무실이 없다는 말에 김 변호사는 흥분해 펄쩍 뛰며 가서 계약을 따오라고 했지만, 희은의 의견을 말한다면 벌써 내정되어 있는 사무실이 있을 거다.

　조국이 아닌 다른 나라에서 완벽한 이방인으로서 시작해야만 했던 이민기업들은 대부분, 끼리끼리 문화가 발달되어 있을 수밖에 없다. 믿을 수 있는 건 혈연뿐이라는 비과학적인 믿음은 나라와 문화를 막론하고 지배적이다. 이미 뉴욕과 방콕, 마카오까지 휩쓸고 한국으로 진입하는 리진 상사가 법적 대리인을 선정하는 데 열려 있을 리가 없다.

이건 그냥 쇼다. 한국 분위기를 지켜보려는.

"그래도 나는 배울 건 많을 테니까."

거울을 보고 희은이 방긋 웃었다. 지금은 아니더라도 배울 것은 많으리라. 아직 초짜로서 그녀는 이런 기회를 준 김 변호사에게 무척이나 고마웠다.


물론 김 변호사가 아직 주니어 변호사인 희은을 혼자 보낼리가 없다.

"뭐 하고 이제 와?"

거울 좀 보라고 했더니 화장실만 사용했는지 여전히 후줄근한 차림으로 구 변호사가 희은을 타박했다.

"아이, 변호사님 옷매무새도 좀 가다듬으시라니까."

어쩔 수 없이 어깨와 넥타이만이라도 좀 매만져주며 희은은 투덜댔다. 하필 구 변호사냐. 구 변호사가 일은 잘하지만 뽀대는 엉망이다. 물론 뽀대가 중요한 건 아니지만 클라이언트들에게는 그렇지 않을 텐데…….

"성변, 화교들은 오히려 너무 말쑥하게 차려입으면 제비라고 싫어해."

"그런 얘기 첨 들어봤는데요."

"지금 내가 가르쳐주잖아. 중국 애들 안 씻는 거 알지? 화교 애들도 중국 피라서 사람이 너무 깨끗하고 그러면 의심해."

하여튼 갖다 붙이는 거 보면 변호사가 맞다고 생각하며 희은이 웃었다. 구 변호사가 대한민국 오십 대의 상징 같은 배불뚝한 몸매에 그걸 부끄러워하지 않을 정도로 뻔뻔한 성격이기는 해도, 친해졌다는 이유로 야야 거리는 다른 아저씨 변호사들과 달리 꼬박꼬박 성 변호사라 불러주는 선을 아는 사람이다.

괜히 사무실의 No. 2라고 불리는 게 아니라는 것을 구 변호사를 보면서 배운다. 대표인 김 변호사가 대표라 No. 1이지, 실세라고 따지면 구 변호사라고 봐도 무방하다.

'옷만 조금 더 잘 입으면 참 좋을 텐데.'

"사모님은 아직도 미국에 계세요?"

구 변호사는 기러기 아빠였다.

"응. 애들 공부는 안 끝나는 건가 봐."

뚜벅뚜벅, 또각또각 두 사람의 구둣발소리가 고급스러운 호텔 로비에 울리는 사이로 순진한 말투가 스며들었다.

"애들도 보고 싶고, 와이프도 보고 싶고……. 성변, 성변은 절대로 원거리 연애 같은 거 하지 마라."

"원거리 연애 같은 기분이에요?"

"응. 보고 싶어도 볼 수 없고, 혼자는 아닌데 혼잔 거 같고. 가족은 역시 머리 쥐어뜯을 때 쥐어뜯더라도 살 부대끼며 사는 게 최고야."

설핏 애잔한 기분이 들어 희은은 구 변호사를 흘깃 보았다. 시선을 느낀 구 변호사가 두툼한 손으로 희은의 등을 툭 쳤다.

"어허? 날 동정할 거면 돈으로 해."

"에이, 훨씬 많이 버시잖아요."

"당연하지. 내가 지금 머리에 피도 안 마른 변호사와 같은 돈을 벌면!"

그들이 엘리베이터 앞에 서는 순간 땡 하는 차임벨 소리와 함께 엘리베이터의 문이 열렸다.

『올라갑니다.』

타려던 구 변호사가 멈칫하자 엘리베이터에 타고 있던 남자가 빙그레 미소를 지었다. 중국어였다. 중국어라고는 한마디도 못하는 구 변호사와 희은이 서로 눈을 마주 보다가 뻘쭘하게 엘리베이터에 올라탔다.

"구 변호사님, 이 남자 리진 상사 사람 아닐까요?"

앞에 서 있는 남자의 등을 보면서 희은이 구 변호사에게 속닥거렸다.

"내 생각에도 그래."

"누군지는 모르시고요?"

"응."

속닥속닥 이야기를 나누면서 희은은 남자를 관찰했다.

사랑은 아무도 모르게 핀다

남자는 나이를 짐작하기 어려워 보였다. 사십 대? 오십 대? 희끗한 머리를 보면 어쩌면 육십 대? 잘생긴 남자였다. 키도 큰 편이었고, 등 뒤에서 보고 있는 지금, 어깨도 반듯하고 근육도 있어 보였다.

어딘지 익숙한 분위기가 느껴졌다. 누군가 중년의 탤런트가 이런 느낌을 풍겼던 것 같다. 신사적인 듯하면서도 위험한. 누굴까, 리진 상사의 사람이라면 인사를 해야 하나 고민하는 사이 엘리베이터 문이 다시 열렸고, 그곳은 리진 상사의 행사가 진행 중인 4층이었다.

남자가 먼저 내린 후, 구 변호사와 희은이 내렸다.


얼마 전 리모델링했다는 호텔의 기둥은 모두 금빛몰딩이 둘러져 있었다. 기하학적 무늬가 그려져 있는 자줏빛 카펫은 다소 정신이 사납게 느껴졌지만, 깨끗한 하얀 천을 두른 테이블 위의 붉은 장미 센터피스와는 그럭저럭 어울렸다. 높은 천장에는 샹들리에가 눈부시게 반짝였다.

"우와! 샴페인! 마셔도 돼요?"

"당연하지. 우아하게 가져와봐. 내 것까지 두 잔."

"에? 진짜요?"

그냥 해본 말에 대한 구 변호사의 반응에 희은이 눈을 동그랗게 떴다.

샴페인이 그렇게 독한 술은 아니라고 해도 업무 중인데 술을 마시자니……. 구 변호사가 까다로운 사람은 아니라고 해도 선을 넘은 게 아닐까? 그러는데 구 변호사가 혀를 날름거리며 고개를 저었다.

"어차피 망했어."

"예?"

"화교놈들, 이럴 줄 알았어야 하는데…… 봐봐."

구 변호사가 내민 브로슈어는 중국어로 되어 있었다.

"영어 브로슈어도 없어."

헙 하고 숨을 들이마신 희은은 그제야 분위기 파악을 하고 주변을 둘러보았다.

사람은 많았지만 대부분 중국어를 사용하고 있었다. 가끔 영어를 사용하는 사람들도 보이긴 했지만 많진 않았고, 그나마 별로 대접받는 것 같지도 않았다.

"구 변호사님, 영어 안 되세요?"

"될 리가 있나."

당당한 구 변호사의 발언에 희은은 망했다는 것을 깨달았다. 뭐 어떻게 될 거란 생각도 안 했지만 그래도 듣고 배우는 건 있을 거라고 기대했는데 할 수 있는 게 먹는 것뿐이라니! 말도 안 됐다.

"우리 사무실에 중국어 할 줄 아는 사람 없어요?"

"음? 글쎄?"

베테랑답게 깔끔하게 포기한 구 변호사와는 달리 희은은 잠깐 그를 두고 전화를 걸며 행사장을 빠져나왔다.


　- 여보세요?

　전화를 받은 건 민주였다.

　"언니. 저 희은인데요."

　- 응, 호텔이야? 어때? 음식 죽이디? 리진 상사가 원래 현금 부자 장난 없어서 행사 한번 하면 대단하다던데.

　"그게 문제가 아니라 우리 사무실에 중국어 하는 사람 없어요?"

　- 중국어? 그런 사람이 있을 리가.

　그러고 보면 그랬다. 희은을 비롯해 다들 법 공부하느라 바빠서 외국어라고는 영어도 잘 안 되는 사람들이 대부분이었다. 포기해야 하나, 하고 실망했을 때였다.

　- 어? 잠깐. 선협 씨 들어온다. 내가 한번 물어볼게.

　전화기 저편에서 달그락거리더니 대화를 주고받는 소리가 들렸다. 곧 전화 받는 사람이 바뀌었다.

　- 여보세요?

　나지막한 목소리로 전화를 받은 사람은 선협이었다. 갑작스런 선협의 목소리에 희은은 살포시 웃었다.

　"어? 무슨 일이야?"

　- 중국어 하는 사람은 왜 필요한데요?

　"나 지금 때문에 나와 있는데 여기에 중국어 하는 사람이 필요해서.”

- 어딘데요?

“선협 씨, 중국어 할 줄 알아?”

- 조금이요.

전화를 끊은 희은은 감탄을 숨기지 않았다. 진짜 이선협은 정체가 뭔지 가끔 궁금해진다. 못하는 게 뭘까? 설마 어딘가 변호사 자격증도 숨겨두고 있는 건 아니겠지?

희은의 휴대전화가 울린 것은 30분이 지나지 않아서였다.

“여보세요?”

선협의 번호를 확인하고 행사장을 빠져나가며 전화를 받자 난감한 목소리가 돌아왔다.

- 혹시 중국어가 필요하다는 게 리진 상사 일이었어?

“그런데?”

- 음.

짧은 신음 소리를 끝으로 소리가 뚝 끊겼다. 전화가 끊어진 건가 액정을 확인한 희은은 올라가는 통화시간을 확인한 후 다시 휴대전화를 귀에 가져다 댔다.

“여보세요?”

- 미안한데 이 건은 내가 안 끼는 게 나을 거 같아.

“응? 아냐. 이건 수임한 것도 아니고 상황을 보라고 김 변호사님이 보내신 거라…….”

- 그래서 내가 몰랐군.

"무슨 일인데 그래?"

- 전화로 할 말은 아니고 그냥 어차피 수임할 것도 아닌데 대강 놀다가 나와.

"선협 씨! 잠깐만!"

전화를 끊으려는 기세에 희은이 다급하게 선협을 불렀다.

"도대체 왜 그래? 잠깐만 들어와서 무슨 얘기인지만 들어주면 안 돼?"

- 안 돼요.

짧고 차가운 대답을 끝으로 전화가 끊겼다. 황망하여 희은의 입이 떡 벌어졌다.

"무슨 일인데 그래?"

희은이 들어오지 않자 궁금해서 튀어나왔는지 구 변호사가 다가왔다.

"아니, 선협 씨가 중국어를 할 줄 안다고 해서 불렀는데……."

안 왔다고 하려니 좀 그런 기분이 들어 희은은 말끝을 흐렸다. 물론 이건 일도 아니고 선협이 딱히 도와줘야 한다는 건 아니지만…….

"그런데?"

"다른 일이 생겨서 못 온다고 해서요."

"그래? 그럼 할 수 없지 뭐. 이 건은 굳이 듣고 뭐 하고 할 것도 없다니까 고집피우네. 정 그러면 브로슈어나 쓸어가서 번역

해서 보든지.”

“네…….”

영 찝찝한 기분으로 희은이 고개를 끄덕였다.


같은 시각, 리웨이홍은 전화를 받고 있었다. 생각보다 훨씬 이른 전화였다.

『여보세요?』

– 아버지.

『선협이냐?』

전화기 저편에서 가는 한숨 소리가 들렸다.

– 한국이십니까?

『그래. 생각보다 더 빨리 알았구나. 기사나 나야 알지 싶었는데.』

– 무슨 생각이십니까?

『무슨 생각이냐니? 우리가 한국 진출 계획을 세우고 있었던 건 알고 있던 일일 텐데. 네가 다른 데 정신이 팔린 듯하니 나라도 나선 것뿐이야. 어디냐?』

전화기 저편에서는 아무 대답도 돌아오지 않았다. 무슨 생각이냐고 묻는 물음도 그답지 않게 성이 나 있었다. 이선협은 착실한 아들이었다. 10년 전쯤 1년의 시간을 바랐던 것과 이번을 제외하고 개인적인 시간을 요구한 적도 없었다. 그 정도인데 풀어주지 못한 것은 좀 심했을까?

잠시 리웨이훙의 마음이 어지러워졌을 무렵 식별이 어려울 정도로 낮아진 목소리가 날아들었다.

- 호텔 앞입니다.

『들어와라.』

다시 대답이 없었다.

『방으로 와. 1908호. 나도 올라가마.』

전화를 끊고 나서 리웨이훙은 사람들로 가득 차 있는 홀을 바라보았다. 행사 진행자가 막 행사를 시작하려고 홀 밖에 나가 있는 사람들을 불러들이려는 참이었다. 그의 눈이 잠시 들어오는 남자와 여자에게로 향했다. 정확히 말하면 여자에게로. 약간은 예쁘장할 수도 있었고, 몸매도 나쁘지 않았다. 옷 센스도, 화장도 그만하면 괜찮은 편이었다. 한마디로 말하자면 지독히도 평범했다.


호텔의 프레지덴셜 스위트, 은은한 조명이 빛나는 복도를 지나 짙은 고동색 가죽소파가 미색의 카펫 위에 놓여 있는 응접실로 향한 리웨이훙은 쿠션이 좋은 소파에 털썩 주저앉아 넥타이를 느슨하게 늦췄다.

별일 아닌 듯 말했지만 선협이 옳았다. 리웨이훙의 한국행은 흔히 일어나는 일이 아니었다. 거의 30년 전, 셋째였던 그가 첫째 형과 둘째 형의 패권다툼을 피해 한국에 숨었던 이후로 단 한 번도 없었던 일이다.

우습게도 살벌하게 피가 튀겼던 첫째 형과 둘째 형의 전쟁의 승자는 리웨이홍이었다. 간발의 차로 둘째 형이 첫째 형을 제거하는 데 성공했으나 한 달도 되지 않아 첫째 형의 수하에게 살해당했다. 리 가(李家)는 리웨이홍의 손에 들어왔다.

리진 상사는 대대로 삼합회의 일원이었던 리 가의 합법적인 법인 중 하나였다. 본디 리 가는 도박 쪽에서 크게 세력을 쥐고 있던 가문이었으나 리웨이홍의 할아버지 대(代)부터 리진 상사를 설립하고 유통에 손을 대고 있었다. 혜안이었다. 과거에는 마약, 도박, 폭력이 황금알을 낳는 거위였다면 21세기에는 유통이었다. 무(無)에서 유(有)를 창조할 수 있는 유일한 합법적 수단이었다.

그렇다고 해서 리웨이홍이 직접 리진 상사의 한국지부에 관여한다는 것은 어불성설이기는 했다. 그는 돌봐야 할 많은 식구가 있었고 처리해야 하는 좀 더 큰 일이 있었다. 그가 이곳에 온 것은 선협 때문이었다.

이선협. 30년 전 잠시 숨어든 공장지대에서 만났던 아가씨. 아주 짧았던 사랑. 처음 여자를 가질 때만 해도 달리 생각이 있었던 것은 아니었다. 젊었고, 어쩌면 다시는 중국으로 돌아가지 못할 수도 있다고 생각했기 때문에 자포자기한 상태였다.

하지만 여자는 예뻤고 착했다. 사랑에 빠진 건 금방이었다. 어쩌면 돌아가지 않아도 좋겠다고 생각할 정도로, 리웨이홍은 그때 여자에게 빠져들었었다.

3년. 겨우 3년이었다.

둘째 형이 죽었다는 소식을 듣고도 별 감흥이 없었던 것이, 첫째 형이 죽었다는 이야기를 들었을 때는 달라졌다. 첫째 형의 아들은 어렸고, 둘째 형은 딸밖에 없었다. 리웨이홍이 정당한 후계자였다. 식구들이 그를 찾고 있다고 수하들이 알려왔다.

리웨이홍은 갈등했다. 3년 전이었으면 무척이나 기쁠 일이 고통으로 다가왔다. 그리고 그 고통이 그가 무얼 원하는지를 알려주었다. 그는 중국으로 돌아가고 싶지 않았다. 여자와 갓 태어난 아들을 데리고 가는 일은 불가능했다. 전쟁의 여파는 아직 끝나지 않은 상태였고 조직은 거의 붕괴 상태였다. 해야 할 일도 많았고 위험할 것이 분명했다. 게다가 여자는 지독히도 평범한 여자였다. 태어나면서부터 위험을 몸에 익히고 자라나는 그가 아는 여자들과는 달랐다.

하지만 그는 리 가의 남자였다. 그가 지켜야 할 수많은 식구들이 그를 기다리고 있었다. 가족을 가장 중시 여기는 패밀리의 전통은 그를 강하게 옭매고 있었다.

가고 싶지 않은 마음을 누르고 리웨이홍은 중국으로 떠났다. 아들의 이름도 지어주지 않은 채였다.

상념에 잠겨 뜨거운 숨을 뱉어냈던 리웨이홍은 고개를 들었다. 발소리도 내지 않고 다가온 리웨이홍의 유일한 아들, 이선협이 무표정한 얼굴로 그의 앞에 서 있었다.

찰나, 두 사람의 시선이 마주쳤다. 움직인 것은 거의 동시였다. 리웨이홍은 소파테이블의 서랍을 열어 권총을 꺼냈고, 선협은 그런 그의 팔을 꺾으며 칼을 꺼내 그의 목에 댔다.

아주 간발의 차이로 선협이 더 빨랐다.

리웨이홍이 권총을 겨누기 전에 선협의 칼이 리웨이홍의 목에 눌렸다. 채깍채깍 갑자기 시계초침 소리가 커진 듯 적막이 내려앉은 공기를 두드렸다.

『술을 가져와라.』

총을 던지고 몸을 뒤로 빼면서 리웨이홍이 짧고 무겁게 명령했다.


설명회는 길었다. 한 시간 반여의 리진 상사의 역사에 대한 설명에 이어 한 시간이 넘는 다과회가 이어졌다. 많은 사람들이 이야기를 하고 있다 보니 자연스레 중국어도 한국어도 안 되는 사람들끼리 모였다. 그중에는 구 변호사와 희은처럼 변호사 사무실도 있었고, 세무사, 그리고 제휴를 위한 각종 소규모 제조업체의 대표들도 있었다.

리진 상사에 대해서는 번역기를 돌려야 할 입장에 놓여 있다고 해도 배울 게 아주 없진 않았던 셈이었다. 희은은 딱히 기업법에 관심이 있는 건 아니었지만 알아두어서 나쁠 일은 아니었다.

"그런데 그거 알아요? 리진 상사가 '그쪽' 계열이라는 거?"

대머리를 몇 올 안 남은 머리카락으로 가리려는 시도를 한

애처로운 남자가 슬쩍 이야기를 꺼냈다. 세무사 사무소에서 나왔다는 실장이라는 남자인데 아무래도 이쪽 일에 정통한 듯했다.

"그쪽이라뇨?"

"삼합회요!"

저도 모르게 희은은 펄쩍 뛰어올랐다.

"그거 범죄조직 아니에요?"

"삼합회는 좀 더 복잡하긴 한데……. 뭐 따지자면 그렇긴 하죠. 중국놈들 역사가 길다 보니 뭐 따져야 할 것도 많고, 삼합회 얼굴에 대고 너네는 범죄조직이라고 말하기 어렵긴 하지만 분명 그놈들이 불법적인 건 사실이니까."

슬쩍 구 변호사 얼굴을 보니 그는 벌써 알고 있던 눈치였다.

"아셨어요?"

"그럼. 아는 사람은 다 아는 이야기인데."

이게 바로 내공이라는 것인가 보다. 알면서 모르는 척.

"그럼 왜 말씀 안 하셨어요?"

"왜 말해야 하는데?"

천진난만하게 묻는 구 변호사를 보니 기가 막혔다.

"하지만 범죄조직의 일을 맡을 순 없잖아요."

"우리한테 맡긴다고 안 했는데?"

"맡긴다고 해도요!"

"리진 상사는 범죄조직이 아니야. 내가 봤는데 아주 합법적인 회사야. 재무도 튼튼하고."

"하지만!"

구 변호사가 고개를 절레절레 저었다.

"성변. 우리는 변호사야. 옳고 그름을 판단하는 사람이 아니라 우리의 클라이언트의 법적 대리인 역할을 하는 거라고. 물론 개인의 신념에 따라 범죄자는 아예 클라이언트로 받지 않겠다면, 나는 그것도 옳지 않다고 생각하지만, 할 수 없는 일이지. 하지만 리진 상사는 합법적인 회사고 나는 이 회사가 우리 회사에 수임하겠다면 기꺼이 일을 맡을 거야."

다시, 직업윤리적인 이야기다. 희은은 가슴이 뜨끔거려 시선을 돌렸다.

돌이켜보면 선협과의 관계의 단초가 된 사건도 개인 대 기업 간의 분쟁이었다. 어쩌면 성희은이라는 인간은 기업법에 맞지 않는 건지도 모르겠다. 기업을 사물로 보지 않고 인격체로 보고 옳고 그름을 논하는 인간은 기업을 변호할 수 없다. 아니, 법을 논해서는 안 되는 건지도 모르겠다. 구 변호사 말대로 변호사는, 설사 불법적인 일을 자행하는 집단에 의해 운영되는 기업이라 하더라도 그 기업이 합법적이라면 옹호할 수 있어야만 하는 거니까. 그것이 법이다.

"머리가 복잡해?"

구 변호사가 빙그레 아빠 같은 미소를 지었다.

"그렇게 자라는 거야. 처음부터 모든 걸 알고 태어나는 사람이 어딨누."

구 변호사의 차가 출발하는 것까지 보고 자신이 차를 세워둔
곳으로 향하는 희은의 머릿속은 복잡했다. 그녀는 변호사가 적
합한 인간이 아닌 걸까? 배울 만큼 배워서 법으로 사람을 돕겠
다는 꿈은 허황된 꿈이었을까? 또각또각 희은의 구둣발소리가
주차장의 회벽을 울렸다. 어딘지 공허한 느낌이 드는 소리에 희
은은 마음이 허전해졌다.

왜인지 몰라도…… 선협이 보고 싶었다. 선협은 왜 그랬을
까? 왜 오지 못한다고 한 걸까? 업무가 아니라서는 아닌 듯했
다. 아마 처음에는 그녀를 도와주려고 온 것 같은데 들어올 수
없다고 한 걸로 봐서…….

이어지던 희은의 생각은 그녀의 차 옆에 기대 있는 그림자를
발견하는 순간 정지되었다. 발걸음도 멈췄다. 차 보닛에 걸터앉
은 채 팔짱을 끼고 바닥에 시선을 두고 있던 선협이 고개를 들더
니 희은을 발견하고 미소 지었다.

"선협 씨?"

놀랍기도 하고 반갑기도 한 마음에 걸음을 빨리한 희은이 다
가가 선협의 팔을 잡았다.

"여기서 뭐 해?"

"당신 기다리지."

어쩐지 웃는 얼굴이 낯설었다. 항상 미소를 짓고 있는 선협

이지만, 언제나 단정하고 정제된 미소였다. 지금은 어쩐지 무방비로 보인다. 마치 단단히 세우고 있던 가드를 내린 사람같이 웃는 모습이 비어 있었다. 심지어 목소리마저 나른하게 느껴졌다.

"선협 씨?"

선협이 앞으로 푹 쓰러지는가 했더니 희은의 어깨에 이마를 올렸다. 술 냄새가 확 코를 끼쳐 올랐다.

"선협 씨 술 마셨어?"

놀라 희은이 선협을 떼어내려 어깨를 밀었지만 너무나 무거웠다. 움찔거리기는 해도 일으켜 세울 수는 없었다.

"도대체 언제? 어디서 술을 마신 거야?"

황당하여 중얼거리다가 마음의 소리가 새어나오고 말았다.

"에이, 오늘은 아무 생각 없이 하고 싶었는데."

아무 소리도 안 들리는 것처럼 꼼짝도 않던 선협이 고개를 반짝 들었다. 그가 잠시 알 수 없는 눈으로 희은을 바라보았다. 여전히 입가에는 본 적이 없는 미소가 걸려 있었지만 눈빛은 희은이 알고 있는 바로 그 이선협이었다. 선협이 빙그레, 비교적 익숙한 미소를 입가에 떠올렸다.

"오늘은 주말은 아니지만, 우리 집에 갈래?"

현관에 들어서면서 서두르다 우당탕탕 미끄러지고 말았다. 신발이 아무렇게나 휙휙 날았다. 앞으로 균형이 고꾸라져 콩콩 외발로 뛰는 희은을 붙잡아 돌린 선협이 그녀를 번쩍 안아 들고 키스를 퍼부었다. 희은 역시 그의 허리에 다리를 감으며 열렬히 그의 입술을 받아들였다. 쿵 하고 등이 벽에 부딪쳤다. 선협이 스타킹을 내리다가 거치적거리자 그냥 찢어버렸다.

"꺄악!"

희은이 비명을 지르고 깔깔 웃었다. 술을 마신 선협과 키스를 해서일까? 술은 한 모금도 마시지 않았는데 취한 느낌이 들었다.

"팬티는 안 돼. 안 된다고."

그대로 팬티까지 찢어낼 기세인 선협을 밀어낸 희은이 키득대며 팬티를 벗어 던졌다. 그리고 재킷을 벗기 위해 단추를 뜯었을 때다.

"앗!"

선협이 다시 희은을 잡아가지고 벽에 눌렀다. 그러고는 그녀의 치마를 허리춤까지 올린 다음 한쪽 다리를 들어 그의 허리에 감게 했다.

"옷도 안 벗고?"

"지금 네 안에 들어가고 싶어 죽겠어."

낮은 목소리로 속삭이며 선협이 고개를 비틀어 희은의 입술에 입술을 눌렀다. 확실히, 술 냄새가 났다. 선협이 취한 것은 단 한 번도 보지 못했다. 회식을 해도, 참여하긴 하지만 술을 많이 마시지는 않는 선협이었다. 어쩌면 많이 마실 수도 있지만 취한 모습은 보이지 않는 선협이었다. 항상 제일 마지막까지 남아서 사람들을 다 챙겨 보낸 후 사라지곤 했다. 그가 흔들리는 모습을 본 사람은 아무도 없으리라.

"오늘 선협 씨 진짜 이상하다……."

필요한 게 딱 이거였지만, 아무 생각도 나지 않을 정도로 거친 섹스, 딱 이거였지만 어쩐지 낯설어 희은이 속삭였다. 대답 없이 선협이 지퍼를 내렸다. 바지가 바닥으로 툭 소리를 내며 떨어졌다. 이어 드로즈도. 선협이 다시 희은에게 입을 맞췄다. 그리고 그 상태로 그녀의 안으로 진입했다.

"아……."

이미 집에 들어설 때부터 젖어 있던 희은의 내부가 매끄럽게 선협의 분신을 삼켰다. 치밀어 올라오는 뜨겁고 강한 기운에 희은이 탄식하듯 숨을 내뱉었다.

좋았다. 언제나처럼 기나긴 전희에 달아오를 대로 달아올라 하는 것도 좋았지만 이렇게 준비 없이, 심지어 옷을 다 벗지도 않은 채 삽입하는 것도 색정적으로 느껴졌다. 처음 선협은 아주 느리고 깊게 희은의 안으로 들어왔다. 그의 두 손이 그녀의 엉덩이를 꽉 잡아 그의 몸에 바짝 붙였다. 더 깊이 결합할 수 있도록. 다리 사이가 뻐근해지고 그가 밀어붙이는 힘에 눌린 클리토리스가 바르르 떨었다.

"꽉 잡아."

잇새로 선협이 내뱉었다. 응? 하고 대답할 틈도 없었다. 짧은 경고가 끝나자마자 그가 그녀를 치밀어 올리기 시작했다. 한쪽 손으로는 그녀의 엉덩이를 잡아 고정시키고, 다른 손으로는 벽을 짚어 지탱한 채 그가 강하게 자신을 그녀의 안으로 박아 넣었다.

"아흑! 아훗! 아흑!"

몸이 덜컹덜컹 거리다가 허리에 감고 있던 다리가 떨어졌다. 선협이 번개처럼 그 다리를 잡더니 들어 올렸다. 다른 쪽 다리도 마찬가지로 붙잡은 그가 온몸으로 그녀를 밀어붙였다.

이제 그녀의 몸을 지탱해주는 것은 등 뒤의 벽과 선협뿐이었기 때문에 희은은 있는 힘을 다해 선협을 끌어안았다. 위로 치밀어 올리는 힘이 강해 그녀는 숨도 멈췄다. 그의 분신이 그녀의 안으로 밀려 들어올 때는 그대로 하늘로 솟아오를 것 같고, 그의 분신이 후퇴할 때는 영혼도 함께 빨려나가는 것 같았다.

"흡! 흡! 흡! 흐읍!"

이를 악물어보았지만 그가 치밀어 올릴 때마다 신음이 새어나왔다. 그녀는 눈을 감아버렸다. 눈을 감자 위아래가 모두 사라진 것처럼 아득해졌다. 그리고 그 순간 휘청, 하고 몸이 흔들렸다. 선협이 몸을 빼는 순간 그녀까지 딸려가는 바람에 벽에서 등이 떨어진 것이다.

거의 중심을 잃었던 희은은 쾅 하는 소리와 함께 다시 벽에 부딪쳤다. 순간적으로 선협이 그녀의 왼 다리를 잡고 있던 손을 놓고 그녀의 머리를 감싸주지 않았더라면 머리를 세게 부딪쳤을지도 모르겠다.

"이거 위험한걸."

거친 호흡을 몰아쉬며 선협이 속삭였다. 그는 잠시 아직도 그녀를 뒤흔든 강한 삽입에 정신을 차리지 못하고 헐떡이는 그녀를 살핀 후 그녀를 부둥켜안았다.

"허리에 다리 감을 수 있어?"

"으응……."

사실은 선협이 움직임을 멈추는 순간부터 다리가 후들거리고 있었다. 정신이 없어 깨닫지 못했는데 아무래도 꽤 힘이 들어가는 자세인 듯했다. 온몸이 뻣뻣하니 근육통이 느껴질 정도였다. 어떻게든 다리를 올려보려고 했는데 계속 실패였다.

"이런."

혀를 찬 선협이 애쓰지 말라는 듯 희은의 이마 위에 입술을 맞췄다. 그리고는 다리를 흔들어 거치적거리는 바지와 드로즈를 털어낸 후 그녀를 번쩍 안아 들었다.


"아……."

희은이 길게 허리를 펴며 한숨을 내쉬었다. 폭풍처럼 집에 들어온 후 침대로 직행해 끝장을 보고 나서, 씻으면서 다시 한 번, 그리고 침대에 누워 서로 입을 맞추며 후희를 즐기는 중이었다. 희은을 다리 사이에 가두고 부둥켜안은 선협의 입술이 그녀의 어깨를 누르고 있었다.

"무슨 일 있었어?"

온몸을 나른하게 감돌고 있는 충족감에 눈을 감으며 희은이 속삭였다.

"왜?"

"무슨 일 있는 사람 같아서."

"당신도 무슨 일 있었던 거 같은데."

"응…….."

희은이 가볍게 한숨을 내쉬고는 그의 품 깊이 머리를 기댔다.

"별일은 아닌데 그냥 머리가 복잡했어. 지금은 괜찮아."

"무슨 일이었는데?"

"나는 어쩌면 그냥 법률봉사 같은 거나 해야 할지도 모르겠어."

"무슨 소리야?"

선협의 손이 느릿느릿 매끄러운 희은의 피부 위를 쓸었다. 둥글게 굴곡져 있는 희은의 몸매는 선협을 만나고 나서 한층 더 여성스러워졌다. 선협이 느낄 수 있을 정도였다. 그의 손 아래서, 점점 더 아름다워진다.

"오늘 리진 상사 말이야. 중국 범죄조직과 연관이 있는 데래."

아주 잠깐 하얀 피부에 닿아 있던 선협의 손이 멈췄다 다시 움직였다. 희은이 느끼지 못할 정도로 찰나였다.

"구 변호사님은 그게 무슨 상관이냐고, 리진 상사는 합법적인 법인이니 전혀 상관없다고 하시는데 나는 좀 마음에 걸려."

"어떤 부분에서?"

"음…… 아기 엄마 때와 비슷한 거야."

희은은 선협의 양팔을 잡아 자신의 가슴 앞에서 교차시켰다. 그녀가 무얼 원하는 건지 알아차린 선협이 희은을 꽉 안아주었다. 나른하게 이완되었던 몸 위로 따뜻한 체온이 덮인다.

"구 변호사님 말이 맞아. 나는 그냥 법적 대리인 외에는 아무것도 아니야. 내가 해야 하는 일을 충실히 해내면 되는 거야."

"그런데?"

"그런데 나는 항상 생각을 한단 말이야. 이게 옳은가? 아기 엄마 건에서, 회사는 법적으로 보상금 지급을 거절할 만한 구실이 있었어. 물론 그 구실을 무력화할 수도 있는 사항도 있었지만 아기 엄마는 그런 걸 알 만큼 법적 지식도 없고 도움을 받을 수 있는 사람도 없었어. 그게 옳을까?"

"옳지 않지."

"하지만 결과적으로는 내가 한 일은 잘못이야."

"맞아."

"리진 상사도 어쩌면, 구 변호사님 말씀대로 합법적인 법인에 불과할 수도 있어. 하지만 정말 그럴까? 우리는 전과가 있다고 해서 현재에 차별을 두면 안 된다고 배우지만 이 경우도 정말 그럴까? 흔히 그냥 자금세탁을 위해 세웠거나, 그게 아니라도 뭔가 꿀린 방식으로 운영한다고 생각되는 거 아냐?"

"그래."

"하지만 결과적으로 내가 하는 생각에는 증거가 없어. 내가 잘못 생각하고 있는 거야. 증거 없이 의심하면 안 되니까."

희은이 한숨을 내쉬었다.

"머리가 복잡해."

"넌…… 옳지 않은 일은 싫어하는군."

"좋아하는 사람이 있어?"

당연한 말을 한다 싶어 희은은 고개를 젖혀 선협을 올려다보았다. 알 수 없는 표정을 한 채 그녀를 내려다보는 짙은 눈빛과 눈이 마주쳤다.

"알 수 없지. 위험을 즐기는 사람이 있을지도."

"난 아냐."

선협의 눈동자에 시선을 빼앗긴 채로 희은이 말했다.

"난 위험한 건 영화나 드라마로 보는 걸로 족해. 난 평범한 게 좋아."

"맞아……. 넌 그런 게 어울려."

잠시 사이를 두고 속삭인 선협의 눈빛에 이채가 감돌았다. 선협의 흰자위는 너무나 흰빛이라 검은 동자가 마치 허공에 떠 있는 것처럼 느껴졌다. 짙고 기묘한 빛을 띠고 있는 검은 눈동자는 들여다보고 있노라면 아득한 느낌이 들었다.

보통 다른 사람들도 이렇게 선명한 눈동자를 가지고 있을까? 홍채와 동공과 이름을 알지 못하는 눈의 구성기관이 이상할 정도로 뚜렷하게 느껴진다.

"오늘이 '그날'이군."

한참 동안 가만히 희은을 내려다보던 선협이 차게 웃었다.

"응?"

무슨 소리인지 몰라 어리둥절해진 희은이 몸을 일으키려다가 그에게 제지당해 눕혀졌다. 순식간에 그녀를 타고 오른 선협이 그녀와 눈을 맞췄다. 그녀가 꼼짝도 못하도록 옭아매 누른 채그가 다정하게 말했다.

"내가 사준 바이브레이터를 써볼 날."


뜬금없이 선협이 바이브레이터를 사준 건 그들의 세 번째 밤이었다. 커다란 장미 꽃다발과 십자가 목걸이와 함께 있는 그 물건을 희은은 처음엔 알아보지 못했다. 그녀의 상상 밖에 있는 물건이었기 때문이다. 선물임에도 불구하고 그냥 선협의 방에 둔것은 짓궂은 그의 의도에 넘어가고 싶지 않았기 때문이다.

"잠깐. 잠깐만."

바이브레이터를 꺼내는 선협의 모습을 보고 희은이 아찔해져 제지했다. 그는 하고 싶은 말이 있으면 하라는 듯 눈썹을 설핏 올렸다.

"꼭 해야 해?"

"싫어?"

"좀…… 이상한 기분이 드는데."

"맘에 들 거야."

바이브레이터를 든 채 다가온 선협이 희은의 입에 입을 맞춰 그녀를 눕혔다. 그에게 밀려 누우면서도 희은은 그가 들고 있는 물건이 신경에 거슬려 정신을 차릴 수가 없었다. 그러는데 선협이 손이 그녀의 어깨부터 팔, 손까지 단숨에 쓸고 내리더니 손목을 붙잡아 올렸다.

"뭐, 뭐 하는 거야?"

"날 믿어?"

선협이 희은의 이마에, 눈두덩 위에 입을 맞추며 속삭였다.

"서, 선협 씨…… 난…….."

희은의 머릿속이 엉클어졌다. 오늘의 선협은 좀 이상했다. 그녀도 머리가 아프긴 했지만 확실히 선협도 이상했었다. 그걸 이제야 기억해내다니 성희은은 바보인 걸까? 이선협 앞에서 자꾸 이렇게 긴장을 풀고 상황판단을 제대로 못 하는 것은 좋지 않은 일이었다. 그와 함께 있으면 하고 싶은 말이 너무 많아서 정작 그의 이야기를 더 많이 들어봐야겠다는 결심이 허공에 흩어지고 만다.

앗, 하는 사이에 양손이 모아진 채 침대 기둥에 묶였다. 아프지 않게 부드러운 천으로 묶었고, 또 묶인 게 처음은 아니었지만 덜컥 겁이 났다.

"날 안 믿는다고 말하면, 그만둘게."

지독하게도 머리가 좋은 선협의 속삭임에 희은은 입술을 내밀었다. 어느 누가 이런 상황에 널 안 믿는다고 말할 수 있단 말인가?

"날 믿어?"

선협은 집요하게 물으며, 질문만큼이나 집요하게 키스했다. 그의 입술이 그녀의 얼굴 구석구석을 꼼꼼하게 입 맞춘 후 목덜미를 부드럽게 핥아 올렸다. 고개를 뒤로 젖히며 희은이 한숨을 흘렸다. 목덜미에서 귀의 여린 살까지 이어지는 부분이 그녀의 약점이었다. 선협이 그곳에 뜨겁게 키스해주면 금세 다리 사이가 젖어들고 머릿속이 텅 비어버린다.

"대답해봐. 날 믿어?"

입술을 가슴으로 내리며 선협이 다시 물었다. 대답하지 않으면 그대로 그녀를 녹여먹을 생각인 것만 같았다.

"응."

말해야만 아는 걸까? 이번에 여덟 번째 밤, 언제부터인지 몰라도 희은은 선협은 믿고 있었다. 그가 절대로 그녀에게 해가 되는 일은 하지 않을 것이라는 수준을 넘어서 그가 진심으로 그녀를⋯⋯.

문득 희은의 생각이 뚝 끊겼다. 그녀는 감고 있던 눈을 떠서 앞을 바라보았다. 희은의 둥근 가슴 위를 헤집던 그의 입술이 딱 멈춰 있었다. 그는 고개를 들어 그녀를 쳐다보고 있었다. 처음에는 아무런 표정도 없이. 그리고 그 다음에는 깜짝 놀랄 정도로 건조하게 웃는다.

"바보로군."

"흡!"

희은은 묶여 있는 손에 바짝 힘을 주었다. 흡사 아기라도 낳는 산모 같다. 다른 게 있다면 지금 그녀의 은밀한 부위에서는 무언가 나오고 있는 게 아니라 들어가고 있을 뿐이다. 손가락 두 마디보다 조금 더 긴, 그리고 유선형의 바이브레이터는 매끈거렸고 이상한 느낌이었다. 처음 선협은 그녀의 벗은 가슴 위에 바이브레이터를 누르며 진동시켰다. 예민하게 곤두서 있던 젖꼭지 위로 위이잉 소리와 함께 진동이 느껴졌다.

"하악!"

낯선 감각에 희은이 고개를 꺾었다. 그는 한쪽 젖꼭지를 입술로 희롱하면서 다른 쪽 젖꼭지는 바이브레이터를 사용해 자극했다. 그의 혀가 둥근 가슴을 감았다가 핥아 올리고 젖꼭지를 위아래로 자극하면서 누르는 동안 바이브레이터를 잡고 있는 손이 천천히 내려갔다.

납작한 상복부를 지나 옴폭 패여 있는 배꼽을 자극하고 단전, 그리고 은밀한 숲을 지나 클리토리스 위에 닿았을 때 희은은 전율했다. 선협이 입으로 해줄 때와는 또 다른 느낌이었다. 규칙적인 진동이 클리토리스를 건드리자 찌릿찌릿 온몸에 전기가 흘렀다.

"서, 선협 씨!"

허리를 들썩이며 희은은 선협을 불렀다.

"괜찮아. 좋을 거야."

확실히 싫은 느낌은 아니었다. 숨이 콱콱 막히는데도 뭔가 알 수 없는 감각이 단전께에서 싹을 틔워 자리 꽃피는 느낌이 있었다. 야들거리는 꽃잎이 굉장히 커다란 꽃이 그녀의 안에서 피어나고 있었다.

"하악! 이, 이상해…….."

"좋은 거야."

선협이 희은의 배 위에 입술을 누르며 정정해주었다. 그는 잔뜩 긴장해 있는 그녀의 다리를 벌리고 젖어 있는 여성 위에 바이브레이터를 가져다 대었다.

"하악!"

"적어도 지금은 넌 내 거지."

생전 처음 경험하는 감각에 몸서리치느라 희은은 낮게 속삭이는 선협의 목소리를 듣지 못했다. 그가 그녀의 몸에 키스세례를 퍼부으면서, 그녀를 감각의 극한까지 끌어올리고 느끼게 하면서 무슨 생각을 하는지까지는 신경을 쓸 수가 없었다. 덮치는 감각을 감당하는 것만으로도 희은은 그녀의 에너지를 몽땅 다 쓰고 있었다.

어째서 선협이 희은의 팔을 묶었는지 정확히 알 수 있었다. 지금까지와는 달랐다. 묶고 한 것은 전에도 있는 일이지만 지금처럼 아예 침대 기둥에 고정시킨 것은 처음이었는데, 그렇지 않았다면 희은은 진짜 선협을 밀어내 버렸을지도 모르겠다. 하지만 그럴 수 없었기 때문에 자극은 더욱 강렬했고, 그녀는 후회할 만한 일은 하지 않을 수 있었다. 분명 그를 밀어냈다면 후회했을 거다.

확실히 이상한 것은 사실이었지만 그가 말한 대로 좋았다. 알 수 없는 감각은 불쾌한 것과는 아주 다른 것이었다. 멈추고 싶지만 멈추면 후회할 것이라는 것을 그녀는 분명히 알 수 있었다.

매끈한 유선형의 바이브레이터가 느리게 희은의 몸 안으로 사라졌다. 손가락을 집어넣어 바이브레이터를 그녀의 안 깊숙이 박아 넣은 선협이 깊게 뜨거운 숨을 내쉬었다. 얼굴이 발그레하게 상기 되어 괴로움 때문인지 아니면 흥분 때문인지 알 수 없는 표정으로 입을 벌리고 있는 희은은 너무나 색정적이었다. 그녀의 가는 허리가 뒤틀리며 그녀가 얼마나 느끼는 중인지를 증명했다.

"하악! 하악! 하악!"

선협은 희은의 골반을 잡아 누르고 키스하며 리모컨을 집어들었다. 그가 구입한 바이브레이터는 진동이 3단계까지 조절이 가능한 작품이었다. 지금은 물론 1단계 상태였다.

"가만히 있어, 가만히."

희은을 고정시키고 그녀의 입술에 키스를 하며 몸을 겹치자 아주 희미하게 그녀의 안에서 떨고 있는 바이브레이터의 진동이 느껴졌다. 그는 터질 것 같은 그의 분신을 그녀의 은밀한 부위에 문지르며 다시 한 번 뜨거운 숨을 토해냈다. 미칠 것 같았다. 머리를 채우고 있던 모든 생각이 날았다. 성희은을 원한다. 그의 손 아래 가련한 새처럼 떨고 있는 성희은을 범하고 그의 것으로 만들어버리고 싶었다. 오직 그만 알도록.

"가만히 있어."

자꾸만 꼼지락거리는 희은에게 엄히 말하며 그가 그녀의 입술에 입을 맞췄다. 이미 그가 빨고 핥아 부어 있는 입술을 다시 한 번 벌리고, 혀로 여린 점막을 훑어내린다. 그녀가 열이 오르고 있다는 것이 키스를 통해서도 느껴졌다. 숨결은 뜨거워져 있고 호흡은 거칠다. 그렇게 깊게 키스한 채로 선협은 바이브레이터를 2단계로 올렸다.

"하아아악!"

희은이 허리를 크게 꺾으며 들썩거렸다. 말 그대로 상상해보지 못한 감각에 그녀의 눈이 휘둥그레졌다. 그녀가 세우고 있던 다리를 쫙 뻗었다. 발끝까지 오그라드는 느낌이었다. 온몸의 근육과 신경이 그녀의 것이 아닌 것처럼 날뛰었다.

"하악! 이, 이상해! 이상해!"

"숨 쉬어, 성희은."

귓불을 입술로 물어뜯으며 선협이 속삭여 희은은 그녀가 숨조차 멈췄다는 걸 깨달았다. 이어 그가 그녀의 가슴을 다시 물고 자극하기 시작했다. 위아래에서 그녀를 공격하는 감각에 희은은 정신을 차릴 수가 없었다. 그의 손이 그녀의 양쪽 엉덩이를 잡고 주물렀다. 주무를 때마다 통로가 비틀리며 자극이 모양을 바꿨다.

"흐흡!"

비명을 지르지 않기 위해 희은은 입술을 깨물어야만 했다. 그리고 그 순간 선협이 바이브레이터를 3단계로 올렸다.

"서, 선협 씨! 안 돼!"

온몸을 마구 비틀며 희은이 애원했다. 이제 그녀는 배에서도 진동을 느낄 수 있었다. 다리에서도. 은밀한 부위에서 시작된 진동이 물결처럼 그녀의 온몸을 덮치고 있었다.

"가만히 있어."

희은의 다리를 벌려 잡은 선협이 그녀의 가운데에 자리를 잡고 자신의 물건을 진동하는 여성의 중심에 슬쩍 가져다 대었다. 그리고 끄트머리만 살짝 삽입한다. 그 어떤 때보다도 크고 뜨겁게 느껴지는 그의 분신의 진입에 희은이 숨을 멈췄다. 그가 손을 내려 그녀의 엉덩이를 양쪽으로 잡았다. 얼핏 진입하기 쉽게 하기 위한 동작 같았지만 그녀는 그가 어쩌려는 것인지 알 수가 없었다.

"아홋!"

순간 첫 번째 오르가슴이 희은을 덮쳤다. 지금까지와는 좀 다른 느낌의 오르가슴이었다. 이런 감각이 있었는가 싶을 정도로 깊고 짜릿했다.

"이런, 성희은!"

겨우 끄트머리만 삽입했는데 오르가슴을 맞이한 희은 때문에 선협은 이를 악물었다. 크게 낭패를 볼 뻔했다. 그녀의 여성이 그의 남성을 물고 마치 빨아들이듯 수축했기 때문이었다. 선협은 더 이상 참지 못하고 바이브레이터를 빼낸 후 그 자리에 그의 분신을 밀어 넣었다. 그 어떤 때보다도 그는 흥분해 있었고, 희은 역시 그랬기 때문에 삽입은 격렬했다.

"하흑! 하악! 학! 하악!"

희은이 정신없이 몸을 들썩이며 신음을 내질렀다. 그런 희은의 다리를 꽉 붙잡은 채 진퇴를 거듭하는 선협의 이마 위에서 굵은 땀방울이 흘러내렸다. 그녀의 오감이 열린 상태였기 때문에 그녀의 내부는 전과 비교할 수 없이 탄력적이었고, 좁았고, 선협에게 최고의 쾌감을 선사해주고 있었다.

진퇴. 진퇴. 진퇴.

두 사람의 몸에서 뿜어 나오는 뜨거운 열기가 습하게 허공에 부서졌다. 거친 호흡 소리 외에 방 안에서 들리는 거라고는 퍽퍽퍽 살이 부딪치는 소리뿐이었다. 빠르고 격정적으로, 숨조차 쉴 수 없이 두 사람의 감각이 끓어올랐다.

"헉!"

믿을 수 없을 정도로 깊은 삽입과 함께 두 사람은 동시에 오르가슴을 맞았다. 자신을 뿌리깊이 박아 넣은 채 잠시 멈춰 있던 선협이 희은의 위로 무너지듯 쓰러졌다. 가쁜 숨을 내쉬며 희은이 그의 등에 손을 얹었다.

　방금 두 사람을 휩쓸고 지나간 게 무엇인지 두 사람은 한동 안 생각할 수 없었다. 그대로 몸을 겹쳐 서로를 부둥켜안은 채 귀에서 들리는 맥박 소리가 자신의 것인지, 아니면 서로의 것인 지도 알 수 없는 그런 시간이 지나갔기 때문이다.

　하지만 선협이 희은의 손을 풀어주고 팔베개를 해주고 난 후 의 두 사람은 전혀 다른 생각을 하고 있었다. 희은은 그녀의 머 리부터 발가락 끝까지 쓸고 지나간 쾌감의 여운에 복잡한 생각 을 모두 털어버린 채 잠길 수 있었지만 선협은 리웨이홍이 그에 게 해준 말을 되새기고 있었다.

　「평범한 여자가 네 세계에 들어오고 싶어 할 것 같니? 그 여자 가 똑똑하다면 그런 생각 따위는 안 하고 있을 거고, 바보 같다 면 뭣도 모르고 사랑을 따라 간다 하겠지만, 결국엔 원망하고 혐 오하고 망가질 거다. 결코 늑대와 양은 한 우리에서 살 수 없어. 봐라, 그 여자는 결코 우리 세계를 이해하지 못할 거다.」

　선협은 에너지를 모두 다 꺼내 쓴 사람이 느끼는 개운한 안 락함에 잠든 희은의 젖은 머리카락을 귀 뒤로 넘겨주었다.

　어차피 가질 생각도 없었다. 아주 잠깐, 그러니까 열 번의 밤 이면 충분하다고 생각했었다.

　처음부터. 분명히 그랬었다.

07.

빠른 봄이었다. 온난화가 도대체 한국에게 어떤 영향을 미치는지 몰라도, 폭설이 쏟아진 다음은 봄 날씨였다. 절기로는 아직 겨울일 텐데 갑자기 따뜻해진 날씨에 사람들이 적응하지 못하고 헤매고 있었다.

"덥다. 넌 안 덥니?"

"난 내복 벗었거든요."

민주의 말에 희은이 어깨를 으쓱했다. 둘 다 입고 다니던 코트는 벗어 손에 든 채였다. 거기에 민주는 워머마저 벗고 있다.

"이러다가 또 추워지겠지? 겨울 코트 아직 드라이 보내면 안 될 거야. 그치?"

"그렇죠. 요즘은 4월까지는 봐야 해. 날씨가 종잡을 수가 없어요. 이제 우리나라도 사계절 아닌 거 같지 않아요?"

"응. 팔계절쯤 되는 거 같아. 더웠다 추웠다 더웠다 추웠다."

두 사람은 분위기도 전환할 겸 간만에 영화 한 편을 보자고 의기투합해 나온 참이었다. 사무실의 분위기가 그다지 좋지 않아 도망 나온 것이 컸다. 원래 재판이라는 것이 판사 배정 되고, 뚜껑을 열어봐야 아는 거긴 하지만 요 근래 승률 좋은 구 변호사까지 영 결과가 좋지 않아 파트너 변호사들의 분위기가 영 흉흉했다. 이럴 때는 어정거려봤자 좋은 이야기 들을 리가 없다.

마지막 역전 홈런으로 기대하고 있는 건 섬영 그룹 건이었다. 하지만 담당인 민주의 의견으로는 청신호등이 켜질 것 같지 않다는 것이 문제였다.

"책임질 사람이 없으니까."

민주가 팝콘과 콜라를 사며 한숨을 쉬었다.

"회사에서는 누구 하나 자르고 넘어가자는 분위기인데 요즘 어디 사람들이 그런가? 회사 측에서는 이미지만 지키고 가면 된다인데 그게 제일 어렵지. 원인과 결과를 딱 내줘야 하는 건데 그건 범인을 잡으라는 거잖아. 그거야 경찰 일이니까."

"선협 씨가 알아보고 있다면서?"

"응. 제발 뭐 괜찮은 게 나와야지. 나 화장실 갈 건데 넌 안 가?"

"이그, 사기 전에 말하지. 팝콘이랑 콜라 들고 화장실 가게요? 여기 있을 테니까 얼른 갔다 와요."

"흐히히! 알았다! 기다려라!"

민주가 화장실로 사라진 후 희은은 반짝이는 에나멜 재질의 의자에 엉덩이를 붙였다. 일단 사무실 분위기가 답답해 도망 나오긴 했지만 고민이 이만저만이 아니었다. 버스조합 건의 합의

가 피해자 위주로 진행된 것까지 포함하면 솔직히 요즘 사무실 분위기에 그녀가 일조한 것도 사실이다. 어떻게든 돌파구가 필요했다.

희은이 곰곰이 생각에 잠겨 있는 동안 주변에 띄엄띄엄 있던 사람들이 사라지기 시작했다. 낮인데다 그다지 사람 많은 영화관이 아니어서 그런지 원래도 사람이 많지 않았는데, 영화가 시작할 시간이 된 건지 사람들이 하나둘씩 사라지기 시작하고 어느새 복도에는 그녀 혼자였다.

그리고 희은이 뭔가 이상하다는 생각을 했을 때 그 남자들이 나타났다.

"누구?"

지나치게 바짝 다가서는 남자들에게 위협을 느끼는 순간 무언가 뒷목에 탁 하고 닿는 느낌과 함께 눈앞이 깜깜해졌다.


눈을 뜨는 것보다 먼저 느낀 것은 고통이었다. 뒷덜미 쪽이 데인 듯 아팠다. 저도 모르게 손을 들어 만지려고 했는데 몸이 잘 움직이지 않았다. 순간 코끝에 피운 것 같은 강한 향 냄새가 희은을 덮쳤다.

『깼습니다.』

중국어였다. 눈을 뜨자 덩치가 커다란 남자의 등 뒤로 문이 닫히는 모습이 어른거렸다. 쿵 하고 무거운 소리와 함께 문이 닫혔다. 어리둥절해서 희은은 주변을 둘러보았다.

그녀는 철저히 낯선 방 안의 침대 위에 혼자 누워 있었다. 흑단으로 된 침구와 티테이블, 화려한 은색 꽃무늬가 수놓아진 자개장들은 낯설다는 말이 부족할 정도로 이국적이었다. 나무 바닥 위에 깔린 붉은 융단도 벽에 걸린 중국식 그림도, 흑경도, 모두 처음 보는 것이다. 영화관에서의 기억이 마지막이라는 것을 생각해낸 희은의 등줄기를 타고 소름이 따라 올랐다.

'도대체 어떻게 된 걸까? 이게…… 납치라는 걸까? 납치? 내가? 왜?'

머리가 지끈거려 제대로 생각할 수 없었는데도, 낯선 곳에 홀로 있다는 사실만으로도 손발이 부들부들 떨리기 시작했다. 더듬어보자 옷은 말짱했지만 가방은 없었다. 가방이 없으니 당연히 휴대전화도 없었다. 희은은 억지로 일어나 문 쪽으로 다가갔다. 문을 열면 칼을 든 사람들이라도 있는 게 아닐까 두려웠지만 꾹 참고 문고리를 돌려보았다. 문은 잠겨 있었다.

"여보세요?"

잔뜩 얼어 나오지 않는 목소리를 쥐어짜 누군가를 부르며 희은은 주먹으로 문을 두드렸다.

"여보세요? 여기 무슨 착오가 있는 거 같은데요……."

아까 얼핏 들은 남자의 목소리는 알아들을 수는 없지만 분명히 중국어였다. 하지만 아무리 생각해도 희은은 아는 중국인조차 없었다. 이 상황 자체가 납득이 안 되자 공포가 밀려왔다.

"여보세요! 여보세요!"

쾅쾅 문을 세게 두드리자 금방 손이 빨개졌다. 주먹에서 느껴지는 고통이 선명해질수록 희은은 점점 더 무서워졌다. 이건 꿈이 아니었다. 법률 일을 하면서 멀리서 이런저런 험한 이야기를 듣기도 했다. 하지만 그녀와는 거리가 먼 이야기라고만 생각했다. 그런데 지금, 납치, 감금…… 그것도 이유를 알 수 없는 사태에 희은은 상상 이상의 공포를 느꼈다.

"여보세요! 여보세요! 여보세요!"


리우웬(劉雯)은 흑경을 통해 희은을 확인하며 놀랐다. 잡아오라고 했을 때 기대했던 것은 이런 것이 아니었다. 어떤 여자인지 보고 싶었는데 이건 뭐…… 너무 평범해서 당황스러웠다.

『진짜 아무것도 모르는 여자인 거야?』

리우웬의 질문에 옆에서 말없이 서 있던 시시가 눈만 깜빡였다. 그녀가 조사한 바로도 그랬고, 그렇다고 리우웬에게 보고도 했지만 믿지 않았다. 직접 눈으로 보고도 못 믿는다면 더 이상할 말이 없다.

『저런 여자가 리 가(家)의 남자와 어떻게 알게 된 거야?』

소파 깊숙이 몸을 기대며 리우웬이 잘빠진 다리를 꼬았다. 담배를 입에 물고 약간 고개를 돌리자 시시가 얼른 긴 여성용 담배 끝에 불을 붙여주었다.

『거기까지는 못 알아봤습니다. 아시다시피 선협 님의 과거와 관련해서는 알려져 있는 게 많지 않으니까요.』

『됐어. 캐고 있다는 걸 알아서 좋을 것도 없어.』

길게 담배 연기를 빨았다 내뱉으며 리우웬은 어쩔 줄 몰라 허둥대는 희은의 모습을 바라보았다.

선협과 리우웬의 약혼은 집안끼리의 정략이었다. 30년 전, 리 가문의 수장자리에 오른 리웨이홍이 아들을 데려온 것은 10년 후였다. 리웨이홍의 아들과 그녀의 약혼이 성립된 것은 채 1년도 지나지 않아서였다.

간단한 계산이었다. 리웨이홍은 결혼하지 않았고, 앞으로도 결혼은 없을 것이라 선언했다. 그렇다는 것은 리 가문의 다음 주인은 이선협이라는 뜻이었다.

물론 선협과 리우웬 사이에는 어떤 종류의 교감이라도 존재했는가 하면 천만의 말씀이었다. 무뚝뚝하기만 하고 무슨 생각을 하는지 알 수 없는 선협 같은 남자는 리우웬의 취향이 아니었다. 물론 선협 쪽에서는 리우웬을 이득을 위해서만 움직이는 교활한 여자라고 생각하고 있을 것이다. 하지만 어쨌든 약혼자다. 설혹 손끝 한번 스친 적 없는 명목상의 약혼자라 하더라도 한국에서 무슨 짓을 하는 건지는 알아볼 필요가 있을 거라고 생각했다.

그런데 이런 짓거리라니. 아무것도 모르는 여자라니. 적잖이 실망감이 들었다. 그래도 리웨이홍의 후계자다. 언젠가 리 가문을 이끌어갈 남자였다. 그렇게 믿고, 그의 약혼자 자리를 지켰다. 그런데 사랑놀음이라니. 이 사랑놀음이 정말 순수한 사랑놀음이라면 리우웬은 화가 날 것 같았다.

　여자는 그럭저럭 예쁘장했다. 키도 큰 편이었고, 옷도 한국인들이 다 그렇듯 상큼하게 잘 차려입었다. 몸매는 꽤 괜찮을 수도 있을 것 같다. 그다지 몸매를 강조하지 않은 옷이지만 늘씬하다는 것이 느껴졌다. 그런 것치고 가슴도 크고 엉덩이도 풍만했다. 남자들이 좋아할 만한 몸매다. 그리고 평범한 여자치고는 대담한 편이었다. 아직까지 기절하지도 않았고, 소리를 질러대지도 않았으니 이 정도면 양호하다 할 것이다. 그렇다 해도 공포에 질린 기색은 역력했고 아무것도 모르는 새처럼 떨고 있었다.

　『뭐야, 도대체.』

　이선협에 대해 연애감정을 가진 적은 없었다. 하지만 그 천년 얼은 빙벽처럼 부서질지언정 녹지는 않을 것 같은 남자가 반년 이상 지지부진하게 끌고 있는 일이 뭔가 했더니 저런 거라면 실망이다.

　『리우웬 님.』

　담배를 마저 피우며 흑경을 노려보고 있는데 시시가 조용히 리우웬을 불렀다.

　『전화입니다.』

　리우웬이 시시를 바라보았다.

　『리콴 님이십니다.』

　잠깐 무표정하게 시시를 바라보던 리우웬의 입가에 미소가 떠올랐다. 그녀는 일어나서 시시가 내민 전화를 받으며 귀찮다

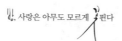

는 듯 손짓했다. 시시가 허리를 숙이고 흑경 쪽으로 다가가 환풍 버튼을 눌렀다. 흑경 너머 방의 환풍구에서 하얀 연기가 뿜어져 나왔다. 문을 두드리다 지쳐 사방을 살피던 여자가 연기를 발견하고 눈을 휘둥그렇게 떴다.

"뭐어? 중국인? 괜찮아? 뭐 장기 같은 거 떼어간 거 아냐? 괜찮아?"

전화하자마자 한달음에 달려온 민주가 희은의 몸을 사방팔방 더듬기 시작했다.

"아냐, 언니. 그럴 시간은 없었어요. 나도 알 수가 없어. 이게 뭔지. 정신 차리고 나니 집이었어."

"야, 잘 봐. 너 지금 놀라서 아픈 거 모를 수도 있어. 왜 쓸데없이 너를 가둬뒀다가 풀어줘?"

"몰라. 뭔가 오류가 있었던 게 아닐까?"

"무슨 오류?"

희은의 몸에 아무 이상이 없다는 걸 알자마자 민주는 한시름 놓고 소파에 몸을 던졌다. 화장실에 갔다 나와 보니 팝콘과 콜라는 엎어져 있지 놀라서 경찰에 신고까지 한 참이라 온몸이 다 후들거렸다.

"내가 아니라 다른 사람을 잡아가려다가 실수로 날 잡아간 거 아닐까? 그래서 돌려보낸 거고."

"걔들이 누군데?"

“모르죠.”

“리진 상사 쪽 사람 아냐? 너 욕했다면서.”

“내가 무슨 욕을 해요?”

“뭐 범죄자니 뭐니, 걔네 행사에서 그렇게 말했다며? 걔네 중에 한국말을 알아들은 애가 있으면 어떻게 해?”

설마 하고 희은이 눈을 동그랗게 떴다.

“욕은 아니었는데……. 그냥 나는 몰랐다가 놀라서…….”

하지만 어떻게 생각하면, 리진 상사 측에서 누군가 들었다면 분명히 앙심을 품을 수도 있을 것 같았다. 자신들을 우습게봤다고 생각할까?

“진짤까? 그럼 어떻게 하죠?”

“몰라. 그냥 돌려보낸 거 보면 경고일 수도 있고……. 하지만 리진 상사라는 증거도 없잖아?”

“없죠.”

중국 쪽과 연관된 거라고는 리진 상사밖에 없다는 것은 사실이지만 그렇다고 무턱대고 의심할 수는 없는 일이었다.

“일단 경찰에는 가자. 내가 아까 전화하긴 했는데…… 일단 일어난 일을 리포트는 해둬야 나중에 대비할 수 있잖아.”

“무섭게 무슨 나중…….”

“야! 사람 일은 모르는 거야!”

민주가 소리를 빽 지르더니 부산히 일어나 희은의 손목을 잡고 끌어냈다. 솔직히 말하자면 긴장이 풀어지자마자 이야기를 할 기운도 남아 있지 않았지만, 민주의 말이 맞았기 때문에 희은은 그녀를 따라 경찰서로 향했다.

∽ ✿ ∾

업무가 시작하기 전 삼삼오오 모여앉아 수다 중인 사무실의 화두는 당연 희은이 어제 직접 경험했던 괴담(?)이었다.

"그거 진짜 위험했던 거 같아. 요즘 그런 식으로 쥐도 새도 모르게 잡아가서 장기를 빼낸다는데…….."

"근데 왜 그냥 돌려보내줘요?"

"음, 뭔가 안 맞았던 거 아닐까? 혈액형이나, 아니면 성.변호사, 무슨 병 있어? 검사해보니 병 있었던 거 아냐?"

"말도 안 되는 소리 하지 마요."

"아냐. 팔에 피 뺀 자국 없나 잘 봐."

"아, 말도 안 되는 소리 하지 말라니까요."

저마다 의견이 분분했지만, 한참 유행하는 괴담 쪽이 우세했다. 장기매매와 관련된 중국 괴담 말이다. 하지만 희은의 느낌으로는 그런 것과는 좀 다르지 않았나 싶다. 그러기엔 갇혀 있던 방은 상당히 고급스러웠다. 테마 호텔이나, 고급 중식당의 인테리어, 혹은 대저택 같은 느낌? 도대체 거기가 어디였을까?

머릿속을 엉망진창으로 헝클어놓았던 공포체험이 끝나자 더더욱 알 수 없었다. 아무리 생각해도 그럴 만한 일이 없었다. 세

177

상에는 별별 일이 다 일어난다지만 그렇다기에 성희은은 너무 평범하게 살아왔다.

"어? 선협 씨 어디 가?"

와글와글 떠들던 사람들의 시선이 박 변호사의 목소리에 한 점으로 모였다. 소리 없이 사무실을 빠져나가려던 선협이 몸을 돌려 사람들을 바라보았다.

"생각나는 게 있어서 알아보려고요."

"응?"

"섬영 그룹 건이요."

"아아……."

담당자인 민주가 눈을 동그랗게 떴다.

"뭐 잡히는 거 있어?"

더 반가울 수 없는 이야기라 담당인 박 변호사와 민주 외에도 변호사들이 귀를 쫑긋 세우고 선협을 바라보았다.

"알아봐야죠."

짧게 대답한 선협은 가볍게 목례한 후 문을 열고 나갔다. 그의 등 뒤로 문이 닫히고 잠깐 사무실에는 정적이 감돌았다. 알 수 없는 서늘함이었다. 왜인지 아무도 이유를 모르는 채로 서로의 눈치만 보는 시간이 잠깐 지나갔다. 분명 선협은 웃고 있었다. 평소와 조금도 다름없었다고 모두가 생각하고 있었다. 예의 바르게 말했고, 인사도 제대로 했고, 문을 열고 등 뒤로 닫는 모든 동작이 평소하고 똑같았다.

그런데 왜 서늘했을까?

"그러니까…… 음…… 중국 사람들은 무서워. 희은 씨 조심해."

뜬금없는 박 변호사의 말을 끝으로 파장 분위기가 되어 각자 사무실로 들어가기 시작했다. 본격적인 업무가 시작되기에는 평소보다 조금 이른 시간이었다.

평상시와 별다를 것 없는 표정으로 사무실 문을 닫고 나온 선협의 발걸음은 사무실에서 멀어지는 것과 비례해서 빨라졌다. 그리하여 주차장에 도착했을 때쯤에는 거의 뛰다시피 걷고 있었다. 그의 눈빛이 차갑게 번뜩였다. 그가 올라타자마자 출발한 차가 끼기기기긱, 타이어 끌리는 소리를 내며 앞으로 내달렸다.

목적지는 차이나타운이었다.

리우웬은 칠흑같이 검은 머리카락을 조심스럽게 틀어올려 정수리께에서 비녀를 꽂았다. 볼이 좀 불그스레한 것 같긴 했지만 크게 눈에 띄는 건 아니었다. 어차피 거울에 비친 그녀의 모습은 좋게 봐줘도 미녀라고 볼 수는 없었다. 눈은 지나치게 째져 있었고, 햇빛을 많이 쐬지도 않았는데 눈 아래는 항상 주근깨가 있었다. 턱뼈도 발달되어 있어 강해 보였다.

자신의 얼굴을 싫어한 적은 없다. 조금 더 예뻤으면 좋았다는 생각은 했지만 그뿐이었다. 어차피 미모를 팔아 먹고살 건 아니니 상관없었다. 하지만 아까 성희은이라는 여자를 봐서일까? 오늘따라 거울 속의 얼굴이 조금 아쉽게 여겨졌다. 그 여자는 뭔가 나비 같은 느낌이었다. 조그마한 구석은 없는데, 오히려 늘씬늘씬하게 시원시원한 인상이던데 어딘지 가녀린 느낌이 있다.

여기까지 생각했을 때 쾅 하고 문이 거칠게 열렸다. 기다리고 있었기 때문에 당황하지 않고 리우웬은 몸을 돌려 화장대에 엉덩이를 기댔다.

『생각보다는 늦었어요. 그 여자와 매일 붙어 지내는 건 아닌가 보죠?』

선협이 차이나타운에 진입했다는 이야기를 들었을 때는, 집 안으로 밀고 들어오는 기세를 들었을 때는, 번개같이 다가와 한대 치기라도 할 줄 알았는데 의외로 선협은 차갑게 식어 있었다. 마치 물어 죽일 타이밍을 노리는 호랑이처럼 그는 천천히 움직여 둥근 흑단 티테이블의 건너편에 섰다. 그의 길고 투박한 손가락이 먼지 하나 없이 매끈한 테이블을 쓸었다.

『무슨 생각이었지?』

『그냥…… 한번 보고 싶었어요. 나 그럴 자격은 있잖아요.』

『무슨 자격?』

『내 약혼자가 바람피우는 상대 얼굴을 볼 자격.』

선협의 시선이 서늘하게 리우웬의 얼굴을 직격했다.

『그래서 소감은?』

『이선협 씨는 생각보다 더 알 수 없는 사람이라는 거.』

리우웬이 천천히 움직여 티테이블로 다가갔다. 정확히 그의 반대편에 서서 그녀는 그를 올려다보았다.

『도대체 그 여자랑 지금 뭐 하는 거예요?』

화가 난 기색은 없었지만 리우웬은 선협이 지금 몹시도 화가 났다는 것을 알 수 있었다. 아마도 처음에는 더했겠지. 지겨울 정도로 강한 리 가(家) 남자들의 특성대로 오는 도중에 가라앉히고 또 가라앉힌 것이 이 정도일 것이다. 그것이 또 놀라왔다. 찔러도 피 한 방울 안 나올 것 같던 이선협이 그 여자를 잠깐 데려다 논 것 정도로 이렇게 화가 났다고?

『뭘 하는 거 같은데?』

『진짜 모르겠어서요. 그 여자가…… 기술이 좋나요? 기술이라면 나도 만만치 않은데.』

노골적으로 유혹하는 듯한 리우웬의 웃음과 말솜씨에 선협은 가볍게 실소했다.

『다시는 그 여자를 건드리지 않겠다고 가족을 걸고 맹세해. 그러면 오늘 일은 넘어가겠어.』

리우웬은 이것이 그가 참고 참은 결과물이라는 것을 깨달았다.

『왜요? 나는 우리가 결혼하고 나서 당신이 그 여자를 만나도 상관없어요.』

『그럴 일은 없어. 그리고 네가 다시 그 여자를 손댈 일도 없어.』

『음……. 앞에 거는 모르겠지만 뒤에 일은 당신이 장담할 수 없는 거 아닌가요?』

『할 수 있어. 지금 네가 맹세하지 않는다면 여기서 너는 다시는 누군가에게 명령을 하지 못할 상태에 빠질 테니까.』

리우웬은 소름이 오싹 돋는 걸 느꼈다. 방금 선협이 한 협박은 100퍼센트 진심이었다. 그가 그녀를 죽여버리겠다고 협박했다면 비웃었을 것이다. 이것은 선협과 리우웬의 문제가 아니었다. 리 가(家)와 류 가(家)의 문제였다.

하지만 그가 지금 여기서 그녀를 반쯤 죽인다 해도, 어딘가 부러뜨리거나 다시는 말을 못하게 혀를 뽑는다 해도, 결혼이 어그러지지 않는다면 류 가문은 입을 다물 것이다. 어디까지나 부부간의 문제로 치부될 것이므로. 선협은 지독하게도 현실적으로 그녀를 협박하고 있었다.

『알았어요. 맹세해요.』

리우웬은 한쪽 손을 들고 선선히 맹세했다. 어차피 질투심에 넘쳐 여자를 보고자 했던 것도 아니었다. 다시 보고 싶을 만큼 재미있는 상황도 아니었다. 괜스레 사자 코털을 건드리는 취미는 없었다.

『하지만 이해할 수가 없어요. 그런 여자는…… 당신에게 어울리지 않는데요.』

『네가 결정할 문제가 아니야.』

평상시와 똑같이, 리우웬의 몸에는 손가락도 대지 않은 채 돌아서려던 선협이 그녀의 목소리에 다시 걸음을 멈췄다.

『여자에 대해서 더 잘 아는 건 저랍니다. 지금은 마냥 좋은 것 같지만 당신이 누구란 걸 알고서도 여자가 한결같을까요? 그 여자는 이 세계의 여자가 아닐 텐데요. 그냥 방에 둔 것뿐인데 겁내고 떨더군요. 그게 당신 때문이라는 걸 알아도 그녀가 당신을 원망하지 않을까요?』

리우웬이 선협에 다가갔다. 거의 그녀의 손이 그의 팔에 닿으려는 순간, 그가 몸을 돌려 한 걸음 물러나 냉정한 얼굴로 리우웬을 내려다본다.

『힘없는 사람들은 결국엔 원망을 해요. 당신이 그 여자의 인생을 어그러뜨린다면, 그녀는 당신을 원망할 거예요. 저는 원망 속에서 싹트는 사랑은 본 적이 없죠. 섹스가 아무리 좋아도, 감당할 수 있는 사이에서만 관계는 성립해요. 그러니까 당신이 아무리 싫더라도, 당신에게는 나 같은 여자가 맞다는 거죠.』

선협은 무미건조한 얼굴로 자신을 당당히 바라보고 있는 리우웬을 보았다. 벌써 20년 가까이 그의 약혼녀였던 여자는 자신조차 자신의 진심이 뭔지 모를 여자였다. 그렇게 훈련받았고, 그런 세계에서 살았다. 선협은 그래도 열 살 때부터였지만, 이 여자는 태어나면서부터 이 세계에 있었던 것이다.

『리우웬.』

선협이 얼핏 부드러운 듯 칼을 숨긴 목소리로 리우웬의 이름을 불렀다.

『네.』

『다른 놈과의 관계에서 이렇게 얼굴이 상기되어가지고, 그 얼굴로 나와 잘 어울린다고 말하는 건 좀 그렇지 않아?』

리우웬의 얼굴이 확 달아올랐다. 선협은 빙긋 웃고, 가볍게 고개를 까딱여 보인 다음 들어왔을 때와 다름없는 걸음걸이로 문을 열고 나갔다.

모욕감과 낭패감에 입술을 깨물고 있던 리우웬은 신경질적으로 티테이블을 팔로 쳤다. 탕 소리를 내며 탁자가 넘어가고 탁자 위에 있던 찻잔들이 우그르르 쏟아졌다. 그 소리가 신호인 것처럼 옆방으로 이어진 문이 열리고 한 남자가 들어왔다. 뚜벅뚜벅 발소리를 내며 다가온 남자가 바닥에 엎질러진 티테이블을 일으켜 세우고는 리우웬에게 다가와 등 뒤에서 안았다.

『어차피 모를 거라고 생각하지 않았잖아?』

남자의 말에 리우웬이 그를 노려보았다.

『당신이라는 걸 알 거라고 생각해?』

『너와 자는 게 나 하나뿐일 거라고 이선협이 생각할 거냐고 묻는 거야?』

이죽거리는 리콴을 밀어낸 리우웬이 서슴지 않고 그의 뺨을 갈겼다. 짝 소리가 경쾌하게 허공을 가르는 것과 동시에 마른 리콴의 뺨 위로 선명하게 붉은 자국이 새겨진다. 고개가 돌아갈 정도로 세게 얻어맞고서도 기분 나쁜 기색 없이 리콴이 다시 리우엔을 바라보았다.

『이선협이 어떻게 생각하는지가 너에게 중요해?』

부드럽게 속삭인 리콴, 리웨이훙의 큰형 리다추안이 남긴 유일한 혈육이 리우엔의 목을 끌어안고 뺨에 입을 맞췄다.

차를 타고 차이나타운을 빠져나오면서, 선협은 아찔한 기분을 느꼈다. 10년 전의 1년이 그랬듯, 이번에도 1년 정도는 괜찮을 거라고 생각했던 자신이 바보스러웠다. 10년 전의 이선협은 아무것도 아니었지만, 지금은 다르다는 생각을 왜 못 했을까?

리웨이훙은 나이가 들고 있었다. 슬슬 패밀리들은 이선협이 가문을 이끌어주기를 기대하고 있었다. 시선이 집중되는 것은 당연한 일이었다.

"젠장."

욕설을 뱉어낸 선협은 담배를 꺼내 물었다. 신경질적으로 라이터를 켜던 그는 몇 번의 불꽃만 튈 뿐 제대로 점화되지 않는 라이터와 물고 있던 담배를 통째로 구겨 던져버렸다. 머릿속이 복잡했다. 정말로 그는 열 번의 밤이 지나면 중국으로 돌아갈 생각이었다. 성희은의 생활을 흔들 생각도 없었고 의무를 저버릴 마음도 없었다.

하지만 막상 경고를 받게 되자, 리웨이훙의 말이 옳았다. 리우엔의 말이 옳았다. 그들이 경고를 하는 순간 자신도 몰랐던 자신의 마음을 알게 되었다. 떠나기 싫다. 중국으로 돌아가기 싫다. 그냥 이곳에, 희은의 곁에 머무르고 싶다. 말도 안 되는 일이라는 건 알았다. 희은의 삶이 이곳 대한민국에 있는 것만큼 선협의 삶은 중국에 있었다. 두 사람은 횡과 종만큼이나 다른 사람들이었다. 서로 몸이 마주 닿아 있는 순간 하나처럼 느껴진다 해도, 그것은 전부일 수가 없었다.

선협은 의무를 저버릴 수가 없었다. 가문이 그것을 용납하지 않을 것이다. 아버지 리웨이훙은 심지어 셋째였음에도, 첫째와 둘째가 사망하자 중국으로 돌아와 의무를 수행했다. 지금으로서 선협은 유일한 후계자였다. 언감생심 꿈도 꾸지 못할 일이었다.

그렇다면 희은의 삶을 뒤흔드는 일이 가능할까? 아니었다. 리우웬은 적어도 그 부분에 있어서는 옳은 말을 하고 있었다. 평범한 여자는, 특히 성희은처럼 정직하고 반듯한 교육을 받고 자란 여자는 리 가문에서 견뎌낼 수가 없다. 말도 안 되는 일이었다.

'욕심내지 않을 자신이 있었는데.'

스스로를 비웃으며 선협은 갓길에 차를 세웠다. 그리고 휴대전화를 꺼내 희은의 번호를 누른다. 짧은 신호음. 그리고 아무것도 모르는 순진무구한 여자의 음성이 들린다.

- 여보세요?

"나야."

- 응. 어디야?

"이번 주말에는 섬영 그룹 일 때문에 못 볼 것 같아."

전화기 저편이 잠시 조용해졌다. 그녀가 뭔가 망설이는 것이 느껴졌다.

- 잠깐만.

부스럭부스럭 움직이는 소리가 났다. 선협은 전화기 저편에서 희은이 뭘 하는지 손에 잡힐 것처럼 알 수 있었다. 제대로 통화하기 위해 사람 없는 곳으로 가려는 거다. 항상 약간은 부산스러운 책상을 정리하고, 일어나서 탕비실로 간다. 늘 시끄러운 복사기 바로 옆 창가에 기대 앉아 목소리를 가다듬는다.

- 혹시 오늘 저녁에도 못 봐?

선협은 눈을 질끈 감았다. 마음 같아서는 당장 달려간다고 하고 싶었다. 희은이 왜 그를 부르는지를 알고 있으므로 더욱 그랬다. 무서운 거다. 어제 겪었던 경험이, 실제로 아무 일도 일어나지 않았다 해도, 희은을 겁준 거다. 뭔지도 모르면서도 무서워하는 희은이 너무나 안쓰러웠다.

"일이 있는데……."

생각보다 훨씬 무뚝뚝하게 나온 목소리에 전화 저편이 움찔하는 것이 느껴졌다.

- 응. 아니…… 난…….

"무서워할 거 없어. 어제 그 일은 뭔가 착오가 있었던 걸 거야."

- 응. 그렇겠지. 하지만 난…….

"내가 좀 알아볼 테니까 걱정하지 말고. 집에 가서 문 꼭 잠
그고 자."

희은이 서운해하는 것이 느껴졌다. 그것이 마음 아팠다. 그
리고 바로 그 통증 때문에 선협은 결심했다. 여기서 끝이다. 더
이상은 희은을 안지 않는다. 이미 너무나 많이 흔들렸고, 흔들었
다. 선협도 생각보다 훨씬 더 희은에게 빠져들었고, 희은 역시
그에게 빠져들고 있다. 위험했다. 처음 생각했던 것처럼 두 사람
은 잠시 스쳐 지나가는 것이 옳았다.

이것은 좋지 않았다.

"희은아."

처음으로 선협은 희은의 이름을 불렀다. '너'라든지 '당신'이
라든지 '성희은' 같은 딱딱한 호칭이 아니라, 처음으로 이름을 부
른다.

- 으……응?

당황한 듯 희은이 긴장하는 것이 전화선을 통해서도 느껴졌
다.

"걱정하지 마. 넌 괜찮을 거야."

- 무슨…… 말이야?

"끊어야겠다."

- 선협 씨…… 선협…….

희은의 목소리가 이어지는데 통화종료 버튼을 누르고 선협
은 손바닥으로 이마를 감쌌다. 미열이 느껴졌다. 희은은 괜찮을

것이다. 하지만 선협은 안 괜찮을지도 모르겠다는 예감이 들었다. 잠시 미동도 없이 가만히 있던 선협은 고개를 들고, 평상시와 같은 표정을 회복한 후 액셀러레이터를 밟았다.

그대로 희은의 집 앞까지 달린 선협은 일과를 마친 희은이 집으로 들어와 방에 불을 켜는 모습을 모두 지켜보았다.

이윽고 방에 불이 꺼지고 깊이 잠든 그녀의 숨결이 들릴 것 같은 한밤이 되어서야 자리를 떠났다.

08.

섬영 그룹의 평택공장의 하늘 위로 옅은 회색 연기가 날아오르고 있었다. 똑같이 생긴 건물들이 늘어서 있는 모습은 얼핏 랙이 걸린 그래픽 영상을 보는 것 같았다. 거대한 부지 내에 기숙사 외에는 모두 공장, 가장 가까운 도심지까지 버스로 30분이 걸리는 거리 때문에 공장 내의 직원들은 말 그대로 한 식구 같았다. 부서가 다르더라도 대부분 얼굴 정도는 알고 있어 누가 들고 나는지 모르는 사람이 없었다.

선협은 출고지 근처에 서서 점퍼의 호주머니에 손을 찔러 넣은 채 하얀 입김을 토했다. 풀리는 것 같았던 날씨는 그의 마음을 반영하듯 오늘 아침부터 다시 얼어붙었다. 오락가락하는 날씨에 사람들의 어깨는 움츠러 있었다.

선협 역시 그랬다. 어서 일을 끝내고 싶은 마음이 컸다.

어차피 큰일은 아니었다. 사무실에서야 요즘 상황이 별로 좋지 않다 보니 이 건이 잘 해결되면 섬영 그룹을 메인 클라이언트로 앉힐 수도 있다며 총력전을 펼치고 있었지만 선협에게 있어서는 그다지 어려울 것도 특이할 것도 없었다.

섬영 그룹의 참치 캔에 산업용 폐오일이 투입된 사건으로 인한 소송 건이었다. 그리고 100퍼센트 회사 측의 문제일 수가 없는 사건이었다. 일단 공정 자체가 산업용 폐오일이 캔에 들어갈 이유가 전혀 없었다. 누가 일부러 폐오일을 구해 와 투입했다고 보는 게 맞다.

문제는 캔의 오픈 과정이 자세하게 영상으로 찍혀 있다는 사실이었다.

요리 블로거가 구입한 캔은 요리 과정을 촬영하고 있는 캠코더와 그녀에게 요리를 배우는 학생들의 휴대전화 비디오로 따는 과정부터 폐오일을 발견하는 과정까지 논스톱으로 촬영되어 있었다. 블로그를 세밀히 조사해봤는데 1, 2년 된 블로그도 아니었고, 블로거는 이런 쪽으로 보상을 받으려고 수를 쓸 만한 사람도 아니었다.

그렇다는 건 공장 내부에서 생긴 문제라는 뜻이다. 캔이 요리 블로거에게 들어간 것은 운이 좋은 것뿐일 테지만, 문제는…… 도대체 몇 개의 캔에나 장난질을 친 걸까?

도대체 왜?

곰곰이 생각하던 선협이 픽 웃었다. 이런 일로 진지하게 고민을 하는 건…… 사실 꽤 취향에 맞았다. 몰랐지만 차근차근 단서를 밟아가는 것도 꽤 즐거웠다. 물론 사무실에 희은이 있기 때문에 더 즐거운 일이라는 것 부정할 수 없지만…….

미소가 떠올랐던 입술이 얼어붙었다. 희은을 위해 시작한 일이니 어쨌든 그녀를 위해 할 수 있는 데까지는 해볼 셈이었다. 섬영 그룹의 건도 그렇고, 버스조합 건도 그렇고, 그녀에게 약속한 일까지는 말끔히 해결하고 사라질 예정이었다.

"어이? 이동주 씨?"

등 뒤에서 그를 부르는 소리에 선협이 선량한 얼굴을 하고 돌아섰다. 이동주라는 이름은 위장취업을 위해 사용한 이름이다. 사무실에서와는 달리 편안한 청바지와 점퍼를 입은 상태였다. TPO에 맞춰 옷을 입는 것은 그의 일에 필수적인 요소였다. 남자들이 많은 이런 공장에 잘 빼입고 와봤자 기생오라비 소리밖에 안 듣는다.

"일자리를 구하러 왔다고?"

"예. 여기에 이번에 충원할 인원이 있다고 들었어요."

"흠, 젊어 보이는데 이 일 하겠어? 보기보다 만만한 일 아니라 젊은 친구들은 사흘도 못 채워."

"가르쳐주시면 열심히 해보겠습니다."

허리를 90도로 꺾어 숙이자 마뜩잖은 얼굴이었던 소장의 표정이 약간 누그러졌다. 아마 사고 이후 적잖이 시달렸던지라 예민할 대로 예민해져 있는 상태임이 분명했다.

인터넷에 폐오일 참치 캔 사건이 터지고, 회사가 소송에 걸리면서 공장 사람들은 들들 볶여야만 했다. 대부분 아무것도 모르는 사람들이었지만 어쩔 수 없는 일이었다. 결국 몇 명은 그만

두고, 몇 명은 잘리고, 현재 공장의 상태는 엉망이었다. 이럴 때 들어온 새 사람이란 아무리 입 안의 혀처럼 굴어도 아주 환영받기는 어려운 일이다.

"따라와."

소장의 뒤를 쫓아가며 선협은 손목시계를 흘깃 보았다. 그러다가 실소하고 팔을 내렸다. 어느샌가 습관이 되어버렸다. 주말을 체크하는 일. 성희은과 함께하는 주말이 무엇보다도 소중해 모든 일을 주말에 맞춰버리는 일이 몸에 배어버린 것이다. 바보 같은 일이다. 분명 습관이 될 때까지 오래 걸리지 않았으니 잊는 것도 빠를 것이다.

"그래야 하는데."

이성과는 다른 마음의 아우성을 무시하려고 중얼거리자 앞에 가던 소장이 잉? 하고 등을 돌렸다.

"아닙니다. 혼잣말이었어요."

씩 웃어 보인 선협이 발걸음을 조금 빨리해 소장과 보조를 맞췄다.

"뭐가 그래야 해?"

"여자하고 헤어졌거든요."

"젊고 잘생긴 친구가 왜 유배생활을 자청하나 했더니 그런 이유가 있었구만! 왜 헤어져? 다른 놈이 생겼대?"

"그런 건 아닙니다. 그저 처음부터 끝까지 가지 않을 건 알고 있던 관계였어요. 그리고 적당한 때가 온 거죠."

여자 이야기 싫어하는 남자는 없다고 소장은 텃세를 부렸던 것을 까맣게 잊고 금세 이야기에 몰입했다.

"적당한 때…… 그거 중요하지. 하지만 그걸 알기 쉽지 않은데?"

"다행히 전 알았나 봅니다."

"알았다고 생각했을 때는 대부분 너무 늦을 때가 많아. 지금은 모르지. 헤어진 지 얼마나 됐는데?"

"얼마 안 됐어요."

"그럼 몰라. 사람일은 지금은 몰라. 지금은 잘했다고 생각하겠지. 하지만 시간이 지나다 보면 이게 아닌가 싶거든? 그런데도 다시 무를 수는 없는 거야. 특히 여자 문제는 그래. 여자 문제는 어려워. 남자는 여자를 잘 만나야 하는데 그게 이놈이 향하는 방향으로 마음이 가면 그것도 문제거든."

'이놈이 향하는 방향'이라고 하면서 소장은 엉덩이를 툭툭 치며 자신의 물건을 가리켰다.

선협이 하하 웃었다.

"그게 맘대로 되나요."

"그래. 그게 문제야."

소장이 한숨을 내쉬었다.

"좋은 여자였나?"

"네."

"그런데 왜?"

"제가 문제라서요."

"그럼 더더욱 잡아야지! 여자는 정이야. 남자들이 모자라면 모자랄수록 여자들이 정들 때까지 아주 갈구고 쓸개고 다 빼줘가며 정을 들여야 한단 말이야. 일단 정이 들면 여자들은 버리지 않거든. 여자들이 더 강해. 그런 거 보면."

"그런가요?"

"그럼! 특히 남자는 여자가 있어야 안정이 돼. 내가 젊었을 때는 말이야…… 크게 날렸는데……."

이어지는 소장의 젊은 시절의 무용담을 한 귀로 흘겨들으며 선협은 희은을 생각했다. 놓아주는 것이 그녀를 위한 것이 아니라면, 평생이라도 갈구고 쓸개고 다 빼주고 싶다. 그녀가 그를 버리지 못하는 것이 그녀를 아프게 할 것이라는 확신만 없다면 아무 생각 없이 그녀를 잡고 싶다. 싫다고 밀어내더라도 무릎을 꿇어서라도 잡고 매달릴 텐데.

다치는 것이 선협이라면, 추락하는 것이 선협이라면 그럴 텐데.

생각하는 것만으로도 가슴이 저몄다. 제대로 다루지 못해 늘 헝클어져 있지만 탐스럽고 좋은 냄새가 나는 머리카락과 부드러운 피부, 세상의 때라고는 묻지 않은 듯한 천진난만한 표정들……. 죽을 때까지 잊을 수 없을 것 같은 뜨거운 살 내음.

기숙사, 모두가 잠들어 회색빛으로 가라앉은 공간에는 누군가 끓아대는 코골이 소리만 울리고 있었다.

방을 배정받고 사람들과 가볍게 대화를 나누다가 모두가 침대로 돌아간 후에야 자신의 침대에 누웠던 선협은 물론 자고 있지 않았다. 공장을 둘러본 것, 짧은 대화, 그리고 소장과 기숙사장, 사무실의 분위기만으로 선협은 어딜 알아봐야 하는지 결정할 수 있었다.

나무는 숲에 숨기라고 하지만 막상 닥치면 그것은 쉽지 않은 일이다. 누구든 나무를 아무도 보지 못할 금고나 방 안에 꼭꼭 숨겨두고 이불로 덮은 다음 자물쇠까지 걸어놓곤 한다.

평상시라면 일주일쯤 더 지켜본 후 움직이겠지만 마음이 바빴다. 하루라도 빨리 서울을 떠나고 싶었다. 자신의 마음에 자신이 없었다. 여차하면, 아주 잠깐이라도 방심하면 성희은에게로 달려가버릴 것만 같은 위기감이 들었다.

가만히 누워 어둠을 노려보던 선협은 피식 웃고 말았다. 입맛이 썼다. 온통 성희은의 생각뿐이라는 것이.

적당한 때가 아니었던 걸까. 가슴언저리가 돌을 올려놓은 듯 묵직했다. 소장의 말처럼, 적당한 때라고 생각했는데 너무 늦어버린 걸까? 그렇다면 적어도 희은은 그렇지 않기를 빌 수밖에 없다. 이렇게 가슴이 조여드는 것이 이선협만의 감정이기를. 희은은 처음 약속했던 것처럼 열 번의 밤에서 벗어난 것을 단순히 기쁘게만 여기기를.

자신의 모순적인 바람에 선협은 괴로웠다. 그녀가 그를 잊는다는 상상만으로도 가슴이 무너지지만, 그녀를 위해서는 그가 그녀에게 별것이 아니었기를 빌어야 했다. 그런 마음이 되었다. 성희은이 아프지 않았으면 좋겠다.

생각은 그만. 열 살 때, 찾아온 리웨이홍의 수하에 의해 강제로 중국으로 가게 된 후 선협은 깨달았다. 생각만 해봤자 되는 일은 없었다. 그는 언제나 행동을 먼저 했다. 움직이는 동안에는 생각하지 않아도 되었다.

선협은 소리 없이 몸을 일으켰다. 코골이 소리만 가끔 허공을 진동할 뿐 고요히 가라앉은 공기를 가르고 선협은 날렵하게 움직였다. 안내받을 때 봐두었던 복도를 따라 내려간 그는 계단으로 내려가는 대신 환기통을 막고 있는 창을 뜯어냈다.

몸이 가볍게 환기구 안으로 빨려 들어갔다. 계단으로 내려가면 중간에 수위를 만날 확률이 높지만 이렇게 하면 아무에게도 걸리지 않고, 정문에 설치된 CCTV마저 피해 기숙사를 드나들 수 있었다.

기숙사 밖으로 나오자 입김이 하얗게 공중에 부서졌다. 공장 지대라 그런지 서울보다 훨씬 온도가 낮은 것 같았다. 선협은 턱 아래 걸려 있던 버프를 코끝까지 끌어올렸다. 검은 모자를 쓰고 있었기 때문에 이제 그의 얼굴에서 드러난 부분은 눈뿐이었다.

그는 빠르게 움직여 공장 담을 넘었다. 낮에 숨겨둔 자전거를 찾아 페달을 밟기까지는 10분도 걸리지 않았다. 가능한 CCTV에 찍히지 않는 동선으로, 그의 자전거가 날 듯이 어두운 길을 질주했다.

⁂

환영회랍시고 이틀 만에 열린 술자리에서 소장은 술에 취했다. 소장 이하 직원들 모두 빨리 마시고 빨리 취했지만 가장 녹다운된 사람이 있다면 자리에 앉자마자 마시고 죽자는 듯 들이붓던 소장이었다.

"어허! 자네! 자네 이리 와봐! 이동주 씨이이이! 이리 와보라고!"

쾅, 하고 테이블을 두드리는 소리에 시끄러운 삼겹살집이 일순 조용해졌다. 손뼈가 부러지지 않았나 싶을 정도로 센 타격이었는데도 소장은 취해 아무것도 모르는지 벌게진 얼굴로 잉? 왜이렇게 조용해져? 하고 주변을 두리번거릴 뿐이다.

"소장님, 취하셨어요."

선협을 제외하고 가장 신입이라는 남자가 소장을 챙기려다가 밀어붙이는 서슬에 휙 하고 나동그라졌다. 사람들이 슬슬 피하기 시작했다. 소장은 전형적으로 술에 취하면 꼬장을 부리는 스타일인 모양이었다. 선협에게 신입이 피를 보라는 듯 미루는 눈빛이 오갔다.

"남자는 말이야. 제 가족을 책임져야 진짜 남자가 되는 거거든. 그 전에는 아무것도 아니야. 아무것도 아니지. 끄으으으윽!

사랑은 아무도 모르게 핀다

특히 말이야. 제 여자 하나 행복하게 해주지 못하는 못나니들이 요즘에는 너무나 많단 말이야? 끄으으윽! 그런 놈들은 싹 다 모아서 고추를 떼어버려야 해. 확! 확! 떼어버려야 해! 남자도 아니야! 아암, 끄어어억! 그것만 하면, 그것만 되면 할 일은 다 한 거지. 아암, 그렇지. 꺼억!"

두 번 숨 쉴 때마다 한 번은 뱉어내는 트림 냄새가 고약했다. 선협은 잠자코 소장의 술잔에 물을 따랐다. 이 정도로 맛이 가면 자신이 들이켜는 게 술인지 물인지도 전혀 모를 터다.

"아오! 왜 이렇게 술이 싱거워?"

"천천히 드세요."

선협이 표정 하나 변하지 않고 계속 물을 채웠다.

"천천히 드시고가 문제가 꺼어억, 아니야. 앙? 내 말이 틀렸나? 이동주! 끄으으윽! 자네 말해봐! 왜 여자랑 헤어지려고 해?"

"소장님 말씀이 맞아서 그렇습니다. 전 그 여자를 행복하게 해줄 수 없거든요."

"아이코! 이 사람!"

소장이 꽤 아플 듯한 힘으로 자신의 이마를 두드렸다. 금세 이마가 벌게질 정도로 센 힘이었다. 전혀 힘 조절이 안 되는 상황이었다.

"안 되는 게 어딨나? 남자란 자고로…… 끄어어억! 무슨 짓을 해서라도…… 꺼억! 꺼억!"

선협의 눈에 그림자가 드리워졌다. 어젯밤, 그리고 그젯밤,

이틀 연속으로 공장으로 잠입했던 그는 소장의 비밀을 알고 있었다. 문제는 몰라도 되는 것까지 알아버렸다는 것이었다. 알고 싶지 않은 일들.

실제로 소장이 하고 싶은 말은 지금 하는 말이 아닐 것이다. 사무실에 꽁꽁 숨겨둔 소장의 비밀장부에는 전혀 다른 이야기들이 쓰여 있었다. 자신의 인생을 망친 여자에 대한 분노였다. 지금 그의 말은, 스스로를 설득하려는 말이거나 아니면 이렇게라도 합리화를 하고 싶을 뿐인 게 분명했다.

"무슨 짓을 해서라도 자기 여자만 지키면 되는 거야! 암! 암! 그러취! 꺼어어억!"

"정말 그럴까요? 무슨 짓을 해서라도 그 여자만 붙잡으면 행복해집니까?"

"당연하지! 앙? 끄억! 내 말을…… 끄윽! 남자의 인생은 여자에 달린 거야."

"그 여자는 어떻게 하고요? 깜냥에 안 맞는 남자를 만난 여자 인생은 어떡합니까?"

"그러니까 잘해야지. 무슨 짓을 해서라도…… 끄으으윽! 그 여자를 행복하게…… 꺼억! 꺼억! 꺼억!"

"그러자고 몸담은 회사를 배신하고 상품에 폐오일을 주입해 경쟁사에게 돈을 받아먹으면 안 되는 거 아니겠습니까?"

트림을 연속으로 해대던 소장이 입을 벌린 채로 멈췄다. 삼겹살집은 여전히 시끌벅적한데 소장의 주변만 시간이 멈춘 것 같았다.

"입 다무십시오. 다른 사람이 눈치 챕니다."

나지막한 선협의 말에 그제야 소장이 황급히 입을 닦으며 숨을 몰아쉬었다. 다행히 다른 직원들은 모두 벌써 다른 테이블로 피신한 상태였다.

"이, 이보게. 어……, 어이쿠!"

술이 확 깬 표정으로 마른 입술에 침을 묻히며 소장이 의자를 고쳐 앉으려다 비틀댔다. 세상이 빙글빙글 도는 모양이다.

"그, 그게 무슨 소, 소리야? 응?"

선협은 딱한 얼굴로 초로의 소장을 바라보았다.

소장의 결혼생활에 문제가 있다는 걸 알기까지는 반나절도 걸리지 않았다. 확인을 해본 결과는 너무 전형적이라 식상할 정도였다. 조강지처를 버리고 바람이 나 술집 여자를 안방에 들여앉힌 그는 이내 후회했지만, 전처에 대한 미안함까지 현재의 아내에게 쏟아부은 모양이었다.

다만, 잘나가는 대기업의 공장소장이라니까 모아둔 돈 좀 있을 줄 알았던 아내는 그럭저럭한 살림살이에도 만족을 못 했고 결국 소장은 경쟁사에게 돈을 받고 해서 안 되는 짓을 감행하는 데까지 몰렸다.

소장이 괴로워하지 않은 것은 아니었다. 유난히도 날카로웠던 것, 그리고 며칠 안 되는 사이에도 몇 번씩이나 감정기복을 보이는 등 그는 길을 벗어난 자기 자신에 대해 괴로워하고 있었다.

애당초 한번 이탈한 궤도로 돌아가긴 거의 불가능한 법이다. 조강지처를 버리고, 지독히도 평온했을 그 생활을 벗어나 자극을 좇은 것이 지금 소장이 겪고 있는 지옥의 시작이었다.

언제나 그렇다. 유혹은 찰나. 서로 만나지 않는 게 더 나은 사람들이 그 유혹에 굴복하면 그 끝은…….

"이봐…… 동주…….."

선협이 아무 말 하지 않고 지긋이 바라보자 불안해진 소장이 슬금슬금 그에게 다가왔다. 잔뜩 주름진 소장의 손이 테이블 위에 아무렇게나 올려져 있는 선협의 손에 닿으려는 순간, 선협이 벌떡 일어났다.

"아이고, 이보게. 이 사람아!"

잠깐 복잡한 눈으로 겁에 질린 소장을 내려다보던 선협은 아무 말 없이 돌아서서 삼겹살집을 나왔다. 불기운에 후끈했던 가게를 나서자마자 차가운 바람이 선협의 뺨을 핥고 지나갔다.

등 뒤에서 '아이고 소장님.' 하고 소란이 일어나는 소리가 났지만 그는 아무것도 못 들은 것처럼 걸음을 옮기기 시작했다.

그렇게 몇 걸음이나 걸었을까? 선협이 걸음을 멈추고 주머니 속에 찔러 넣었던 손을 들어 손바닥을 하늘을 향해 펼쳤다. 검은 밤공기를 타고 하늘하늘 떨어지는 가는 눈발이 그의 손에 닿았다가 이내 흔적 없이 녹아들었다.

차라리 손바닥을 펼치지 않았으면 좋았을 텐데……. 멀리서

보는 눈은 더러 쌓이기도 하고 그러더니, 막상 손바닥에 닿은 눈
꽃은 너무나도 연약해 흔적도 없이 녹아 없어진다.

멀리서 보았을 때 평범한 삶이란 선협 역시 그럴 수 있을 것
같기도 했는데 막상 지극히도 평범한 희은을 원하게 되면서는
원한다는 사실만으로도 희은을 위태롭게 만들 수 있다는 것을
깨닫고 마는 것이다.

「저는 원망 속에서 싹트는 사랑은 본 적이 없죠.」

선협은 한숨을 내쉬었다. 올겨울 마지막 눈이 포슬포슬 그의
어깨 위로 내려앉았다.

지친 기분으로 엘리베이터에서 내리던 선협이 흠칫 멈춰 섰
다. 민첩하게 벽에 붙어 섰던 그가 복도에 웅크리고 있던 그림자
의 정체를 파악하고 자세를 바로하기까지는 삼 초도 걸리지 않
았다. 그림자가 에구에구 하는 익숙한 소리와 함께 몸을 일으켰
다.

"이제 와?"

선협이 말없이 인상을 찡그리고 있자 희은이 객쩍게 말을 걸
었다. 열렸던 엘리베이터가 느리게 닫히며 복도가 어둠에 잠겼
다. 멀뚱히 서 있는 선협의 반응에 어쩔 줄 모르고 쭈뼛거리던
희은이 손을 내저어 센서등을 켰다.

노란 백열등의 불빛 아래에 선 희은은 어딘지 청순해 보였다. 집에서 씻고 왔는지 화장기 없이 말간 얼굴에 흐트러진 잔머리가 가슴 아플 정도로 사랑스러웠다.

"여기서 뭐 해?"

무겁게 묻자 희은이 설핏 눈치를 보다가 눈을 깔았다.

"선협 씨 기다리지……. 12시 넘었어. 토요일이잖아."

본능적으로 선협의 시선이 손목시계로 향했다. 그녀의 말이 옳았다. 새벽 1시 30분, 지금은 엄밀히 토요일이었다.

"내가 이번 주말은……."

"알아. 그냥 내가 기다렸어."

"겁도 없이. 무섭다면서 이렇게 어두운데 기다려?"

"겁나서 온 거야. 여긴 안 무서우니까."

"나도 없는데 뭐가 안 무서워?"

"올 거라고…… 생각했어."

희은이 다시 선협의 눈치를 살폈다.

"나 갈까? 선협 씨 기분 별로 안 좋은 거 같아. 무슨 일 있어?"

그제야 선협은, 제가 벽에 거의 등을 붙이고 우뚝 선 채 꼼짝도 안 하고 있었다는 사실을 깨달았다. 그의 얼굴 위로 짙은 그림자가 져 있었다. 그녀를 불안하게 하고 있다.

"좀 피곤하긴 해."

다시 한 번 생각보다 훨씬 더 무뚝뚝한 목소리가 나왔다. 선협의 대답에 희은이 서운해하는 것이 느껴졌다. 전화 통화할 때보다 훨씬 더 가깝게, 손 뻗으면 닿을 수도 있는 거리에서.

"미안해. 그러면 갈게. 어……, 그럼…… 들어가."

어쩔 줄 몰라 하며 희은이 약간 얼굴이 빨개져가지고 엘리베이터 버튼을 눌렀다. 무안한 나머지 귓가가 빨갛게 달아올라 있었다. 선협이 내리고 난 후 문이 닫힌 다음 움직이지 않았던 엘리베이터 문은 희은이 버튼을 누르자 약한 진동음을 내며 입을 벌렸다.

"나 갈게. 쉬어."

여전히 미동도 않는 선협을 향해 다시 한 번 인사한 희은이 살짝 그의 옷깃을 당겨 인사하고 엘리베이터로 들어갔다.

그녀가 엘리베이터로 들어가서 몸 방향을 바꿀 때까지도 선협은 비스듬히 엘리베이터를 등진 채 꼼짝도 않고 있었다. 그러나 엘리베이터가 열릴 때와 똑같은 소리를 내며 다시 문이 닫히는 순간 번개처럼 그의 손이 엘리베이터 문을 잡았다.

"선협…… 씨?"

느리게 엘리베이터 문이 열리자 선협이 아무 말 없이 그녀의 손을 붙잡아 끌어당겼다. 그녀의 몸이 획 딸려 나왔다. 오토로크가 열렸다.

"선협 씨!"

신발을 내팽개치듯 벗기고, 그러느라 비틀거리는 희은을 잡아당긴 선협이 있는 힘껏 그녀를 끌어안았다. 허리가 꺾어지고 다리가 들리도록 그녀를 끌어안은 그의 힘에 놀란 희은이 눈을 동그랗게 떴다.

"무슨 일, 있어?"

그렇게 한동안 숨이 막힐 정도로 부둥켜안은 채 그녀의 어깨에 코를 파묻고 있는 그를 가만히 내버려두던 희은이 조심스레 그의 어깨를 매만지며 물었다. 평소와 다르게 점퍼 차림의 그는 한층 더 소년 같아 보였다. 삼겹살 냄새와 불 냄새, 담배 냄새가 지독했다. 귓가에 흩어지는 숨결에는 희미하게 알코올이 느껴졌다.

"나한테 이야기해볼래?"

가만히 그녀를 끌어안고만 있는 선협이 안타까워져서 희은이 그의 귀를 쓰다듬으며 속삭였다.

요 근래 뭔가 이상하다는 느낌이 있었다. 처음 만났을 때 이선협은 그냥 사람 좋은 청년이었고, 그러고 나서는 알 수 없는 남자였지만, 지금은 또 다른 의미가 되었다. 사람에 대해 다 알 수는 없는 거지만 희은은 선협이 좋은 사람이라고 확신했다. 그런 것은 따지고 공부하여 아는 것이 아니었다. 그와 함께한 시간, 그의 표정, 그의 말투, 그가 보여주는 사소한 배려 같은 것이 그가 누군지 설명하고 있었다.

그리고 지금 뭔가 그를 괴롭히고 있었다. 처음 본 모습에 희은은 마음이 복잡해졌다. 그녀의 코도 석 자였지만, 막상 선협을 보자 다른 것을 다 넘어서 그가 걱정되었다.

"나 봐봐."

희은이 살짝 선협의 손을 풀고는 시선을 맞췄다. 손을 뻗어 뺨을 감싸자 손바닥에 까칠하게 수염이 느껴졌다.

"수염도 안 깎았네. 뭐 했어? 평택 공장에 간 거 아니었어? 민주 언니한테 물어봤더니 선협 씨하고 통화했다기에 그런 줄 알았는데…….."

잠깐 동안 선협은 대답하지 않았다. 그는 그저 그녀를 바라보고만 있었다. 깊은 상념이 그의 짙은 눈동자 속에 엉켜들었다. 그것이 견딜 수 없다는 듯 이윽고 선협은 눈을 감았다.

"어떡하지."

선협이 신음하듯 말했다.

"뭘?"

"너 때문에 미치겠어."

'놔줄 수 없으면 어떻게 하지. 잊을 수 없으면 어떻게 하지? 영영 너뿐이면 어떡하지? 그냥 몸만 가지면 만족할 수 있을 줄 알았는데. 원래 남녀관계란 그런 거니까.'

가지고 질리고 그러면 끝날 수도 있을 거라고 생각했는데 그렇게 안 되었다.

더 무서운 것은 앞으로도 그렇게 되지 않을지도 모르겠다는 기분이 든다는 거다.

선협은 뺨을 감싸고 있는 희은의 손을 떼어냈다. 그리고 가는 손목을 잡아 맥박이 뛰는 부위에 입을 맞췄다. 그리고 손바닥에, 그 다음에는 손가락 하나하나에……. 그 다음에는 그녀의 어깨를 잡고, 이마에 입술을 눌렀다.

몸이 전혀 닿지 않았기 때문에 두 사람 모두 어색했다. 언제나 그들은 함께 있을 때 서로에게 더 파고들지 못해 안달난 사람처럼 굴었었다. 하지만 지금, 선협은 그저 그녀의 어깨를 잡고 그녀의 이마에 입술을 누르고 뺨에, 그리고 입술에 입술을 대었을 뿐이다. 무례하게 혀가 침범하지도 않았고, 맛을 보듯 핥아대지도 않았다. 입술과 입술은 조용히 맞물려 있었다.

잠시 두 사람은 숨도 쉬지 않았다.

마치 이것이 첫 키스인 것처럼.


"가만히 있어. 내가 할게."

선협을 침대에 앉힌 희은이 그의 앞에 무릎을 꿇고 고집스레 고개를 저었다. 잠깐 그녀를 말리던 선협이 그대로 침대에 벌렁 드러누워 버렸다. 그가 얼굴을 가린 채 큭큭 낮게 웃었다.

"왜 웃어?"

"그냥. 지금 뭐 하고 있는 건가 싶어서."

허무한 듯한 선협의 대답에 희은은 그의 손을 붙잡아 입을 맞췄다. 의외의 행동에 선협이 놀라는 사이 그녀는 그의 벨트를 풀고 바지를 벗긴 다음 무릎으로 침대 위로 기어 올라갔다.

그의 셔츠 단추도 하나하나 벗기기 시작하자 그가 그녀에게 물었다.

"왜 나한테 이렇게까지 해?"

"협박당했으니까. 협박이란 이런 거잖아."

희은의 대답에 선협이 희미하게 웃었다.

"웃으니까 좋다."

희은이 선협의 입꼬리께를 손으로 누르며 미소 지었다. 그러고는 그의 위에 타듯이 올라앉아 셔츠를 마저 벗겼다.

"씻고 나올게."

선협이 희은을 제지하며 상체를 비스듬히 일으켰다.

"아냐, 괜찮아."

"나 더러워."

"안 더러워."

선협을 다시 눕힌 희은이 그의 뺨에 입을 맞추고, 목덜미로 입술을 내렸다. 짙은 신음 소리가 선협의 목구멍에서 올라왔다. 천천히 몸을 내리면서 희은이 그의 가슴에 입술을 눌렀다. 조그마한 살점을 혀로 핥자 짭조름한 맛이 느껴졌다. 선협의 신음 소리도 한층 커졌다. 그가 손을 뻗어 그녀를 제지하려는 것을 희은은 단호히 뿌리쳤다.

"가만히 있어."

잠깐 희은을 바라보던 선협은 알 수 없는 표정을 짓더니 도로 고개를 뒤로 젖힌 채 팔로 눈을 가려버린다.

"눈 떠."

침대 아래로 내려간 희은이 선협을 바라보며 도발적으로 명령했다. 고개를 돌린 채 눈을 가려버렸던 선협이 희미하게 눈을 치켜떴다. 그의 시선을 받으며 희은이 천천히 옷을 벗기 시작했다. 바지를 벗고, 니트를 벗고, 그리고 셔츠를 벗었다. 이내 브래지어와 팬티 차림이 되어 그녀는 잠시 그를 바라보았다. 황홀하게 그녀를 바라보는 그의 눈빛이 정욕으로 흐려지고, 늘어져 있던 남성이 점점 부풀어 그녀를 욕망하게 되는 그 모든 과정을 그녀는 지켜보았다.

"이리 와."

탁한 목소리로 선협이 말했다.

"아직 아니야."

희은이 고개를 젓고 다가가 고개를 치켜드는 남성을 힘들게 누르고 있는 그의 속옷을 벗겨내었다. 그녀가 그의 남성을 손으로 쥐자 그가 기절할 것 같은 표정을 지으며 몸을 일으켰다.

"움직이지 마, 이선협."

희은의 말에 선협이 숨을 거칠게 몰아쉬었다. 희은의 처방은 효과가 있었다. 머릿속에서 생각이라는 것이 당장 사라졌다. 남은 것은 그녀를 힘으로 당겨 안고 꼼짝도 못 하게 그의 안에 가둔 다음 마구 범하고 싶은 충동뿐이었다. 그 충동을 이기는 것이 죽기보다 어려웠지만, 그는 머리가 나쁘지 않았다. 지금은 가만히 있어야 될 때라는 것을 알고 있었다.

선협이 더 이상 움직이지 않을 것이라는 것이 확실해지자 희은은 그의 앞에 무릎을 꿇고, 그의 허벅지에 입을 맞췄다. 그녀가 앵두 같은 입술을 그의 허벅지에 누르자 그는 깊게 신음했다. 그녀의 빨간 혀가 그의 허벅지 안쪽을 간질이자 그의 다리가 바르르 떨렸다. 남성을 쥐고 있는 손을 느리게 주무르며 그녀는 입술을 올렸다.

붉게 달아올라 있는 끄트머리에 가만히 입술을 대자 선협이 꿈틀거렸다. 처음인데도 어째서인지 희은은 뭘 어떻게 해야 좋을지 알 것 같았다. 살짝 입술을 사용해 커다란 박하사탕보다도 훨씬 큰 남성의 끝을 살짝 삼키고 혀로 뱅그르르 주변을 쓸었다.

"허억!"

만나고 나서 처음으로 선협이 비명에 가까운 신음을 지르며 다리를 들썩였다. 저도 모르게 그는 손으로 그녀의 뒤통수를 움켜쥐었지만, 이내 놓아주었다. 그대로 그녀의 뒤통수를 쥐고 있었다가는 무슨 험한 짓을 하게 될지 모른다는 듯 그가 시트를 다부지게 붙잡았다.

그의 남성은 뜨겁고 풀내 같은 냄새가 났다. 머스크 향이 묘하게 머물고 있어서 그렇게 나쁜 맛은 아니었다. 다만 컸다. 둔탁하게 커다란 것이 입 안에 들어 있으니 어떻게 침을 삼켜야 할지 알 수가 없었다. 게다가 뜨겁기도 엄청 뜨거웠다. 붉은데다가 힘줄이 불끈불끈 돋아나 있어 죽어도 예쁜 모양새는 아니었지만 묘하게 정감이 가기도 했다.

처음에는 조심스레 끄트머리만 살짝 물었지만 살살 입 안 깊숙이 넣자 선협이 죽을 것 같은 신음 소리를 냈다. 그것이 이상하게 재미있어 희은은 완전 몰입해버렸다. 이를 사용하지 않도록 조심하며 쭉 빨자 말 그대로 전기가 오른 듯 그가 벌떡 몸을 일으키고 그녀의 어깨를 잡아 눈을 맞췄다.

"이런 거 어디서 배웠어?"

"좋다는 뜻이야?"

순진무구하고 묻자 선협이 입을 벌린 채 숨을 몰아쉬었다. 그러더니 기가 막히다는 듯 고개를 뒤로 젖혔다.

"이런…….."

선협의 얼굴이 벌겋게 상기되어 있었다. 관자놀이께의 정맥이 벌떡벌떡 뛰는 것이 눈으로 보일 정도였다. 그의 남성 역시 그 어느 때보다도 크게 부풀어 흉기보다 위협적으로 보였다.

선협에게 어깨를 붙잡힌 채 잠깐 그의 남성을 내려다보던 희은이 손을 내려 남성 아래의 주머니를 조심스럽게 감싸 쥐었다.

"헉!"

허를 찔린 사무라이 같은 비명을 지르며 선협이 입술을 깨물었다. 그녀가 손을 올려 기둥을 쓸어 올리며 재빠르게 부푼 남성의 끄트머리를 삼키자 그가 고개를 저으며 다시 그녀를 떼어냈다.

"왜? 싫어? 내가 너무 못해?"

"반대야. 너무 잘해서 곤란해."

선협이 더 이상은 안 되겠다는 듯 단호하게 고개를 젓고는 입을 맞춰왔다. 천천히 그녀의 입술을 헤집고 다니며 선협이 그녀를 바짝 안아 당겼다. 그도 좋고, 그녀도 좋고…… 조금 더 그의 남성을 탐험하고 싶은 아쉬움이 없지 않았지만 희은은 얌전히 그가 당겨 안는 대로 몸을 움직였다.

다행이었다. 별것 하지 않은 것 같은데 그의 기분이 많이 풀린 것 같았다.

"언젠가 다시 하게 해주겠다고 약속해."

선협의 어깨에 팔을 두르며 말하자 선협이 멈칫하더니 그녀를 물끄러미 바라보았다. 그러더니 아무 말 없이 그녀의 허리를 살짝 잡아 올리고는 자세를 잡아 그의 물건 위에 주저앉혔다.

느리게 그녀의 안으로 사납게 일어선 남성이 침입하는 감각에 희은이 눈을 감으며 입술을 벌렸다. 다른 때보다 훨씬 크고 뜨겁다는 감상은 착각이 아니었다. 항상 버거웠지만, 오늘은 더욱 그랬다. 그를 애무하면서 그녀 역시 흠뻑 젖어버린 상태인데도 앉은 채 결합하는데도 그가 그녀의 깊이까지 침범해온다.

"으음……."

선협을 꼭 끌어안으면서 희은이 한숨을 삼켰다. 선협 역시 그녀의 어깨에 이마를 묻은 채 뜨겁게 숨을 몰아쉬었다. 서로가 완전히 결합해 물샐 틈도 없이 맞물렸다는 감각이 두 사람을 사로잡았다.

남녀가 하나가 된다는 건 이런 의미였을까? 그저 가만히 부둥켜안고 있을 뿐인데도 온몸의 열이 오르는 느낌이었다. 피부가 진득하게 녹아 서로에게 엉겨 붙는 듯한 일체감.

그대로 얼마나 가만히 서로의 체온을 느꼈을까? 선협이 천천히 몸을 움직여 그녀를 밀어올리기 시작했다. 그녀 역시 그가 가르쳐준 대로 허리를 빙글빙글 돌리며 그녀를 쳐올리는 그를 도왔다. 자극이 전방위적으로 온몸으로 퍼졌다.

"아흑! 아흑! 아흑!"

그의 어깨를 꼭 붙잡은 채, 허리를 붙잡은 그의 손에 한껏 기대에 그녀가 몸을 뒤로 젖혔다. 깊이 삽입되어 그의 살에 클리토리스가 자극되면서 금세 오르가슴이 끓어오르기 시작했다. 그대로 퍽퍽 박아대던 선협이 무언가 부족한지 그녀의 허리를 붙잡아 안고 결합한 채 벌떡 몸을 일으켰다.

"아악!"

중력이 더해진 자극에 어깨를 움츠리면서도 희은은 다리를 그의 허리에 감으며 몸을 붙였다. 등 뒤로 퍽 소리가 날 정도로 세게 벽이 닿았지만 아픔 따위는 느끼지 못했다. 모든 감각이 결합된 부위에 집결되어 있는 것만 같았다.

하체를 결합한 채로 상체를 조금 떼어 희은을 살피는 선협의 눈동자는 그 어느 때보다 정념에 흐릿했다. 견딜 수 없다는 듯, 세상에서 가장 아름답고 관능적인 여자를 보는 눈으로 그녀를 바라보다가 땀에 젖은 이마에 입을 맞췄다. 입술이 닿고 혀가 침범하고 뭉툭하고 뜨겁게 입 안을 헤집고…… 점점 깊게, 깊게 파고드는 키스.

결합되어 있는 부위가 움찔움찔 저절로 움직였다. 손을 내려 희은의 엉덩이를 붙잡은 선협이 그녀의 등을 단단히 벽에 지탱한 채 허리를 밀어 넣었다. 퍽퍽퍽. 질척이며 그녀의 안으로 치밀어 오르는 힘은 어느 때보다도 강했고, 그녀를 잡고 있는 그의 손은 그 어느 때보다도 절실하게 엉켰다. 그치지 않을 것 같은 욕망을 분출하며 선협은 혼몽했다.

'어떻게 끝내지? 어떻게 끝낼 수 있을 거라고 생각했지?'

"이런······."

엉망이 되어 바닥에 널브러져 있는 옷들을 챙기며 선협은 혀를 찼다. 몇 번을 사정한 건지 알 수가 없었다. 분명히 그녀가 집에 온 게 1시쯤이었던 것 같은데 정신을 차렸을 때는 동이 트고 있었고, 희은은 그가 소리를 내는지 방을 치우는지도 모르고 까마득한 잠의 세계에 빠져 있었다. 엉망진창으로 구겨져 있는 그녀를 침대에 가지런히 눕히고 이불을 덮어주지 않았다면 희은은 빼도 박도 못하고 몸살 행이었을 것이 분명했다. 아니, 지금도 안전하지는 않았다.

선협은 방 안의 보일러를 올리면서 고개를 저었다. 미쳤다. 진짜 조금의 자제도 않고 그녀를 마구 몰아붙이고 말았다. 그녀의 컨디션 같은 걸 생각할 틈이 없었다.

"이런······."

자고 있는 희은을 확인하기 위해 침대가에 앉았던 선협이 다시 한 번 혀를 찼다. 단 한 번도 이런 적이 없는데 희은의 목덜미가 울긋불긋 열꽃이 번져 있었다. 보이지 않는 곳에 마크를 남긴 적은 있지만 이렇게까지는 처음이다. 이래서 안 된다는 의식이 항상 있었기 때문이었다. 어젯밤처럼 고삐가 풀어진 적은 한 번도 없었다.

"미쳤군. 정말."

손등으로 살짝 희은의 목덜미와, 내친김에 쇄골을 쓸면서 선협은 안쓰러웠다. 제가 해놓은 짓에 이런 마음이 된다는 건 참 바보 같지만 어쩔 수 없었다.

마음 같아서는 항상 끝의 끝까지 성희은을 몰아붙이고 싶었다. 그의 앞에 무릎 꿇고 그를 애원하도록 그렇게 머리끝부터 발끝까지 길들이고 싶었다. 그 없으면 살 수 없도록, 그가 주는 쾌락에 길들여지도록. 거기까지는 가지 않게 조절하는 일이 어디 쉬웠는지 아는가.

"미쳐버리겠군."

상대를 한계까지 몰아붙이는 것이 선협인지 희은인지는 애매했다. 희은으로서는 그가 그녀를 정신 차리지 못하게 만든다고 생각할 수 있겠지만, 선협의 의견은 좀 달랐다.

선협이 몸을 숙여 희은의 몸 위에 그의 몸을 살짝 겹쳤다. 무게가 느껴지는지 설핏 몸을 달싹이던 희은이 이내 다시 잠에 빠져들었다.

숨을 쉬고, 잠을 자는 것 외에는 에너지가 하나도 남지 않은 것이 분명해 보였다. 코끝에서 느껴지는 살 내음에 자제하지 못한 선협이 살포시 입술을 누르는 것도 전혀 모르는 듯 오르락내리락하는 숨소리가 평화로웠다.

그렇게 한참 동안 자신의 품 안에서 숨 쉬는 희은의 체온과 숨결을 느끼던 선협은 떼기 싫은 몸을 억지로 떼고 일어섰다. 방을 마저 정리하고, 또…… 생각을 해야 했다. 어떻게 해야 할지, 어떻게 하고 싶은지.

하지만 도저히 판단할 수가 없었다. 이미 머리는 답을 내놓았으나 가슴이 거부하고 있었으므로. 그러니까 소장이 그랬던 것처럼, 어떻게 되지 않을까 생각하고 싶어졌으므로. 아니라는 것을 눈앞에 확인하자 화가 나고 참담해지고 나서도 인간이란 어쩌면 이렇게 제멋대로인 존재일까?

쓰게 웃고 침실의 불을 끄고 거실로 나왔을 때다.

"이런……."

정신이 나갔다고 해도 어떻게 여기까지 나갈 수 있는지 선협은 탄식했다. 거실이 엉망진창이었다. 한창 정사 중에 목이 말라 물을 뜨러 나왔다가 그녀가 벗어놓은 코트에 걸리면서 가방이고 뭐고 다 바닥에 나뒹굴었던 것을 잊어버렸다. 그런 그를 보고 웃는 그녀를 끌어당겨 거실에서 다시 한 판 한 것만 선명했다.

선협은 혀를 차며 그녀의 가방과 널브러져 있는 파우치, 수첩, 볼펜, 그리고 휴대전화를 집어 들었다. 모두 깡그리 모아 가방 속으로 넣으려는데 휴대전화에 불이 반짝 들어왔다. 집어넣다가 홈 버튼을 누른 모양인데, 그의 시선을 잡아끄는 게 있었다.

휴대전화를 손에 든 채 선협은 잠시 생각하다 다시 홈 버튼을 눌렀다. 액정에는 온 지 한참 된 문자가 하나 떠 있었다. 어머니로부터의 문자인 듯했다.

문자의 내용을 확인한 그의 표정이 싸늘하게 식었다.

그는 휴대전화를 테이블 위에 올려놓고 성큼성큼 창 쪽으로 다가갔다. 떨리는 손으로 담배를 피워 문 그는 막 밝아오기 시작한 풍경 저 멀리 시선을 던졌다. 단단하게 각진 어깨가 날씬한 허리로 이어지고, 꽉 맞물린 엉덩이에 근육질의 허벅지까지…… 완벽한 나신은 태양의 신 아폴론처럼 아름다웠지만 그의 얼굴은 어둠의 왕 하데스처럼 일그러져 있었다. 짙게 스며드는 담배 연기만이 차갑게 식어버린 그의 정신을 달래주었다.

테이블 위에서 꺼지지 않고 깜빡이던 액정이 마침내 꺼졌다.


- 너 선 본다고 한 거 내가 알아봤다. 딱 네가 바라던 사람이야. 판사고 집안이 참 점잖대. 돈도 많단다. 연락해. : 엄마 -


꒰ ꒱


화려한 불빛으로 그 뒷모습만 보이며
안녕이란 말도 없이 사라진 그대.


8시, 아직 업무개시를 하지 않은 사무실에는 민주가 틀어놓은 나얼의 '귀로'가 흐르고 있었다. 감성적인 그의 목소리는 아침에 어울리지 않았지만 민주는 그런 건 신경 쓰지 않았다. 그녀가 듣고 싶은 음악을 트는 거다.

가방을 내려놓고 단단히 매었던 목도리를 풀고, 민주가 가방 속에서 떡을 꺼내 테이블 위에 세팅을 시작했다. 어쩌다 이렇게 된 건지는 모르겠지만 월요일마다 하는 주간회의의 간식은 언젠가부터 그녀의 담당이었다.

"사으랑한다는 말을 못 해도오오 안녕이란 말은 해야 하지잉우우."

흥얼흥얼 따라 부르던 노래가 어느새 사무실을 쩌렁쩌렁 울리는 리사이틀로 변해 있었다.

"아무런 마흘도 없이 떠나가아안 그대가 정말 미워요우……어마! 깜짝이야!"

신이 나서 주먹을 쥐고 마이크를 잡은 흉내까지 내던 민주가 뒤돌아서다 희은을 발견하고 꽥 소릴 질렀다.

"너 뭐야? 언제 들어왔어?"

가만히 서 있던 희은이 배시시 웃었다.

"방금……. 노래 잘 들었어요."

"아 기집애! 사람이 기척을 해야지. 없는 애 떨어졌으면 다 네 탓이야!"

민주가 스피커에서 MP3 플레이어를 분리해내며 타박을 놓았다. 구슬프게 울려 퍼지던 나얼의 목소리가 뚝 그쳤다.

"없는 애 떨어뜨렸으면 내가 책임져야죠. 그나저나 언니 취향도 참……. 아침부터 처량 맞은 노래 듣고 싶어요?"

사온 두유를 내려놓으며 희은이 민주를 놀렸다. 희은 역시 나얼을, 그리고 나얼의 귀로를 좋아하지만 역시 밤에 듣는 게 제대로라고 생각한다. 하얗게 밝은, 그것도 사무실에서 들으면 그 진가를 느끼기 좀 어렵지 않을까?

"엄마야, 애 좀 봐라. 좋은 노래는 언제 들어도 좋은 거야. 게다가 귀로…… 딱이잖아. 일주일을 시작하면서 얼른 집에 가고 싶은 내 마음을 표현하기에."

민주의 말에 희은이 깔깔 웃었다. 두유를 모두 내려놓은 그녀는 쫓아가 미적거리고 있는 민주의 손에서 떡을 받아 들고 잽싸게 나누기 시작했다. 민주가 의자를 빼고 앉아 빠르게 움직이는 희은을 보다가 고개를 갸우뚱했다.

"너 로또 됐냐?"

"그랬으면 제가 출근했겠어요?"

"왜애…… 요즘은 로또 되고도 안 된 척하느라 한 달은 회사 다닌대."

"그런 거였으면 좋겠네."

"로또 된 거 아니면 얼굴이 왜 그렇게 좋아?"

"맘이 편해서 그런가 봐."

"맘이 편해?"

당최 모르겠다는 얼굴로 민주가 희은을 빤히 보았다. 얼굴이 좋아진 건 좀 된 이야기지만 흐릿하게 뭔가 찝찝한 듯, 고민 있는 듯했던 것이 싹 가셨다. 그래서인지 어려 보이고 예뻐 보이고…… 철저한 독신주의자인 고민주의 마음이 흔들리기 시작한다.

'연애를 해서 저런 거라면 연애, 정말 좋은 거잖아.'

"이러는 게 맞는지는 아직도 모르겠는데…… 그냥 가보기로 했어요."

약간 부끄러운지 희은이 뺨을 발갛게 물들이며 선언했다.

"전에 얘기한 거 내 이야기인 거 알지?"

"모르면 내가 고민주겠니?"

"서른 넘어서 연애 고민하는 것도 우습고, 쿨해지려고 노력했는데 난 아직 어린가 봐요. 조건이고 뭐고 그냥 맘 가는 대로 가고 싶어졌어요."

희은이 문득 고개를 갸우뚱하더니 민주의 팔을 치며 웃었다.

"아님 나…… 엄청 육욕에 약한가 봐요."

"뭐야?"

민주가 어이가 없어 입을 벌렸다. 그녀가 희은의 말을 알아듣기까지 걸린 시간은 2초쯤…… 3초까지는 필요 없었다.

"자, 잠깐! 그러니까 그 남자…… 그러니까 너 요즘 만나는 남자가 엄청난! 엄청난!"

언성을 높였던 민주가 몸을 낮추고 희은의 귀에 속삭였다.

"밤의 제왕이야?"

희은이 깔깔 큰 소리로 웃었다. 들어오던 다른 변호사들이 멈칫하고 잔뜩 신이 나 있는 두 여자 변호사들을 향해 눈을 끔뻑였다.

"뭐가 그렇게 재미있어?"

박 변호사가 자리를 잡으며 희은에게 물었다. 인사를 담당하고 있는 그는 나이 차는 있지만 나름 희은과 베스트를 먹고 있는 사이라고 할 수 있었다. 자기가 모르는 일이 뭔지 못내 궁금한 모양이었다.

"그런 거 있어요. 오늘은 일찍 나오셨네요?"

항상 지각하는 박 변호사인데 신기하여 묻자 그가 어깨를 으쓱하면서 가방에서 엄청난 양의 파일을 꺼내 테이블에 올린다.

"뭐예요, 이건?"

"이선협 씨 말이야. 갑자기 개인 사정으로 퇴사한다면서 그동안 조사하고 있던 걸 한꺼번에 다 던져놓지 뭐야? 뭐 일솜씨는 알아주지만 그래도…… 이 사람이 인사도 없이."

"예……?"

"그나저나 섬영 그룹 건 말이야. 어떻게 알아냈나 모르겠어. 사실 섬영 측에서도 우리에게 별다른 기대 안 했던 거 같은데…… 이걸로 어쩌면 진짜 섬영 그룹을 잡을지도 모르겠단 말이지. 이 사람 참, 일은 기가 막히게 잘…… 어? 성변? 성 변호사? 왜 표정이 그래?"

박 변호사의 당황스러운 목소리나, 기웃기웃 얼굴을 살피는 눈빛에서 자신의 표정에 문제가 있다는 건 알 수 있었지만, 희은은 도저히 표정관리를 할 수가 없었다. 한 대 세게 후려 맞은 것처럼 멍했다.

'이선협이 그만뒀다고? 이제…… 오지 않는다고?'

"선협 씨가 그만뒀다고요?"

"응. 원래 조건이 그랬어. 자기가 그만두겠다고 하면 즉각 그만둘 수 있게 해달라고. 왜? 뭐…… 문제 있어? 뭐 따로 부탁한 거 있어? 아마 이 파일에 다 있을 거야. 그 사람 일처리 하나는 확실하니까."

"아, 네. 그, 그렇겠죠."

당황스러워 흘러내린 머리를 쓸어 넘기는데 우르르 다른 변호사들이 회의실로 들어오기 시작했다. 그러는 발걸음 소리, 웅성거리는 잡담 소리가 어지러이 엉겨들기 시작했다.

목이 빳빳해져와 희은은 침을 꿀꺽 삼켰다. 갑자기 발밑이 허망하니 허공을 짚고 선 느낌이었다.

09.

서른두 살, 짧지 않은 세월을 살면서 희은은 여러 가지를 배웠다고 생각한다. 다소 온실 속의 화초처럼 곱게 자란 것은 사실이지만 사시에 합격하는 것은 보통 일이 아니었고, 경쟁이 심한 사법연수원과 또 법률사무소 일, 게다가 최근에는 납치라면 납치라고까지 할 수 있을 기묘한 일을 경험했다. 그 어떤 것도 녹록하지 않았다.

하지만 사람이 한순간 사라져버릴 수도 있다는 것은…… 그러니까 TV나 영화 속에서는 왕왕 보는 일이었으되 눈앞에서 그런 일이 실제로 일어날 수도 있다는 것은, 몰랐다. 실감하지 못했다. 휴대전화는 연결이 되지 않았다. 집은 텅 비어 있었다.

그러고 나니 이선협이라는 사람의 존재가 얼마나 허망한 것인지를 깨달을 수 있었다. 주중에는 거의 매일 회사에서 볼 수 있었고, 토요일은 온전히 서로를 완전히 아는 사람처럼 탐닉했지만 결국엔 이런 것이었던 거다. 아무것도 남지 않았다.

"잠깐……. 내가 이런 기분일 이유가…… 없잖아?"

멍하니 복사실에서 창밖에 시선을 두던 희은이 머리를 털어냈다.

엄밀히 따지자면 선협과 희은의 관계는 협박에 의해 열 번이라는 약속을 하고 진행된 관계였다. 희은이 원한 것도, 허락한 것도 아니었다. 그러니까 그 모든 것이 아홉 번에서 끝나고 선협이 사라졌다고 해서 희은이 이런 기분이 될 이유는 없었다. 오히려 좋아서 펄쩍 뛰는 게…… 옳았다.

하지만 뭔가 통했다고 생각했는데. 처음이 어땠든 간에 희은은 그랬다. 진심으로 대했고, 그가 진심으로 그녀를 대한다고 생각했다. 남녀관계라는 것이 소개팅해서 만나 탐색전을 거쳐 요이땅! 하고 출발신호를 올리고 시작할 수도 있겠지만, 그들 같은 것도 나쁘지 않다고 생각했다.

요 근래는 처음도, 그때는 눈치 못 챘지만 선협이 말로는 협박을 하고 강압적으로 굴었지만 실상은 그게 아니지 않았을까 생각하게 된 참이었다.

"아…… 그래."

비로소 희은은 그녀가 어째서 달랐는지를 깨달았다. 선협이 어떤 식으로 말을 하든, 행동은 달랐다. 협박에 의해 시작된 관계였지만 행동은 그녀를 좋아하는 남자와 다를 게 없었다. 아니, 오히려 더 다정하고 세심했다.

그녀를 즐겁게 해주기 위해 이렇게 노력하는 사람을 만난 건 처음이었다. 맛있는 걸 해주고, 그녀의 말을 주의 깊게 들어주었다. 그녀를 볼 때마다 눈이 반짝반짝 빛나고 있었다. 그래서 그와 함께 있을 때 희은은 그녀가 몹시도 예쁜 것처럼 느껴졌다. 그뿐이 아니었다. 그녀의 몸 구석구석을 알고 있었다. 그 어떤 밤도 자신의 욕심만 채운 적이 없었다. 그녀의 일거수일투족에 황송해하면서 그녀를 기쁘게 하기 위해 최선을 다했다.

그게 다 거짓이었단 말인가? 그의 행동을 믿지 말고 말을 믿었어야 했나? 그들은 그저 열 번의 밤을 약속한 계약관계일 뿐이었고…… 또…….

"아냐, 아냐."

희은이 도리질 쳐서 자꾸 엉켜드는 생각을 털어냈다. 중요한 건, 그러니까, 다 좋다고 쳐도 마지막 밤은 달랐다. 그가 딱히 토요일에 오라고 하지 않았는데도 희은이 제 발로 갔던 첫날, 그가 일 때문에 늦게 돌아왔던 그 밤…… 그 밤은 정말 달랐다. 그동안은 몸이 잘 맞았던 거라면 그날 밤은 서로의 마음까지 어루만진 느낌이었다. 항상 가면을 쓴 것처럼 웃는 얼굴로 제 모습을 보이지 않는 느낌이었던 선협이 그날만은 날선 모습 그대로 그녀를 바라보고 있었다. 침실에서만 보여줬던 사나운 짐승의 눈빛을 옷을 입고도 보였다고 할까. 그래서 희은은 그를 곧장 안아줄 수 있었다. 그 마음을 어루만져줄 수 있었다.

희은은 그런 것이 기뻤다. 그런 그를 안아주고 그런 그에게 안기는 일이, 비로소 그에게 다가간 것 같아서…… 이선협이라는 남자의 본질에 가까워진 것 같아서 기뻤고, 안심이 되었었다.

'안아주고 싶다. 이 사람을 위로해주고 싶다.'

그 마음을 깨달았을 때, 희은은 그동안 그녀를 괴롭혀오던 다소 속물적일 수 있는, 어쩌면 현실적일 모든 번뇌에서 자유로워졌는데……. 이게 뭔가? 이선협이 사라졌다. 그녀를 여기까지 끌어낸 이선협이, 사라졌다.

"말도 안 돼."

희은이 머리카락을 마구 헝클였다. 도대체 뭐가 뭔지 알 수가 없었다. 이야기해볼 생각이었는데…… 그가 어떤 사람인지 조금 더 알아보고, 조금 더 가까워지고, 그러고 싶다고 이야기해볼 생각이었는데.

왜. 아무리 생각해봐도 알 수가 없었다. 왜. 도대체 왜. 갑자기. 화가 났다가, 사람한테 이러는 게 아니라며 화가 났다가, 또 그들의 관계는 협박이었으니 굳이 그녀에게 이런저런 설명할 필요가 없었을 거라고 자조적이 되었다가, 다시 그녀를 안고 있는 가장 원초적인 순간의 눈빛을 떠올리면 뭐가 뭔지 알 수 없어졌다가, 잘되었다고, 미친 생각이었다며 이대로 팔랑팔랑 이선협에게 빠져서 궤도를 이탈한다면 고생길이 훤한 것이었다고 스스로를 비웃었다가, 다시…….

한숨을 내쉰 희은이 창에다 이마를 댔다. 귀가 떨어질 것 같이 매서운 바람은 어느새 사그라지고, 창밖에는 봄기운이 희미하게 떠돌고 있었다.

성질 급한 새순들은 벌써 고개를 삐죽 내밀어, 겨우내 말랐던 나무들에 푸른 기가 돌고 있었다.

𝄞 ✺

대망 법률사무소에는 봄이 되면 귀찮은 행사가 하나 있다. 워크숍을 빙자한 친목도모 먹자판 1박 2일이다. 모르는 사람은 놀면 좋지 않냐고 하겠지만, 이게 4년 차쯤 되면 그렇지도 않다. 어차피 그 얼굴이 그 얼굴 다 아는 식구들끼리 가는 거다 보니 대표와 파트너 변호사 따까리에 지나지 않는다는 걸 이제 다들 아는 거다. 그나마 유부남들은 집 떠나 합법적으로 고주망태의 길로 들어설 수 있다는데 들뜨는 모양이었지만 민주와 희은, 그리고 몇몇 여자 직원들로서는 좋을 게 하나도 없는 행사였다.

"아우, 어떻게 안 갈 수 없나?"

민주가 다리를 쭉 뻗어 기지개를 피며 투덜거렸다.

"안 가도 되죠. 그리고 인사고과에 반영되면 되지."

애당초 포기한 희은이 소장을 들여다보며 쿨하게 대답했다. 워크숍에 참가하지 않으면 인사를 맡고 있는 박 변호사가 어떻게든 불이익을 준다는 건 이제 사무실의 비밀도 아니었다. 고용법 위반이 아니냐며 따지고 들자니 상대는 고용법 계의 교과서라 그냥 입 닥치고 법은 멀고 깡패는 가깝다는 옛말을 떠올릴 뿐이다. 언제부터 교과서가 깡패였는지.

"그런데 말이야."

사랑은 아무도 모르게 핀다

차분한 표정으로 소장에 쓸 문구를 구상하는 희은의 옆얼굴을 살피던 민주가 슬쩍 희은의 의자를 당겨 그녀를 보도록 만들었다. 회전의자가 돌아가는 대로, 타자를 치던 자세 그대로 민주를 보게 된 희은이 손을 무릎 위로 내려놓았다.

"왜요? 나 이거 얼른 써야 한단 말이에요. 저녁에 피트니스 가야 하는데."

"너 그 남자랑 헤어졌어?"

"헤어지고 뭐고 할 사이도 아니었다니까 그러네. 그냥…… 끝났어요."

"연락 한 번도 안 왔어?"

"안 왔어요."

"진짜?"

"내가 왜 뻥을 쳐요?"

민주가 정말 이상하다는 듯이 깊은 한숨을 내쉬었다. 누가 보면 갑자기 남자에게 차인 게 희은이 아니라 민주인 줄 알 판이었다.

"아니, 왜…… 이 나이가 되면 대강 보이는 게 있잖니. 네 얼굴이나 뭘 보면 진짜 사랑받은 거 같았고, 또…… 음…… 끝나기엔 너무 정점이라서……. 이게 연애도 사인(sin) 곡선처럼 굴곡이 있는 거라 저점에서야 다시 안 보기 쉬워도 너는……."

"전 정점이었는데 그 남자는 저점이었나 보죠. 난…… 몸만 이용당한 거예요!"

희은이 비극의 여주인공처럼 자신의 몸을 끌어안았다. 그러고는 이내 말짱한 표정이 되어 의자를 빼고 도로 컴퓨터 앞에 앉는다. 그런 희은을 빤히 쳐다보던 민주가 고개를 절레절레 젓는다. 자존심 강한 성격이라 아무렇지도 않은 척하지만, 그게 아니라는 것이 눈에 보였다.

시간이 지나면서 잊는 것 같으면 민주 역시 본 적도 없는 아는 동생의 남자친구 금방 잊을 텐데…… 끝났다고 하면서도 답잖게 생각이 많은 표정을 짓는 것이나 지나치게 일에 몰두하는 것, 그 싫어하는 운동을 하루도 빠짐없이 하는 게 영 정상은 아니었다.

"무엇보다 워크숍을 가야 하는데 쌍욕 안 하는 거부터가 정줄 놓은 거지."

"네?"

뭔 소리인가 하고 희은이 돌아보자 민주가 되었다고 손을 내저었다.

"아아, 이선협 씨라도 있었으면 좋았을 텐데. 잘 지내고 있을까? 그렇게 갑자기 떠나버리고……."

민주가 깊디깊은 한숨을 내쉬었다.

"저는!"

갑자기 희은이 벌떡 일어섰다.

"워크숍에서 할 주루마블을 그려야겠어요!"

"뭐?"

주루마블이 뭐냐 하면, 한마디로 세계를 여행하며 한 잔을 마실까 두 잔을 마실까, 러시아술(=보드카)을 마실까 한국술(=막걸리)을 마실까 독일술(=맥주)을 마실까가 중점이 되는, 한마디로 '마시고 죽자.'를 목표로 하는 아무 대책 없는 게임이다. 작년까지만 해도 희은은 주루마블을 살 떨리게 싫어했으며 자기가 부루마블 사(社)에 찔러 표절로 주루마블을 세상에 없애겠다고 주장하기까지 했었다.

"야……."

어처구니없어 하는 민주를 뒤로하고 희은은 팔을 앞뒤로 씩씩하게 구르며 대형 하드보드 지를 찾아 나섰다. 그러는 희은의 뒤통수를 바라보며 민주가 고개를 설레설레 저었다.

"선 본다더니, 시집가야겠어. 세상에는 시집 안 가고도 말짱한 나 같은 사람이 있는가 하면 아닌 사람도 있나 봐. 쟤 이상해. 정줄 놨어."


몇 번을 봐도 선보는 사이의 첫 만남은 어색할 것 같다. 소개팅과 왜 다른지는 모르겠지만 다른 느낌이었다.

"안녕하세요."

"안녕하세요."

어색하게 첫인사를 하고 마주 앉자 선남의 시선이 탐색하듯 희은을 훑었다. 희은 역시 마찬가지였다. 머리부터 발끝까지 한눈에 담기는 모든 것이 순식간에 점수 매겨졌다. 다만 예측하지 못했던 것은 희은의 기준이었다.

'이선협보다는 키가 작겠구나. 어깨도 한참 좁고, 말랐어. 그런데 배는 나왔네. 운동은 안 좋아하는 모양이다. 뭐 요즘 배 안 나오는 남자는 별로 없으니까……. 피부가 안 좋은 건 좀 그런데. 의사라면서 친구 중에 피부과 의사는 없는 모양이지? 관리 전혀 안 하나 보네. 하긴 이선협도 관리는 안 했지. 피부에 상처도 꽤 있는 편이고…… 그런 거 치면 이선협은 피부도 괜찮은 편이었어.'

180센티미터의 장신임에도 불구하고 밤을 제외하고는 소년 같은 느낌이 드는 부드러운 남자였다.

"변호사시라고요?"

"예. 의사시라고 들었는데."

"그렇죠. 둘 다 한때는 잘나갔지만 요즘은 그만큼은 아닌 직종에 종사하고 있네요."

"그러네요."

둘 다 웃었지만 어색했다. 어쩌면 남자는 부정해주길 바란 걸지도 모른다고 희은은 생각했다. 뚜쟁이 아줌마의 말에 따르자면, 대학병원에서도 꽤 알아주는 솜씨의 의사라고 했으니 자부심이 적지 않을 터다. 그러거나 말거나. 은근슬쩍 겸양을 떠는 척하면서 칭찬을 기다리는 건 정말 귀찮았다. 희은 자신도 한때는 ─ 어쩌면 지금도 ─ 그런 종류의 속물근성을 버리지 못했을 수도 있지만…… 그러니까 지금 생각하기에 그런 건 별로 중요하지 않은 것 같단 뜻이다.

이선협은 안 그랬다. 내가 아닌 다른 사람을 '안다'는 건 어려운 일이다. 안다고 생각하는 순간, 상상치도 못한 모습을 본다던지 혹은 전혀 모르게 되어버리는 일이 비일비재하기 때문이다. 하지만 반대로, 더 이상 알 수 없어진 순간 조금 더 깊게 알게 되는 일도 있는 모양이다. 그래서 사는 게 재미있는 건지도.

희은은 선협이 자취를 감추고 나서부터…… 전화 한 통, 문자 하나 없이 증발해버린 이후부터 새록새록 그를 배우고 있었다. 함께 있을 때는 전혀 신경 쓰지 않았던 이선협의 사소한 모든 것을 복기하면서.

회사에서 그는 정말 좋은 사람이었지만, 그것이 100퍼센트 가면이라는 것에 희은은 전 재산과 오른 손모가지를 걸 수도 있었다. 하지만 처음 그에게 협박을 당하고 말도 안 되는 밤을 보냈던 그 주말 다음에 느꼈던 그런 종류의 위선은 아니었다. 회사에서 그가 철저하게 마음을 닫고 있었다는 뜻이다.

항상 웃는 사람, 세심하게 어른들을 챙기고 여자들을 배려하고…… 일은 완벽하게 한다. 시키는 것만 조사해 오는 것이 아니라 불법과 위법을 넘나들면서라도 필요한 것은 스스로 찾아내서 대령한다. 어지간한 신임 변호사는 선협의 증거에서부터 논지를 세워 소장을 쓰고 변론서를 작성하는 경우도 있었다. 이런 사람은 없다. 이렇게 완벽한 사람은 없다.

이선협의 가면이, 혹은 긴장이 약간이라도 깨진 것은 희은과 함께 있을 때부터였던 것 같다. '처음부터 안고 싶었어.'라고 속삭이던 그 목소리가 생경했던 것은, 그에게 어울리지 않았기 때문이었지만, 동시에 그것이야말로 이선협의 본모습이 아닐까.

희은을 안는 순간순간, 등을 어루만지고 부드러운 곡선을 따라 엉덩이를 쓰다듬고 입술을 누르는 모든 것은 자상하고 다정했다.

사랑스럽다는 말은 한마디도 하지 않았지만 이선협의 모든 것이 희은을 사랑스럽다고 외치고 있어서 희은은 그와 함께 있을 때는 마치 그녀가 정말 사랑스러운 여자처럼 느꼈다. 강하게 다룰 때도 손끝에 미묘한 배려가 담겨 있어 아프다기보다는 설렜다.

강한 플레이를 하는 사람들에 대한 이야기를 들으며 도대체 어떻게 저럴 수 있을까 생각했는데 간단했다. 상대를 믿는 거다. 나를 상처 입히지 않을 거라고, 나를 다치게 하지 않을 거라고.

선협이 그랬다. 무심한 듯했지만 그 모든 것이 희은을 위한 것이라는 사실을 지금은 알 수 있었다. 말은 많지 않았다. 말로 설명하려고 하거나 요구하려고 한 적이 없다. 말로 한 것은 그 협박 정도다. 심플하고 간결하게, 굉장히 빠른 속도로 결론까지 제시해 그녀를 옭아매었던 그 정도. 그 외에는 정말 말이 없는 사람이었다. 함께 있을 때면 그는 희은이 하는 말을 가만히 들어주다가 빙긋이 웃으며 입을 맞춰주는 그런 사람이었다.

그런 줄 몰랐는데, 같이 있을 때는 오히려 그런 생각을 하지 않았는데.

"그래서 저는 아내가 아침을 차려주는 게 꿈이에요. 제가 자고 있으면 밖에서 통통통 도마 소리가 나고, 일어나서 식탁으로 가면 된장찌개가 끓여져 있는 그런 거요. 희은 씨는 요리 좋아하세요?"

"전…… 그냥 그래요. 딱히 잘하진 않아요."

요리를 잘했던 것은 선협 쪽이었다. 토요일에 그녀가 해야 하는 일이라고는 그의 집에 가는 일뿐이었다. 가자마자 그가 차려주는 밥을 먹고 키스를 받았다. 같이 누워서 TV를 좀 보다가 다시 키스를 받고 섹스를 했다. 그러면 또 그가 차려주는 밥을 먹으면 되었다. 중간 중간 종알종알 떠드는 것 정도가 그녀가 한 일이었다.

"전 아내가 옷도 챙겨줬으면 좋겠어요. 제가 패션센스가 없어서 백화점 가면 그냥 디피 되어 있는 걸 통째로 털어오거든요. 패션에 딱히 관심 있는 스타일은 아닌데…… 아시잖아요. 요즘엔 잘나가려면 패션 센스도 중요하다는 거요. 아무래도 신경 쓰이더라고요."

"야망 있는 스타일이신가 봐요."

"야망이라기보다 한번 사는 인생 화끈하게 살아보고 싶다는 생각은 있어요. 제가 어디 모자란 것도 아니고…… 내조만 잘 받쳐주면 정말 잘할 수 있을 것 같거든요. 어때요, 희은 씨는?"

"전 잘 모르겠어요."

"전 느낌이 좋은데요. 희은 씨는 육아도 잘하는 내조의 여왕이 될 자질이 보여요."

"음…… 전 일을 그만둘 생각 없는데."

"아, 물론 희은 씨가 원한다면 계속 하셔야죠. 하지만 전 기본적으로 여자는 가정을 책임져줬으면 좋겠어요. 그러려고 결혼하는 건데 분업이 되어야죠. 혼자 하는 것보다는 나아야 하지 않겠어요?"

엄마가 좋아할 남자다…… 라는 느낌이었다. 변호사가 된 다음에도 엄마는 잘 나가는 딸을 자랑하기보다는 잘나가는 딸이니 잘나가는 남자를 물어올 수 있을 거라고 기대했다. 어쩔 수 없이 여자팔자는 뒤웅박 팔자라고 남자의 울타리 안에서 인생이 결정된다고 믿는 것이다. 솔직히 말하자면 한때는 희은도 엄마의 말이 맞지 않을까 생각했다.

남자의 말도 희은의 가치관에 크게 어긋나지 않았다. 결혼이란 분업. 남자와 희은 중 좀 더 벌 자신이 있는 사람이 나가서 돈을 벌어오고, 다른 사람이 집안을 책임진다. 아기를 키우고 좀 더 나은 생활을 위해 찾고, 찾고, 또 찾고……. 남들보다 좀 더 낫게, 좀 더 잘 사는 거다.

그런데 지금은 왜 이렇게 허무하게 느껴질까? 뭘 위해서 그래야겠다고 생각했더라?

"……그렇죠."

희미하게 미소 지으며 희은이 찻잔을 들어 표정을 감췄다.

그녀가 왜 이러는지는 정확히 알고 있었다.

'이선협. 망할 놈. 날 망쳐놨어.'

자꾸만 이선협이 생각났다. 학벌도, 집안도, 출신도, 그 아무 것도 모르는 남자가……. 말도 안 되는 일이었다. 답답한 마음에 어디 가서 점을 보려 해도 생년월일조차 몰라 그럴 수 없는데, 아는 거라고는 그녀를 사랑스럽게 쳐다보는 눈과 애틋하게 어루만지는 손, 그리고 뜨겁고도 뜨거운 체온뿐인 남자가 희은의 머릿속을 가득 채우고 있다.

10.

6개월 후.

눈을 뜨자 익숙한 천장이 보였다. 희은은 잠깐 뚫어져라 천장을 노려보다 피곤한 눈을 다시 감았다. 잔 것 같지 않게 어깨가 무거웠다. 여름이불의 무게는 얼마 되지도 않는데 밤새 짓눌린 것 같았다.

"아웅…….."

다시 수면 속에 잠기지 못한 채 눈을 감고 초조하게 알람이 울리길 기다리던 희은은 결국 일어나 아직 시간이 되지 않은 알람시계를 껐다. 고시 공부를 할 때부터 잠이 많은 것이 걱정이었던 그녀가 불면증에 시달린 지도 벌써 6개월이 넘어가고 있었다.

이불을 걷고 일어난 희은은 희미하게 햇살이 스며 들어오고 있는 커튼을 걷었다. 창밖에는 녹음이 한창인 여름이 펼쳐져 있었다. 하늘이 어찌나 푸른지 온 세상이 다 밝아 보이는 그런 아침이었다.

"오늘도 엄청 덥겠다."

별 감상 없이 중얼거린 희은이 깊이 숨을 들이마셨다가 내쉬고 욕실로 향하며 길게 하품을 했다. 이따위로 잠을 자니 자도 자도 피곤한 거다. 그래도 하루하루는 평온하고 평화스러웠다. 지극히도. 지독히도.


띠링, 엘리베이터를 타고 내려와 차로 가고 있는 동안 휴대전화가 울었다. 정확히 같은 시간이었다.

- 잘 잤어요? 난 출근하는 중^^ : 이상욱 -

차에 올라타 휴대전화를 확인한 희은은 상욱의 문자를 확인하고 홀더에 휴대전화를 꽂았다. 일단 시동을 걸긴 했으나 그녀는 잠깐 망설이다가 다시 휴대전화를 꺼내 답문을 보냈다.

- 저도 지금 출근하는 중이에요. 좋은 하루 보내세요. -

전송 버튼을 누르려다 생각하니 너무 건조한 게 아닌가 싶어 마지막에 ^^라고 덧붙였다. 그리고 차를 출발시켰지만 영 찜찜한 기분은 가시지 않았다.

상욱은 두 달 전에 선을 본 남자였다. 4개월간 주구장창 이어진 선 릴레이의 결과라면 결과라고 할 수 있는 인물이었다. 꽤 탄탄한 개인 사업을 하는 남자로, 막내아들답지 않게 점잖고 책임감이 있는 스타일이었다. 키도 크고 얼굴도 그럭저럭 남자다운 데다가 클래식을 좋아해 예술의 전당 VIP회원이었고 취미로 그림을 그린다니, 엄마의 말을 빌자면 현재 희은은 로또를 맞고 있는 중이었다. 그가 그녀에게 상당히 적극적으로 관심을 보이고 있는 것이다.

매달 선을 보면서 지루하다 못해 짜증이 날 지경이었던 희은으로서는 일단 선의 릴레이가 중단된다는 것만으로도 기뻤다. 게다가 그녀도 그가 꽤 괜찮은 남자라는 것은 자각하고 있었다. 다만 뭔가가 부족할 뿐이었다. 굳이 따지자면 캐미가 안 느껴진다는…… 것?

희은이 한쪽 입술을 비스듬히 끌어올려 스스로를 비웃었다. 상욱의 문자에 의무감으로 답하게 되는 이유는, 만나자고 하면 어떻게든 미루지 못해 안달 내다가 겨우겨우 나가는 이유는 캐미 같은 보이지 않는 문제가 아니었다. 이유는 딱 하나였다. 이상욱은 이선협이 아니었다.

"미친 거지."

중얼대면서 희은은 거칠게 핸들을 꺾었다. 선협과 함께했던 겨울이 끝나고 봄을 넘어 여름의 한복판에 서서도 희은은 선협을 조금도 잊지 못하고 있었다. 그런 자신이 이젠 이상할 정도였다. 비이성적이다. 이게 바로 집착이라는 걸까? 마음이 점점 차오르다가 만월처럼 환해졌을 때 남자가 사라져버린 것을 그녀의 뇌가 받아들이지 못하는 걸까? 생각해보면…… 뒷모습도 못 봤으니까.

그래도 이렇게 지나갈 것이다. 생각하고, 생각하고, 또 생각한 끝에 도대체 뭘 했는지, 뭘 하는 건지도 모르는 상태가 되고 나서 내린 결론이었다. 지나갈 것이다. 이렇게 지나가서, 누군가 좋은, 평범하고 그녀와 어. 올. 리. 는. 남자를 만나서 결혼을 하고 아이를 낳고, 가끔은 남편의 행적을 의심하기도 하고 그러다가 또 남편과 힘을 합쳐 닥쳐온 위기를 극복하기도 하면서 그렇게 살 것이다. 분명히 그럴 것이다. 그렇게 일을 하고 아이를 키우고 나이가 들고…….

빠아아아앙.

희은이 브레이크를 밟으며 핸들에 얼굴을 묻었다. 차 간격이 충분해 추돌은 없었지만 놀란 뒤차들이 가차 없이 클랙슨을 밟으며 욕설을 날렸다. 그래도 꼼짝도 할 수가 없었다. 숨이 막혔다. 이선협이 없는 삶을 상상하자 숨을 쉴 수가 없었다. 선협이 그리웠다.

이러는 법은 없었다. 뭐가 어찌 되었든, 무슨 관계이든 간에 이렇게 사라지는 법은 없었다. 설혹 서로 미래를 꿈꾸지 않은 사이라 해도, 잠깐 몸만 섞고 지나가는 관계라는 것에 합의를 했더라도…… 망할 그런 합의 따위 한 적도 없지만 어쨌든, 이것은 아니었다. 이래서는 안 되었다. 적어도 싸우거나, 화를 내거나, 외면하는, 그런 전조라도 있어야 했다. 그것이 예의였다.

쫓아갈 곳도 남겨두지 않고, 술을 아무리 마셔도 전화해 찌질하게 매달릴 여지도 남겨두지 않은 채, 마치 그런 사람은 아예 없었다는 듯이 증발해버리는 것은 예의가 아니었다. 옳지 않았다.

　그런 별것도 아닌 남자. 어째서일까? 전혀 낯선 타인, 그것도 절대로 어울리지 않을 거라고 생각했던 남자를 아주 짧은 기간 만났을 뿐인데 어째서 이렇게까지 가슴에 새겨진 걸까? 이제 와서는 뭐가 뭐였는지도 모르겠는데, 그토록 뜨거웠던 밤만이 수증기 가득 찬 욕실처럼 보이지 않게 뜨거울 뿐, 뭐가 뭐였는지 전혀 모르겠는데…….

　어쩌면…… 사랑은 밤에 꽃피는 걸까? 그 밤에 전부를 내주며 서로에게 파고들었던 시간이, 가면을 쓰고 머리를 굴리며 서로를 살펴보는 그 모든 시간보다 더 직격으로 가슴에 새겨지는 것일까?

　'그런 것이라면…… 그런 것이라면 이선협, 이 나쁜 놈. 너는 돌아와야 해. 내가 널 잊지 못하는 것처럼 너도 날 못 잊어야 해. 만약 아니라면, 너는 나에게 최선을 다했고 나는 그냥 받기만 했기 때문에 너는 내게 미련이 없는 거라면 넌 나에게 기회를 줘야 해. 내가 너의 심장에 성희은이라는 세 글자를 아로새길 기회를 줘야만 해. 반드시 그래야만 해.'

　숨을 몰아쉬며 핸들에서 고개를 든 희은이 비상등을 켜고 갓길에 차를 세웠다. 막 뜨기 시작한 뜨거운 태양에 아스팔트가 지글지글 타오르고 있었다.


　출근시간을 30분이나 넘겨 사무실에 왔을 때는 어쩐지 시선

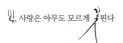

이 집중되고 있었다. 늦은 건 잘못이지만 사무실의 분위기상 이런 식의 과민반응은 처음이라 희은은 머쓱해지고 말았다.

"죄송해요. 아침에 갑자기…….."

뭐라고 할까? 펑크가 나서? 아니면 아파서? 감기? 두통?

"성변."

어떤 변명이 더 그럴싸할까 열심히 고르고 있는데 아침부터 법원으로 간 민주 대신 구 변호사가 흠흠 하고 목을 가다듬으며 희은을 향해 손짓했다.

"예?"

"기다리는 사람이 있는데 말이야…….."


복도를 따라 회의실로 향하는 희은의 마음은 복잡했다. 리진 상사라니? 설명회에 갔다 왔을 뿐 일체 사무실과 연결되는 일은 없었던 리진 상사의 사람이 새삼 반년이 훨씬 넘은 지금 무슨 이유로 희은을 만나고 싶어 하는 걸까? 그것도 꼭 집어서 성희은을 만나고 싶다고 했고 지금껏 기다리고 있다고 했다.

문득 그때쯤 일어났던 납치인지 감금인지 알 수 없는 사건도 떠올랐다. 그때 리진 상사를 살짝 의심했었다. 결국 유야무야 경찰의 조사도 진전이 없고 이후에 아무 일도 일어나지 않았기 때문에 넘어갔지만 희은을 납치한 남자가 중국인이었고, 리진 상사의 배후에 삼합회와 연결되어 있는 조직이 있다는 소리에 아무래도 리진 상사를 떠올릴 수밖에 없었다.

243

그렇더라도 이제 지나간 일인데, 아무리 리진 상사가 명예를 중시 여긴다 해도 앞에서 욕하고 침 뱉은 것도 아닌 뒤에서 아는 사람끼리 한 말 한마디로 지금까지 집요하게 군다는 것은 믿어지지 않았다. 도대체 왜 하필 희은을 딱 집어 골라 삼십 분째 기다리고 있는 걸까?

　　대표인 김 변호사의 입장은 어떻게든 구워삶으라는 것이지만, 그건 그가 몰라서 하는 이야기지 싶다. 무슨 용무 때문에 온 지도 몰랐고, 여전히 리진 상사는 범죄조직과 연관되어 있다는 문제가 있었다. 도움을 바라 구 변호사를 쳐다봤지만 그렇고 해서 용 빼는 재주가 있을 리 없었다.

　　"아니, 잠깐."

　　희은은 걸음을 멈추고 심각해졌다. 다른 게 문제가 아니라 통역이 필요한 거 아닌가? 리진 상사의 설명회에서조차 교만하게도 중국어를 고집했다. 영어조차 사용하지 않았었다. 희은은 중국어로는 인사조차 못하는 몸이었다. 그리고 고백하건대, 상대가 영어를 사용한다 해도 제대로 의사소통이 될지 확신할 수 없었다. 중국어와 비할 바는 아니지만 희은의 영어는 100퍼센트 한국식 시험을 위한 영어로 회화는 아예 불가능했다.

　　"주, 중국어 통역이……."

　　중국어 통역이 되는 사람이 있나 생각하는 순간 선협이 생각났다. 쓰는 걸 제대로 들은 적은 없지만 선협은 중국어를 할 줄 안다고 했지. 그때 일하던 걸 되새겨 보면 영어도 수준급이었고.

은근히 할 줄 아는 것도 많았었다. 알 수 없는 남자. 알 수 없는 남자. 끝까지, 알 수 없는 남자. 간신히 진정시킨 화가 다시 끓어올랐다. 안 그래도 머릿속에서 떼어내기 어려운데, 하필 중국인까지 와서 선협을 상기시키는 걸까.

될 대로 되라는 심정이 되어 회의실로 다가간 희은은 회의실 문을 열고 들어갔다.

"하이⋯⋯."

마음먹은 것보다 약간 자신감 없는 인사를 건네자 의자에 앉아 있던 남자가 희은을 바라보았다.

"아!"

희은이 눈이 휘둥그레졌다. 기억에 있는 얼굴이었다. 리진 상사의 설명회에 갔을 때 엘리베이터에서 마주쳤던 남자. 유별나게 눈에 들어오는 얼굴이어서 아직도 생생히 기억이 났다.

"하이!"

남자가 경쾌하게 웃으며 인사했다. 의자에 가 앉으며 희은은 당시 남자가 중국어를 썼다는 것을 떠올리고 절망했다. 그래도 인사를 하는 모양새가 영어는 사용가능한 듯했다. 결국 남은 것은 영어로 상담하는 것뿐인데⋯⋯ 도무지 될 것 같지 않은 일이었다.

희은이 상담을 위해 다이어리를 펴자 느긋하게 기대 앉아 있던 남자가 허리를 바로 세웠다. 처음 보았을 때 엘리베이터에서도 느꼈지만 남자는 상당한 장신이었다. 몸에 잘 맞는 슈트로 솜

씨 좋게 가리곤 있었지만 운동도 꽤 많이 하는 듯 몸매가 탄탄한 것이 느껴졌다. 여전히 나이는 짐작하기 어려웠다. 등이 아닌 정면에서 보자 생각보다 얼굴에 주름이 깊게 패여 있긴 했지만 그녀를 바라보고 있는 눈은 아직 생생하게 젊은 힘을 뿜어내고 있었다.

"어, 그러니까……."

희은이 더듬거렸다.

"왓 두유……."

"한국말 합니다."

희은의 말을 자르고 들어온 낮은 목소리에 그녀는 눈을 치떴다. 외국인이라면 마땅히 그래야 할 것 같은 어눌함도 없는 완벽한 한국어였다. 놀라울 정도로 안정된 억양이었다.

"어, 어, 어, 네……, 그러시군요."

스스로 바보 같이 반응하고 있다는 사실은 알고 있었다. 고개를 숙여 괜스레 다이어리를 들썩이며 희은은 귀가 빨개졌다는 사실을 느끼고 있었다. 얼굴이 온통 화끈거렸다. 진짜, 외국인은 싫다.

"리웨이홍입니다."

살짝 몸을 앞으로 숙여 손을 내밀어 악수를 청하며 리웨이홍이 미소 지었다. 자연스럽게 그가 건넨 명함 위에는 온통 한문뿐이었다.

"아, 네. 저는 성희은입니다. 한국말을…… 잘하시네요."

사랑은 아무도 모르게 핀다

살짝 잡은 손은 차가웠다. 희은은 무심코 에어컨의 온도를 확인했다. 남자의 체온은 마치 얼음을 잡고 있다 막 놓은 것 같다.

"한국에서 산 적이 있습니다. 3년쯤…… 맞아요. 딱 그 정도였던 것 같네요."

"그러세요?"

"30년 전의 이야기입니다만."

희은은 생각보다 남자가 더 나이가 많을지도 모르겠다고 생각했다. 30년 전에 한국에서 살았다면 당시 스무 살이었다고 계산해도 쉰 살은 넘은 셈이었다.

"어쨌든 다행이네요. 중국어도 못하고, 영어도 부족해 어떻게 상담을 해야 하나 고민했었거든요."

희은이 영업 미소를 입술에 띠었다. 마치 그 미소에 반응하듯 리웨이홍도 미소 지었다. 하지만 그의 눈은 웃고 있지 않았다. 희은도 알 수 있을 정도로 그의 눈은 차갑게 그녀를 살피고 있었다. 불현듯 리진 상사와 조직범죄의 연관성이 희은의 머릿속에 떠올랐다. 자꾸 이런 생각을 하며 클라이언트를 대하는 게 좋지 않다는 건 아는데, 털어내기가 쉽지 않다.

"음, 무슨 일로 오셨는지부터 이야기할까요?"

"담배 태워도 되나요?"

다리를 꼬면서 리웨이홍이 무심한 투로 물었다.

"아, 물론 괜찮습니다."

희은은 테이블의 중간쯤에 놓인 재떨이를 리웨이홍 앞으로 밀어주었다.

"태우시겠어요?"

리웨이홍이 잘 무두질된 물소가죽으로 감싸인, 한눈에 봐도 고가의 담배 케이스를 희은의 앞에 내밀어 담배를 권했다. 희은이 방긋 웃으며 거절했다.

"아니요. 저는 담배를 태우지 않습니다."

"그렇군요."

하얗고 긴 담배를 입에 물고 불을 붙이면서도 리웨이홍의 시선은 희은에게 꽂혀 있었다. 라이터의 불빛이 리웨이홍의 얼굴 위를 어른거리며 쓰다듬고 사라졌다. 그의 입술 사이로 뿜어 나온 푸른 담배 연기가 허공에서 흩어졌다.

"가끔 담배를 안 피우는 사람을 보면 신기해요. 어떻게 담배를 안 피우고 살 수 있을까?"

무슨 의도인지 알 수가 없어 희은은 잠자코 리웨이홍을 바라보았다.

"항상 내 발로 서 있는 게 피곤할 때, 담배를 피우거든요. 내 어깨에 얹혀 있는 사람은 많은데 내가 얹힐 어깨가 없다는 걸 알았을 때, 담배한테 날 얹는 거죠."

"아, 네……."

"난 지금 변호사님 이야기를 좀 듣고 싶은데…… 어떤가요?"

"네?"

뜬금없는 리웨이훙의 말에 희은이 눈살을 찌푸렸다.

"담배를 안 피우는 사람들을 알고 싶다고 해둡시다. 요즘…… 어떻게 지내세요?"

"전…… 잘 지내고 있습니다만 왜 그런 걸 물으세요?"

"여전히 리진 상사는 그다지 좋아하지 않으십니까?"

가벼운 미소조차 띠고 있는 리웨이훙의 질문에 희은은 바짝 긴장해 침을 삼켰다. 얼음물이라도 뒤집어쓴 것처럼 등골이 서늘해졌다. 에어컨 리모컨을 당겨 온도를 높이는 손가락 끝이 미세하게 떨렸다.

"저는…… 저는…….”

머릿속이 텅 비어 더듬대던 희은은 간신히 입을 다물었다. 심장이 벌컥벌컥 뛰어 그녀는 한참 동안이나 오른손으로 가슴을 누르고 있어야 했다. 겨우 진정한 것은 리웨이훙이 담배를 반 너머 태웠을 때였다.

"어떤 오해가 있는 건지는 모르겠지만 저는 리진 상사에 대해 어떤 악감정도 없습니다. 당시 제가…… 말하고자 했던 것은…….”

뭐라고 말해야 좋을지 다시 한 번 입이 엉켰다. 희은 대신 리웨이훙이 끊긴 문장을 완성해주었다.

"리진 상사가 범죄와 연관된 기업이라는 것이 걸리신다는 뜻이었죠."

희은은 입을 다물었다.

"반듯하신 분이신 것 같네요, 성희은 변호사는."

리웨이훙이 담배 연기를 내뿜으며 말했다.

"하지만 리진 상사는 제 가문과는 관련이 없습니다. 음, 정확히 말하자면 제 가문의 사업과는 관련이 없다고 말해야겠군요. 합법적인 루트가 필요해 세운 만큼 어지간한 사업체들이 저지르는 범법조차도 건드리지 않았다고 약속드릴 수 있습니다."

잠깐 그는 알 수 없는 눈으로 담배만 피웠다. 허리를 꼿꼿이 세운 채 앉아 있는 희은에게서 눈을 떼지 않은 채. 유심히 바라보는 시선이 무얼 의미하는지는 알 수 없었지만, 이윽고 그가 자세를 바꾼 것은 담배 하나가 다 탄 다음이었다.

"변호사님 이야기를 듣기는 좀 힘들 것 같으니 제 이야기부터 하죠."

"네……."

희은은 리웨이훙의 의도를 전혀 짐작할 수 없었기 때문에 얌전히 수긍했다. 이상할 정도로 나른한 분위기에도 불구하고 그녀는 그가 잔인하려면 얼마든지 잔인할 수 있는 포식자라는 것을 알 수 있었다. 지금 그녀가 할 수 있는 것은 그렇게 많지 않았다. 그가 이야기하고자 한다면 들어주면 되는 일이다.

"30년 전에 저는 한국에 있었습니다. 중국으로 돌아가고 싶어 미칠 지경이었지만, 상황이 여의치 않았죠. 당시 가문 내에서는 헤게모니를 차지하기 위한 전쟁이 진행 중이었습니다. 저는…… 당시로 말하자면 파편으로, 한국으로 튕겨나간 상태였습니다. 그러니까 큰형님과 둘째 형님이 돌아가셨다는 소식을 듣기 전까지는 말입니다."

그제야 희은은 눈앞에 앉아 있는 이 남자가 생각보다 훨씬 더 거물일 수 있다는 것을 깨달았다. 단순히 리진 상사의 관련인물 정도가 아니라 어쩌면 그녀가 무서워하던 삼합회의 핵심인물 중 하나일지도 모르는 것이다.

"우리 가문은, 변호사님이 이해하기 쉽게 말하자면, 그래요. 삼합회의 중요 간부 중 하나입니다. 조직을 구성하고 있는 기둥 중 하나니까요."

희은은 당장 일어나서 도망가고 싶은 충동을 느꼈다. 영화나 드라마에서는 많이 보았지만 실제로는 한국의 조직폭력배만 해도 두려운 존재였다. 하물며 삼합회는 근거지가 전 세계로 뻗쳐 있다는 범죄조직이었다. 그 핵심 인물이 이렇게 그녀의 앞에 아무렇지도 않게 앉아 있다는 사실은 감당하기 어려웠다.

"저에게 뭘 원하시는 건지 말씀해주시면 일이 좀 더 쉬울 것 같아요."

"내 이야기에 대한 대답을 해주길 바라요."

리웨이홍의 목소리는 높지 않았지만 강압적인 느낌이 들었다. 명령하는 데 익숙한, 상대를 복종시키는 것이 당연한 목소리였다.

"일단, 듣겠습니다."

"좋아요."

희은의 대답에 리웨이훙이 다시 한 번 미소 지었다.

"나는 셋째라 첫째 형님과 둘째 형님 중 수장이 정해지면 돌아와 형님들의 손발로서 가문에 봉사할 예정이었습니다. 착오가 있었던 건 싸움이 길어졌다는 것과, 내가 한국에서 여자를 만났다는 거죠."

희은의 눈썹 사이에 옅은 주름이 생겼다.

"네, 여잡니다. 한국 여자. 밝고 씩씩한 여자였습니다. 지금에 와서 기억나는 건 웃는 얼굴뿐이군요. 분명 울기도 많이 울었었는데 어찌 된 건지 우는 얼굴은 생각이 안 납니다. 입을 벌리고 화통하게 웃던 얼굴만 떠오르는군요."

리웨이훙은 두 번째 담배에 불을 붙였다.

"처음에는 별생각 없었던 여자였습니다. 들러붙으니 그저 곁에 뒀을 뿐이라고 생각했죠. 한국에서 할 일도 많지 않았고. 문제는 떠나야 하는 상황이 되었을 때 깨달았단 말이죠. 가기 싫다, 라는 기분이 들었을 때야 내가 이 여자를 정말 사랑하나 생각하게 된 겁니다."

잠깐 리웨이훙은 생각하는 듯한 표정을 지었다.

"아니, 사랑한다는 것을 깨달은 거죠. 여자의 곁에 있고 싶다고. 그렇다고 중국으로 돌아가지 않을 수는 없었습니다. 당시의 저에게는 그랬습니다. 리 가문의 남자아이는 아주 어렸을 때부터 의무에 대해 배우고 자라죠. 가족을 지켜야 한다는 건 거의 절대명제에 가깝습니다. 성희은 변호사는 이해가 잘 안 갈 수도 있는 이야기입니다."

"아닙니다. 이해합니다."

조직 범죄자들의 유대감은 유별날 수밖에 없다. 그들의 존재 자체가 법망이라는 당연한 사회적 유대감을 깨뜨린 것이기 때문이다. 법에게 그들을 지켜달라고 할 수 없으므로, 그들은 자신을 지켜줄 수 있는 가족의 존재가 절대적이 된다.

"그런가요?"

리웨이홍이 또다시 알 수 없는 미소를 지었다. 다만 이번에는 눈도 약간 웃은 것 같았다.

"그럼 물어보기가 훨씬 편하겠군요."

"예?"

"나는 중국으로 돌아갔습니다. 큰형님과 둘째 형님이 돌아가시고 나서, 가족의 수장이 될 사람은 나밖에 없다는 현실 아래, 한국에 남고 싶은 마음을 접고 중국으로 돌아갔죠. 여자를 데리고 가지는 않았습니다. 어떻게 될지 뻔한 이야기였으니까."

아직 장초를 재떨이에 눌러 끄며, 리웨이홍이 단숨에 물었다.

"내가 중국으로 돌아간 건 잘한 것 같습니까? 아니면 내가, 여자 곁에 남았어야 한다고 생각하나요?"

찰나였지만 어이가 없어서 희은은 화를 낼 뻔했다. 지금 이 중국의 조직폭력배가 사람을 공포에 떨게 하면서 한다는 질문이 연애 문제였단 말인가? 도대체 30년 전의 결정이 지금과 무슨 상관이냔 말이다.

"먼저 왜 저에게 이런 걸 물으시는지부터 물어도 될까요?"

"대답 먼저."

차갑게 자르는 목소리에 반항하는 것은 물론 되지 않았다.

"지금 저에게 물어보시는 것이 답이라고 생각됩니다. 만약 미스터 리께서 과거의 결정을 후회하지 않으신다면, 30년도 넘은 지금 저에게 와서 이런 걸 물으셨을 리가 없다고 생각하니까요."

희은의 대답에 리웨이홍의 움직임이 딱 멈췄다. 달리 부산스럽게 움직이고 있었던 것은 아닌데도 느낄 수 있었다. 마치 시간이 멈춘 것 같았다.

멈췄던 시간이 다시 흐르기 시작한 것은 희은이 적막을 견디지 못해 크게 심호흡했을 때였다. 리웨이홍이 크게 웃기 시작했다.

"하하하하하하하하하하하하하하!"

갑작스럽게 터진 리웨이홍의 웃음이 당황스러워서 희은은 주변을 살폈다. 도대체 웃을 만한 분위기가 아니었던 것 같은데 이 속을 알 수 없는 중국인의 정체는 무엇인지 헷갈렸다. 하지만 확실한 것은, 리웨이홍이 다시 그녀를 바라보기 시작했을 때의 눈빛은 지금까지와는 아주 달랐다는 것이다.

무엇이 흡족한지는 몰라도 만족스러운 눈빛으로 그가 이렇게 말했다.

"정답이군요."

역시 당황스러워 희은은 다이어리를 만지작거렸다.

"다행이네요. 묻고 싶으신 건 이게 단가요?"

"묻고 싶은 건 끝났습니다. 하지만 할 이야기는 남았군요."

리웨이홍이 다시 느긋하게 의자 등받이에 등을 기댔다.

"내가 아들을 데려온 것은 열 살 때였습니다."

"아들이요?"

"그래요. 아들. 여자는 아들을 낳았었습니다. 알고 떠난 거였죠. 데리러 갈 생각은 안 했습니다만, 중국에서의 일이 정리된 후 알아보았을 때 여자는 이미 죽은 다음이었습니다. 사고가 있었다고 하더군요. 아들은 외할머니와 단둘이 살고 있었고, 제가 데려온 건 열 살 때였습니다."

"아, 네……."

"뼛속까지 가문의 아들로 자라기엔 지나치게 나이가 들어 있었죠. 하도 태연하게 굴어 몰랐는데 절반은, 혹은 그 이상은 한국놈이었습니다. 열여덟 살 때 제 할머니가 위독하다며 한국에 가게 해달라고 했을 때라도 깨달았어야 했는데, 당시에는 생각하지 못했습니다. 워낙 잘하고 있다 보니 생각보다 더 마음을 못 잡고 있다는 걸 알 수가 없었죠."

무슨 이야기인지 전혀 갈피를 잡지 못하고 희은의 눈동자가 흔들렸다.

"나는 아들의 속을 잘 못 읽겠더군요. 성희은 변호사는 되던

가요?"

"예? 제가요?"

"그래요. 열여덟 살 때야 얼마 못 봤을 테니까 그렇다 치고, 이번에는 꽤 많이 보지 않았나요?"

무슨 말인가 하고 희은이 몸을 앞으로 숙였다.

"잠깐 휴가를 갔다 오겠다더니 3개월, 다시 3개월, 또 3개월…… 이 바보놈이 자기 위치를 생각하지 못하고 모두가 의심할 만한 일을 하더란 말이죠. 위조신분증을 만들어 취업을 하지 않나, 집을 빌려놓고 꾸미지를 않나…….

순간 등골이 오싹하며 온몸이 부르르 떨렸다. 머리를 망치로 내려친 것처럼, 희은은 깨달았다.

처음 만났을 때부터 이 남자를 어디선가 본 적이 있다고 생각했었다. 어딘가 연예인을 닮았다고 넘어갔지만 아니었다. 이 남자가 익숙한 이유. 생전 처음 본 것이 분명한 남자가 익숙한 이유는 얼굴 때문이 아니었다. 아주 작은 몸짓에서 비롯된 태도, 습관 같은 것, 희은을 바라보는 눈빛의 서늘함 같은 것, 그러니까 아주 강한 포식자만이 가지고 있는 나른한 여유 같은 것…….

이선협.

"머리가 좋으시군요."

희은의 표정에서 뭔가를 읽었는지 리웨이홍이 만족스럽게 웃고는 혀로 윗입술을 핥았다. 갑작스러운 깨달음과 함께 그의 얼굴도 아까와는 달리 보였다. 눈과 코와 입의 조화에서 분명히 선협의 모습이 보였다.

"지금…… 그러니까……."

"놀랍겠지만 이선협은 본명입니다. 위조된 신분증을 사용하면서 본명을 사용했더군요. 제 어미는 그 이름이 어딘가 중국식이라고 생각한 것 같지만…… 글쎄요."

리웨이홍이 다시 살피는 듯 벙쪄 있는 희은의 얼굴을 훑었다. 그러더니 그럴 줄 알았다는 듯 고개를 저었다.

"전혀 기억 못 하시는군요."

"예?"

"알아보기 시작한 건 처음 3개월 후, 그놈이 다시 3개월을 요구했을 때였습니다. 그럭저럭 쉬다 오려니 했는데 취업도 이상했고…… 도대체 뭘 하고 있는지 궁금했습니다. 그래서 알아봤는데, 뭐 오래 걸리지도 않더군요. 그놈이 보고 있는 게 너무 명확해서 말이죠. 성희은 변호사님."

"이선협 씨가…… 저를요?"

말없이 리웨이홍이 입꼬리만 올려 웃었다.

"저도 이상했습니다. 도대체 무엇 때문에 저렇게 말도 안 되는 짓을 하고 있을까. 도대체 왜 변호사님을 보고 있을까."

잠깐 살피는 듯한 시선이 희은의 얼굴을 훑었다. 그의 시선이 움직일 때마다, 그 시선이 닿은 부위가 마치 찔리는 것처럼 아팠다.

"아까 말했죠. 열여덟 살 때 그놈은 한국에 온 적이 있다고."

그리고 보니 리웨이홍은 열여덟 살 때는 짧게 만났지만……
이라고 했다.

그렇다는 건 희은이 열여덟 살의 이선협을 만난 적이 있다는
뜻이다.

"제가 어렸을 때 이선협 씨를 만난 적이 있다고요?"

"네."

단호한 대답은 가끔 선협이 대답하던 방식과 너무나 닮아 얼
떨떨할 정도였다. 정신을 차릴 수가 없었다. 갑자기 덮쳐든 수많
은 정보에 머리가 혼잡스러워졌다. 선협을 본 적이 있다고? 열
여덟 살 때?

그가 열여덟 살이라면 그녀는 스물한 살 때다. 그때는 한참
법대에서 고시 공부를 하면서…….

순간 뭔가가 퍼뜩 떠올랐다.

설마.

"아마 본명을 사용한 건 기억해주길 바란 걸 텐데, 안됐죠.
원래 사람의 인생이라는 것이, 한 사람에게는 기억을 통틀어 가
장 가치 있는 일이 다른 사람에게는 발에 차이는 돌멩이 중 하나
같은 것일 때가 있는 법이니까요."

알 수 없는 표정을 지으며 리웨이홍의 시선이 먼 곳을 보듯
멀어졌다.

11.

11년 전 겨울.

"넌 공부만 하냐? 이리 와. 나하고 같이 봉사나 다니자!"

아마도 이름이 이수현이었던 걸로 기억한다. 잘생겼고, 키도 크고, 몸매도 좋아 말 그대로 킹카인데 공부도 잘하고 성격도 좋은데다가 집안마저 은근 좋다던 학교 선배. 다른 과였는데 어쩌다 보니 친구의 친구의 선배 정도로 얽히며 어울리던 그가 희은을 봉사 동아리로 끌어들였다. 그녀뿐 아니라 많은 법대생들이 끌려 들어갔었다. 죽도록 공부만 하면 바보가 된다는 이유였다.

봉사의 명목상 목적은 그래도 일반인보다는 더 잘 알고 있을 법률적 지식에 대한 도움을 주는 걸로 되어 있었지만, 주로 하는 일은 연탄을 나르거나 쌀을 나눠주고 혹은 모금을 해 생활비를 지원해주는, 혹은 거동 못 하는 노인이나 환자를 간병하는 그런 일이었다. 한마디로 육체노동이었다는 뜻이다.

그뿐이었지만, 처음에는 선배가 주장하니 어쩔 수 없이 따라

갔던 희은은 그곳에서 많은 것을 배웠다.

　말 그대로 순탄하게만 살아왔던 희은은 그래도 잘 산다고 생각했던 대한민국의 복지 사각지대를 그때 처음 경험했다. 서울 내에 그렇게 험한 지역이 있다는 것도 놀라웠고, 딱 보아도 허름한 집 안에 그토록이나 어려운 사람들이 살고 있다는 것은 더욱 놀라웠다.

　그뿐이 아니었다. 대한민국이 법치국가라는 것이 무색할 정도로 무법지대가 존재했다. 헌법보다 지나가는 깡패의 말이, 그 구역을 관할한다는 조폭의 말이 더 먹히는 곳이었다. 심지어 경찰도 어쩔 수 없다는 듯 뒷걸음 칠 때가 많다고 했다.

　그곳에서 선협을 처음 만났다. 어떻게 잊어버릴 수가 있었을까? 그때도 그는 선명하게 기억할 수 있는 박력 있는 눈빛을 지니고 있었다. 쭉 봉사팀에서 챙기고 있던 김 노인의 손주라고 나타난 이선협은 대하기 어려운 아이였다. 열여덟 살이라는데 학교도 다니고 있지 않았고, 말을 못하는 아이처럼 입을 다물고 있었다.

　딸은 일찌감치 세상을 떠났고, 하나 남은 아들은 없느니만 못해 수시로 찾아와 돈을 뜯어내다가 김 노인이 아예 자리를 보전하고 눕자 어디론가 사라져버렸다고 했다. 그나마 어찌어찌 딸의 하나 남은 피붙이라는 손주에게 연락이라도 한 게 다행이라고 여겨야 할 판이었다. 그 손주가 열여덟 살이라는 것을 제외하면 말이다.

어느샌가 김 노인의 곁을 지키고 있는 선협이었지만 실상 희은이 그와 말을 섞을 일은 없었다. 봉사자는 3인 1조로 다니는 것이 원칙이었고, 특히 거동이 불편한 김 노인의 경우는 힘센 남자들이 주로 붙어서 일을 처리했기 때문이었다. 그것이 바뀐 것은 겨울, 김 노인의 상태가 급변하여 병원에 도착하자마자 CPR을 할 틈도 없이 하늘나라로 가버린 그때였다.

그래, 그때도 겨울이었다.

김 노인과 관련된 서류를 정리하며 누군가 선협의 이야기를 입에 올린 것은, 장례식이 끝나고도 사흘쯤 되었을 때였다.

"그 남자애 말이야. 열여덟 살밖에 안 되었다는데 분위기가…… 난 할머니 돌아가신 것도 마음 아팠지만 하관하는 걸 물끄러미 보고 있는 얼굴을 보고 있자니 눈물 나더라. 안됐지 않니? 다섯 살 때 엄마가 돌아가셔서 얼굴도 모른다는데, 아빠는 태어났을 때부터 없었고."

"난 봉사하면서 우리 엄마아빠한테 엄청 고마움을 느끼게 됐다니까. 그냥 어디나 있는 흔한 엄빠라고 생각했는데 아니었어."

"그러니까. 걔는 이제 천애고아인 거야? 어떡해. 아직 열여덟 살밖에 안 됐는데."

"잠깐! 열여덟 살이면 미성년자잖아. 갑자기 나타나서 우리가 신경을 못 썼는데……. 걔는 지금 뭐 하고 있는지 아는 사람

261

있어?"

순간 아연한 분위기가 동아리방을 휩쓸고 지나갔다. 봉사에 뜻이 있다 해도 아직 어린 이십 대들이라 놓치는 것이 많았다.

"잠깐! 잠깐! 연락처!"

"아냐. 할머니 돌아가시고 나서 집 정리하러 들렀을 때 이미 없던데?"

서두르던 사람들이 그 구역 담당자의 말에 손을 멈췄다.

"장례식장에서 내가 물어봤을 때도 알아서 한다고 신경 쓰지 말라고 하긴 했어."

"하긴……. 열여덟 살이면 미성년자이긴 한데, 우리 손 탈 나이는 아니다."

실제로 대부분이 스무 살에서 스물세 살인 그들의 입장에서 보면 나이 차가 큰 것도 아니었다. 게다가 이선협은 평범하게 학교를 다니는 아이들과는 입장이 아주 달랐다. 갑자기 나타났기 때문인지 몰라도 모두가 느끼고 있었다. 어딘지 보통 아이들과는 다르다는 것을.

얼핏 보면 그냥 한창 사춘기인 소년 같기도 했다. 키는 또래보다 큰 편에 말랐지만, 은근히 근육은 붙어 있는 껑충한 열여덟 살짜리였다. 다른 것은 눈빛이었다. 눈은 그다지 크지는 않은 편이었는데도 검은자위가 독특해서일까 인상이 선명했다. 특히 봉사자들이 바쁘게 오가는 모습을 한쪽 벽에 기대 가만히 지켜보고 있노라면, 행동거지가 불편해지는 건 어쩔 수 없었다. 그 눈빛에 주목받는다는 것은 딱히 편하기만 한 기분은 아니기 때문이었다.

"그렇다고 그냥 둬요?"

희은의 물음에 잠깐 생각하던 수현이 어깨를 으쓱했다.

"법률상으로는 미성년자지만, 도움을 청하지도 않았는데 간섭하기에는 애매하긴 하네. 네가 가봤을 땐 없었다고?"

"응. 할머니 짐 다 정리하면서, 손주니까, 만나봐야겠다고 생각했는데 이미 없는 거 같더라고. 그래서 짐도 임의로 처분했고. 갑자기 왔으니까 그냥 사라진 거 아닐까?"

"흠…… 그래. 일단 다음에 그쪽으로 갈 때 다시 한 번 가보자."

수현은 결론을 내렸지만 희은은 마음에 걸리는 것이 있었다. 늘 FM대로 하는 것에만 익숙한 희은은 다른 것보다, 어떻게든 직접 확인해야 직성이 풀리는 못된 버릇이 발동된 것일 수도 있다.

"제가 오늘 한번 가볼게요."

"네가?"

희은의 말에 수현이 의외라는 듯 눈을 치켜떴다. 그러더니 이내 뿌듯한 얼굴로 그녀의 어깨를 두드린다.

"야아, 너도 드디어 적극적인 여성이 되는구나. 좋은 일이야."

"전 원래 적극적인 여성이거든요?"

희은이 수현에게 눈을 흘기며 그의 손을 떼어냈다.


"헉헉! 아이고 죽겠네! 여긴 몇 번을 와도 높아. 너무 높아."

자신이 적극적인 여성이라는 것을 증명하고 싶은 나머지 지나치게 힘을 내어 올라왔는지 녹슨 문 앞에 서자 다리가 다 후들거렸다. 거칠게 내뱉어내는 숨이 하얗게 공중에 부서졌다. 길에 깔린 거친 시멘트는 자꾸 발끝에 걸렸다. 드문드문 서 있는 가로등은 깜빡거려서 어둠을 더욱 깊어 보이게 만든다.

"아이고…… 여보세요?"

한숨을 내쉬며 문을 열자 삐꺼덕 건조한 소리를 내며 문이 열렸다. 열리리라고 생각하지 않고 밀었던 터라 희은은 하마터면 고꾸라질 뻔했다.

"뭐야. 문을 안 잠가놨나?"

집을 비웠다 하더라도, 또 훔쳐갈 것 따위는 없다고 해도, 심지어 담을 넘어 집 안으로 들어가는 것이 어렵지 않다 해도 퇴거한 후에는 잠가놓는 것이 원칙이었다. 퇴거를 맡았던 담당자가 실수할 리도 없는데 이상하여 희은이 눈살을 찌푸렸다.

혹시나 했더니 역시나라고…… 이선협이라는 아이가 돌아온 것 같았다. 희은이 의심했던 것도 이것이었다. 그녀가 직접 말을 섞은 것은 아니지만, 고집스레 모두와의 소통을 거부하고 있던 아이는 어쩌면 돌아갈 곳이 없는 게 아닌가 싶었다. 그냥 추측이었지만 어쩌면 기분 탓만은 아니었을지도 모르겠다.

"여보세요? 아무도 없어요?"

하지만 예상과 달리 집에는 불이 켜 있지 않았다. 조심스레 마당을 가로지르며 희은은 고개를 갸웃거렸다. 가로등도 멀리 있는 동네였다. 누군가 집에 있다면 이렇게 어둡도록 두지 않았을 것 같다. 뭔가 착오가 있어서 문이 열려 있던 걸까? 잠시 망설이다가 그냥 돌아가야겠다고 마음먹었을 때였다.

"으으으…….."

사방을 메우고 있는 어둠은 꿈쩍도 안 했는데 어디선가 식별하기 어려운 소리가 들렸다. 장정 하나 누우면 다 찰 것 같은 좁은 마당과 펌프, 그리고 수종을 알 수 없는 커다란 나무 한 그루가 드리우고 있는 그림자. 별로 큰 소리도 아니었는데 사방이 괴괴해서일까? 굉장히 선명히, 가까이서 들린 기분이었다.

"여……보세요?"

어둠 속에, 혼자 있을 때면 겁이 많아질 수밖에 없다는 걸 처음 알았다. 머리카락이 쭈뼛 섰다. 소리가 나다가 안 나니 더 무서웠다. 귀신을 믿지는 않았지만 이런 상황에 이런 분위기라면 귀신을 믿어야만 할 것 같기도 했다. 가만있어봐…… 옆집은 비어 있댔나? 여기서 제일 가까운 정류장까지 뛰면…… 얼마나 걸리지?

"여보세요? 누구 있어요?"

휴대전화를 꺼내 별로 밝지도 않은 불을 밝히며 희은이 목소리를 높였다. 떨지 않으려고 했지만 목소리는 심하게 떨리고 있었다. 갑자기 사방이 괴괴해진 느낌이 있었다. 방금 희은이 들은 것이 사람 목소리가 아닐까 봐 무서워하다 생각하니 사람 소리라도 무섭기는 마찬가지일 수도 있다 싶었다.

"여보세요?"

부르긴 했지만 희은은 뒷걸음질 치고 있었다. 아이가 돌아오지 않았다는 것은 확실하니 그녀가 해야 할 일은 다 끝낸 셈이었다.

그렇게 희은이 결심하고 돌아서려 할 때였다. 거짓말처럼 방에 불이 켜졌다.

"아악!"

그 변화가 너무 드라마틱해서 희은은 털썩 주저앉고 말았다. 어둠이 잠겨 있던 사방이 방 불이 켜진 것만으로도 환해졌다.

"누구?"

방문이 열리면서 그림자가 마당으로 길게 드리워졌다. 문을 열고 나온 것은 역시 소년이었다. 큰 키에 다소 추워 보이는 셔츠와 트레이닝바지차림으로 그가 머리를 쓸어 올렸다.

"어…… 왜, 왜 불도 안 켜고…… 있……어?"

"누구야?"

"어…… 그러니까 나 전에 여기에 왔었던 성희은이라고 하는데, 기억해? 난 너 기억하는데."

희은이 괜스레 더듬거리는 동안 방문을 잡고 선 채로 소년은 꼼짝도 않고 서 있었다. 역광이었기 때문에 희은은 소년의 표정을 볼 수가 없었다.

"무슨 일이야?"

"어떻게 지내나 보러 왔어. 음…… 괜찮은가 하고. 계속 여기에 있을 거야?"

"상관하지 마."

짧은 대꾸에는 짜증이 가득했다. 하지만 이어진 기침 소리는 짜증이 묻고 뭐 하고 할 정도가 아니었다. 허리를 꺾으며 격하게 기침을 토해낸 소년이 하아, 하고 긴 숨을 내쉬며 고개를 뒤로 젖혔다.

"가."

"자, 잠깐!"

희은은 문을 닫으려는 소년을 붙잡았다.

"어떻게 할 거야? 너…… 열여덟 살이잖아. 혼자 있으면 안 돼. 전에는 어디 있었어? 누구랑 있었어? 돌아갈 곳은 있는 거야? 아니면 여기에 있을 거야?"

"그런 거 없어."

꽤 많은 질문을 던졌는데 소년은 단 한마디로 일축했다. 그리고 다시 기침이 터졌다. 그리고 코훌쩍이는 소리.

"너 감기 걸렸어?"

묻는데 찬 바람에 문이 덜컹거렸다. 희은은 이 동네가 유난히도 춥다는 것을 깨달았다. 그녀는 패딩에 목도리까지 두르고 있는데도 한기가 들었는데 소년의 옷은 무척이나 얇았다. 집 안에 있다는 것을 감안하더라도. 아무리 생각해도 이 집의 실내온도가 20도 넘고 그럴 것 같지 않다.

"상관하지 마."

이번에 소년은 더 이상 여지를 주지 않겠다는 듯이 빠르게 방문을 닫아버렸다. 쿵 하는 소리와 함께 문이 닫혔다.

"치."

바라고 한 일은 아니었지만 문전박대에 기분이 상해 희은이 입술을 삐죽였다. 괜한 오지랖을 부려서 그렇지 따지고 보면 열여덟 살 남자아이는 아주 아이도 아니었다. 알아서 하겠다고 주장한다면 그녀가 할 수 있는 일은 없었다.

"그래도 법적으로는 미성년자인데."

현실과 법이 멀다는 것을 새삼 느끼며, 희은은 터덜터덜 걷기 시작했다. 괜스레 무안했다. 다시는 쓸데없는 오지랖을 부리지 않겠다며 문을 막 밀어 열었을 때였다.

쿵.

"아 좀!"

돌아섰을 때 무슨 소리가 나는 거 정말 싫다며 희은이 다시 몸을 획 돌렸다. 여전히 방에는 불이 켜져 있었고, 달라진 건 없었다. 방금 뭔가 묵직하게 울리는 듯한 소리가 났던 것이 거짓말 같았다. 하지만 분명히 들었다. 뭔가 묵직한 것이 쓰러진 것 같은 소리였다.

"저기……."

잠깐 동안 인상을 찌푸린 채 기척을 살피던 희은이 목소리를

사랑은 아무도 모르게 핀다

높여 소년의 이름을 부르려다가 입을 다물었다. 분명 들었는데 죽어도 소년의 이름이 생각이 나지 않았다.

"저기요!"

대답은 돌아오지 않았다. 물론 귀찮아서 무시한 걸 수도 있었다. 날은 추웠고 이번 주에 당할 무안은 방금 충분히 당했다. 제출일이 사흘 남은 리포트도 아직 초안만 잡아놓은 상태였다. 집에 가서 뜨거운 물에 샤워를 하고 자고 싶었다. 이렇게 추운데 밖에 오래 있으면 당장 그녀부터 병이 날 것이다. 하지만…….

"에이 정말!"

희은이 투덜대며 문을 밀고 들어갔다. 신발을 벗지 않은 채 무릎걸음으로 마루를 지난 그녀가 문을 열었을 때였다.

"괜찮아? 뭔가 넘어지는 소리가…… 아이고!"

넘어졌더라도 그냥 쪽팔려서 대답하지 않는 정도이길 바랐지만, 현실은 그렇지 않았다. 아까 역광일 때는 전혀 몰랐지만 쨍하니 밝은 형광등 아래 모로 몸을 구부린 채 누워 있는 소년은, 누가 봐도 제대로 된 감기몸살 환자였다. 이마에 식은땀이 흥건했다.


"뭐 하는 거야?"

갈아입힐 옷이 없나 서랍장을 뒤지고 있는데 등 뒤에서 놀란 목소리가 들렸다. 돌아보니 소년이 낯선 눈빛으로 상체를 일으킨 채 희은을 바라보고 있었다. 약이 효과가 있는지 한결 나아진 얼굴이었다.

"?"

이건 뭐야, 하는 표정으로 소년이 이마 위에 올려놓았던 가제 손수건을 끌어내렸다. 집을 뒤질 수가 없어 약국에서 약을 사면서 사온 가제 수건이었다.

"너 땀을 너무 많이 흘려서 옷을 갈아입혀야 할 거 같아서."

"미쳤어? 누가 맘대로 뒤지라고 했어!"

안 그래도 아무것도 없는데 뭘 바락바락 소리를 지르나 희은이 황당해하고 있자니 소년이 어지러운지 몸을 앞으로 수그렸다. 희은은 입술을 삐죽였다. 그러니까 성질도 부릴 때나 부려야지. 응급차를 불러야 하는 게 아닌가까지 고민했었는데.

고개를 숙이자 드러난 목뼈는 앙상했지만, 이를 악물어 턱이 바짝 조여지는 것이 제법 사내다웠다. 마르긴 했어도 뼈대는 컸다. 몸도 탄탄한 것이 무게가 보통이 아니었다. 아무렇게나 널브러진 소년을 제대로 요에 눕히느라 희은은 젖 먹던 힘까지 끌어내야만 했던 것이다.

"거기 옆에 체온계 있지? 열 재봐. 너 아까 약 먹기 전에는 39도, 40도 막 그랬어."

"약? 내가 약을 먹었어?"

"응."

"그런 기억 없는데…….."

소년의 시선이 불안하게 움직였다.

"기억이 없어? 아…… 그게……."

희은이 입술을 깨물고 망설이다가 어깨를 으쓱했다.

"어떡해? 네가 영 정신을 못 차리는데……. 구급차 부르는 건 좀 오버인 거 같아도 약은 먹여야 할 것 같아서……."

"같아서?"

가제 수건을 쥔 소년의 손에 힘이 들어갔다.

"좌약을 썼어. 할 수 없잖아."

숨소리도 못 내고 소년이 눈만 댕그래졌다. 헉 하는 비명 소리가 들린 것 같았다. 나름 침통한 척 시선을 내리깔았던 희은이 웃음을 참지 못하고 품 하고 웃었다. 그렇게 나쁜 애는 아닌 것 같았다. 왜 겁을 먹었나 이상할 정도로, 오히려 희은이 알고 있는 고등학생보다 더 순진한 느낌이 있다.

"야, 야, 아니야. 무슨 좌약. 나도 그런 거 싫어. 너 생각보다 훨씬 더 열이 심했구나. 네가 물 있는데도 알려주고 네 손으로 약 털어 먹었는데 하나도 기억 못 하네. 하긴 그러고 나서 떨어져 자기에 알아봤지. 너 셔츠 같은 거 어디 있어? 땀을 너무 많이 흘려서 갈아입어야 해."

가만히 희은을 노려보던 소년이 머리를 헝클었다. 귓가가 빨갛게 달아올라 있었다. 성질이 나서인지 아니면 자신을 애 취급하는 희은이 불쾌한 것인지는 알 수 없지만, 희은 입장에서는 알 게 뭐냐 싶었다. 그녀는 이상하게 소년이 무섭지 않았다.

"비켜."

271

소년이 몸을 움직이더니 한쪽 구석에 세워져 있던 트렁크를 눕혔다. 혹시나 했는데 역시나 맞는 모양이었다. 소년의 짐은 모두 그 트렁크 안에 있었다. 방은 암만 크게 잡아도 세 평도 안 되는 방이었다. 소년이 약간 움직인 것만으로도 희은과 거리가 확 가까워졌다. 희은은 소년의 몸에서 나는 땀 냄새까지 맡을 수 있었다.

무심코 희은 쪽으로 고개를 돌렸던 소년이 그녀의 얼굴이 생각보다 가깝다는 사실에 얼굴이 확 붉어져 거리를 벌렸다.

"뭐 안 먹어도 돼?"

그런 반응이 어쩐지 소년을 의식하게 만들어 희은은 어색하게 물었다. 어차피 방은 좁았고 지금까지 전혀 아무런 의식도 하지 않은 채 있었는데. 소년이 고개를 끄덕였다.

"속 안 쓰려? 약도 더 먹어야 해. 내가 죽 끓여 올게."

소년이 희은을 바라보았다. 굉장히 낯선 것을 보는 시선이었다. 하지만 아까와는 달리 기분이 나빠 보이진 않았다. 그저 낯설고, 좋은 것이 눈앞에 있는 것이 신기한 모양이었다. 희은이 눈썹을 설핏 치켜세우자 소년이 시선을 확 돌렸다. 아무렇지도 않게 고개를 돌린 채 꺼져 있는 낡은 TV의 검은 화면을 응시하는 소년의 귓가는 약간 붉었다.

"안 먹어도 돼."

고집을 부리는 소년이 귀여웠다. 아무리 생각해도 괜찮은 것 같지 않았다.

"벌써 끓여놨거든. 그냥 좀 데워서 가지고만 오면 돼. 옷 갈아입고 있어."

"안 그래도 된다니까?"

"내가 여기 있어도 갈아입을 수 있어?"

"……."

그러면 안 된다고 생각했지만 놀리는 게 재미가 붙을 것만 같았다. 커다랗고 사납게 생겼는데 순순한 레트리버를 보는 느낌이랄까. 순순해지는 소년은 귀여웠다. 그동안 그렇게 사나워 보였던 것이 의아할 정도였다. 말 한마디 하지 않고 턱을 악 물고 있는 그는 그렇게 무서웠는데……. 알 수 없는 아이였다.

희은은 까마득한 후배로 시키는 일을 할 뿐이라 잘 몰랐지만 김 노인은 내내 독거노인이었는데 갑자기 손주가 나타났다고 했다. 막연히 가출했던 손자가 돌아온 게 아닐까 싶기도 했지만 지금 보면 그런 것 같지도 않았다. 아까 소년이 가방을 열었을 때 설핏 본 바에 따르면 트렁크에는 제대로 여행짐이 꾸려져 있었다.

'물어봐도 될까?'

아직까지 희은은 어디까지 간섭을 해도 좋을지 잘 몰랐다. 봉사경험이 긴 선배들은 정말 필요한 것 외에는 무례한 일이 될 수도 있다고 가르쳐주었다. 희은의 생각도 그랬다. 그녀의 느낌에, 열여덟짜리 소년은 그냥 소년일 뿐이었지만 그녀가 무얼 알겠는가? 평범한 부모님 아래 비교적 유복한 환경에서 자란 그녀의 열여덟 살 때와 소년의 열여덟 살 때가 같을 리가 없는 것이다. 부엌으로 간 희은은 아까 끓이다가 불을 꺼둔 죽을 휘휘 저어 그릇에 담았다.

"잠깐."

공부만 한 그녀로서는 생전 처음 끓이는 죽이었다. 대강 주워들었던 기억으로 쌀 반 물 반으로 맞추긴 했는데 불안해져 그녀는 살짝 맛을 보기로 했다.

"헉!"

입 안에 죽을 넣는 순간 절로 혀가 내둘러졌다. 무맛이었다. 맛이 있다 없다를 이야기하기 전에, 그냥 무맛이었다. 세상에 이렇게 맛없는 건 처음 먹어보았다. 게다가 식어서 그런지 좀 텁텁한 것 같기도 하고 층이 분리된 것 같기도 하고 탄 맛이 나는 것 같기도 했다.

제대로 망했다. 아팠을 때 엄마가 끓여준 죽은 그렇게 맛있었는데…….

애초부터 쌀과 물, 김치 정도만 사온 게 패인이었다. 양념류를 샀어야 했다. 이 집에는 정말 아무것도 없는 것이다.


"저기…… 어떻게 하지?"

일단 담은 죽은 들고 들어오며 희은은 울상을 지었다.

"나 사실은 죽을 끓일 줄 몰라. 어떻게든 되겠다 싶었는데……."

"줘."

그새 옷을 갈아입고 이불을 개 밀어둔 소년이 단정하게 대답했다.

"이불은 왜 갰어? 너 더 누워 있어야 해. 열은 내렸어?"

"38도긴 한데 괜찮아."

"약은?"

"지금 죽 먹고 먹을게."

"이걸…… 먹을 거야?"

자기가 들고 와놓고도 당황해서 희은이 물었다. 소년은 무슨 소리를 하냐는 듯이 약간 인상을 찡그린 채 그녀를 올려다보다 고개를 끄덕였다.

"줘."

그리고 놀랍게도, 세상에서 가장 맛있는 걸 먹는 듯 죽을 모두 먹어치웠다.


미각에 문제가 있는 건지 아니면 배가 엄청 고팠던 건지 희은이 고민하는 동안 소년은 봉투를 뒤져 약을 입 안에 털어 넣었다.

"이제 가."

약을 먹은 소년이 그녀를 쫓아내기 위해 지금까지 순순히 굴었다는 듯 냉정하게 말했다. 안 그래도 엉덩이가 들썩거리던 터라 냉큼 일어선 희은이 벗어두었던 코트에 팔을 꿰며 대수롭지 않게 물었다.

"너 계속 여기 있을 거야?"

"그럴 수 있다면."

"그럼 학교는?"

희은의 열여덟 살 때 가장 중요했던 학교에 대해서 묻다 생각하니 이 소년에게는 그게 문제가 아닐 것 같았다.

"그럼 너 뭐 먹고 지내? 부엌에 아무것도 없던데."

"사 먹어."

"돈은? 돈은 어디서 나는데?"

"밥 사 먹을 돈 정도는 있어."

희은은 도무지 이해가 가지 않았다. 돈이라는 것이 무한정 솟아나는 것이 아니다. 고등학교 때까지 희은은 부모님께 용돈을 받아 써서 돈이 땅에서 솟는 것 같은 느낌이 들기도 했지만, 소년에게는 그런 부모님이 있는 것도 아니지 않은가?

"너 안 먹어서 아픈 거 아냐? 보일러도 안 켰더구만. 기름 있는데."

"어떻게 하는 건지 몰랐어. 이제 켤 거야."

소년이 귀찮다는 듯 손짓했다.

"아, 어떻게 할 건데? 내가 궁금해서 그래!"

희은이 바짝 다가앉으며 따지듯 묻자 소년이 질겁하는 표정을 지었다.

"그게 왜 궁금해?"

"궁금한데 이유가 있어? 내가 원래 호기심이 많아."

"내가 뭘 어떻게 하든 네가 무슨 상관인데?"

"원래 사람은 자기랑 상관없어도 그냥 관심 갖고 그러고 살아. 넌 남한테 관심 가져본 적이 한 번도 없어?"

"내 코가 석 자라 다른 사람 신경 쓸 틈이 없었는데."

딱히 감정이 섞이지는 않은 말투였지만 소년의 말에 희은은 가슴이 뜨끔거렸다. 마치 그녀는 한가해서 다른 사람을 신경 쓸 여력이 있다고 비난받은 기분이었다.

"음…… 뭐…… 앞으로 관심을 가지면 되지. 나한테 가져볼래?"

소년이 어이없다는 듯 인상을 찡그렸다.

"내가 왜?"

"난 네 사정을 잘은 모르고, 그러니까 이렇게 말하면 내가 호강에 겨워 똥을 싼다고 생각할 수도 있지만…… 나도 나름 고뇌가 많은 사람이거든. 음, 뭐, 그래서 이거 하나는 알아. 원래 다른 사람들이 하는 말은 참고는 해도 결국에는 나한테 별 도움은 안 되더라고. 왜 그런 말 있잖아? 노력하면 다 이룰 수 있다는 둥, 자기 하기 나름이라는 둥…… 그건 겪어보지 않아서 그렇지 막상 그 자리에 있으면 쉽지 않은 일이란 말이야. 음, 내 경우에는."

생각에 잠긴 희은이 고개를 크게 주억거렸다.

"나 공부할 때 얘기 하는 거야. 나도 너만 한 나이에 방황기가 좀 있었거든. 공부를 해도 해도 성적은 안 오르는데 엄마는 볶아대고……. 사실 지금 와서 생각하면 진짜 별거 아니었고, 굴곡이랄 수도 없는데 당시에는 나름 심각했어. 그런데 그때 나한테 조언해주려는 사람이 진짜 많았거든. 그게 엄청 귀찮더라고. 그래서 난 결심했지. 난 이 다음에 조언 같은 건 안 하겠다고. 그러니까…… 음…… 내가 지금 하고 싶은 말이 뭐냐면, 네가 나한테 관심을 가지는 것도 나쁘지 않다는 거지. 난 조언 같은 건 안 할 테니까, 네가 보고 뭔가 나한테서 도움이 될 만한 걸 찾는 거야!"

소년이 이게 무슨 소리인가 하는 표정으로 희은을 바라보았다. 희은은 소년의 마음을 이해할 수 있었다. 자기가 말해놓고도 이게 무슨 말인가 싶다. 분명 의도는 있는데 그걸 설명하는 일이 너무 힘들었다. 하지만 확실한 것은 소년이 웃었다는 사실이다. 처음으로, 쩔쩔매며 뭔가를 열심히 설명하려는 희은을 보고 소년은 웃었다.

"그러니까 너도 제대로 된 대답은 없지만 널 보면서 내가 알아서 찾아보라는 거지?"

"응! 그런데…… '너'가 뭐야? 나 스물한 살인데."

"그러거나 말거나."

버릇없는 소년의 대답에도 희은은 그다지 기분이 나쁘지 않았다. 어쩐지 소년이 진심으로 그녀를 응대해주는 느낌이라 진심이 통했구나 싶어 기분이 좋기까지 했다. 어이가 없어 웃는 거라고 해도 웃긴 웃는 거다.


"아버지가 있어?"

의외의 말에 희은이 눈을 동그랗게 떴다.

"열 살 때 아버지 집으로 간 거야, 할머니를 두고. 할머니가 위독하다고 삼촌이 연락 줘서 잠깐 와 있는 거고."

"다행이네⋯⋯. 그럼 돌아갈 데가 있는 거잖아?"

얼핏 뭔가 이해가 가진 않았지만 희은은 수긍했다. 그녀의 입장에서 무슨 일이 있었든 간에, 할머니가 위독하시다는데 애혼자만 보내는 건 이해가 잘 가지 않았다. 하지만 봉사를 시작하면서 가정마다 다 각자의 사정이 있다는 것은 느낀 참이었다. 천편일률적으로 생각하기엔 너무 복잡한 세상인 것이다.

잠깐 망설이는 듯했던 소년이 고개를 푹 숙였다.

"돌아가고 싶지 않아."

어떻게든 마음을 열고나자 소년은, 덩치만 좀 커다랬을 뿐제 나이처럼 보였다. 어떻게 보면 좀 거친 아이에 비해 순진하게 보이기까지 했다. 가무잡잡한 편이었지만 얼굴은 매끄러웠다.

"왜 돌아가고 싶지 않은데?"

"그냥. 싫으니까."

대답하는 입술이 다부졌다. 더 이야기하기도 싫다는 기색이 역력했다.

"하지만 아버지가 있다는 건 좋은 일이잖아. 혼자 있는 것보다는 낫지."

"거기 있는 게…… 싫어."

문득 희은은 좀 더 복잡한 사정이 있는 게 아닌가 싶어졌다. 이야기하기 싫다면 다그칠 생각은 없었지만, 아버지는 이미 결혼했거나 다른 가족이 있을지도 모르겠다는 생각이 들었다.

"난 알지도 못하던 사람들이 내 가족이라는 것이 버거워. 난 그동안 가족 같은 건 없었는데 갑자기 나더러 책임을 져야 한대."

정답이었다.

희은은 곰곰이 생각에 잠겼다. 확실히, 어머니가 일찍 돌아가시고 할머니와 있으나 마나 한 외삼촌과 살다가 아버지가 데려갔다면 쉬운 환경은 아닐 것이었다. 게다가 아버지가 이미 결혼해서 다른 가족들이 있다면 어울리는 일은 더 힘들 것이 분명했다. 잘은 몰라도 희은이 보기에도 소년은 붙임성이 좋고 넉살 있는 그런 스타일이 아니었다. 이렇게 자기 표현력이 없는 스타일은 적응력도 분명 떨어질 것이다.

게다가 소년에게 책임을 지라고 하는 걸로 봐서 지금 그쪽의 사정도 그렇게 좋지는 않은 모양이다. 아이를 혼자 보냈을 때 이미 알아봤지만 그쪽도 먹고살기 빠듯해 소년에게 기대는 모양이었다.

"확실히 싫긴 하겠다."

희은이 중얼거리자 소년이 그녀를 흘깃 보았다.

"음, 그래도 내 생각에 혼자 있는 것보다는…… 아니, 아니다."

희은이 소년을 바라보았다.

"음음, 그냥 내 이야기를 할게. 물론 나는 너와 다른 입장이니까 그냥 내 이야기를 하는 거지 뭔가 의미가 있는 건 아냐. 음, 그러니까 아까 말했던 것처럼 내가 고등학교 때 방황하느라 공부하기가 엄청 싫었거든? 우리 엄마가 좀…… 속물 같은 거라서. 아, 귀여운 속물이야. 나쁜 엄마는 아닌데 좀 허영도 있고, 음, 지금은 뭐 이렇게 이야기하지만 당시에는 엄마가 서울대 타령하고 성적 타령하는 게 너무 끔찍했거든. 진짜 엄마가 미웠던 적도 있어."

무슨 소리를 하는 거냐는 표정으로 소년이 희은을 바라보았다.

"암만 공부를 해도 성적은 안 오르고, 될 것 같기도 하고 안 될 것 같기도 하고…… 어려운 거야. 스트레스가 너무 심해서 험한 생각을 한 적도 있어. 물론……."

희은이 진지한 얼굴로 소년을 바라보았다.

"네 입장에서는 내가 호강에 겨워서 똥을 싼다고 생각할 수도 있는데 어쨌든 난 그랬다는 것만 알아둬."

소년의 눈이 댕그래졌다. 하지만 아까도 비슷한 순간이 있었지만 희은은 몰랐고, 이번에도 몰랐다.

"그런데 어느 날, 그런 생각이 드는 거야. 그렇다고 내가 공부 말고 할 줄 아는 게 뭐 있나. 죽 끓여 온 거 보면 알겠지만 나 진짜 요리 쒯이거든. 손으로 하는 건 거의 못해. 미술이나 음악은 선생님이 포기했고……. 그나마 달리기는 좀 빠른데 공으로 하는 건 절망이야. 어쨌든 공부를 해야 하는 것 같더란 말이야. 게다가 음, 나는, 사필귀정(事必歸正) 이런 걸 좋아해서, 뭔가, 정당한 걸 좋아하거든. 법이 그럴 것 같기도 하고, 그래야만 할 것 같기도 하고……."

희은이 하는 말을 알아듣는 건지 마는 건지 소년의 눈빛은 별다른 미동 없이 가라앉아 있었다.

"아, 그니까……."

빤히 쳐다보는 눈빛에 다소 당황한 희은의 볼이 빨갛게 물들었다.

"피할 수 없으면 즐기자…… 라고 생각했다는 아주 전형적이고 고무적인 이야기지."

볼에서 시작된 붉은 기가 희은의 귀까지 번졌다. 어쩐지 설교를 해버린 느낌이었다.

"나는 너와 입장이 다를 수 있겠지만 그냥 뭐든 하는 게 도움이 되었더라는 말이야. 바꿀 수 있다면야 당연히 바꾸는 게 좋다고 생각하는데, 그게 아니라면 불평하고 한탄하는 걸로는 아무것도 바뀌지 않아. 돌아가고 싶지 않으면 어떻게 하고 싶은데? 뭘 하고 싶은데? 그런 게 있다면야 모르지만 아직 모르겠으면, 일단 해야만 하는 일을 하는 것도 좋다…… 이런 거지. 음, 내가 너보다 나이도 많고 뭐 그래서 하는 말은 아니지만…… 네 말이 맞기도 한데, 의외로 그러니까 뻔한 말들이 진리일 때가 많거든. 진리라서 뻔한 게 아닌가 싶을 정도로. 뭐. 내가 뭘 알겠냐마는."

점점 민망해져서 횡설수설을 하기 시작한 희은을 가만히 바라보고 있던 소년이 던진 말은 완전히 엉뚱한 말이었다.

"여자애가 그런 말 하는 건 첨 들어."

"응?"

무슨 말인가 하고 희은이 고개를 들어 소년을 바라보았다. 시선이 마주치자 소년이 다시 고개를 돌렸다. 아까와 마찬가지로, 혹은 조금 다르게 소년의 귓가는 붉게 물들어 있었다.

"아까 그…… 호강에 겨워서……."

소년은 말끝을 흐렸지만 희은은 그가 무슨 말을 하는지 거의 알아듣지 못했다. 그녀는 다만 뭔가 소년을 위로하고 싶었을 뿐이었고 그러기 위해 열심히 이야기한 것은 소년이 집중하고 있는 것과 전혀 다른 이야기였기 때문이다.

"여자는 좀 더 고운 말만 쓰는 줄 알았는데……."

"에? 나 욕했어?"

"욕도 해?"

소년이 인상을 찡그렸다.

"가끔……."

"하지 마."

"왜?"

"나쁜 말이야."

"넌 하지 않아?"

"난⋯⋯."

갑자기 소년이 말을 더듬었다. 소년은 욕을 하는 정도가 아닌 것이 분명했다. 할 말이 궁색한지 입맛을 다시다 고개를 돌려버린 소년의 옆모습에 희은은 어쩐지 미소를 지었다.

"나 같은 애들은 몰라도 너 같은 애들은 그러면 안 될 것 같아. 넌 예쁜 말만 하는 게 어울려."

"그런 게 어디 있어? 나한테 아닌 거면 너한테도 아닌 거지. 옳고 그른 건 상대적이면 안 되는 거잖아."

소년이 아무 말 없이 한숨만 내쉬었다. 그러려던 것은 아닌데 따지는 느낌이 들어 희은도 입을 다물었기 때문에 갑작스레 방은 조용해졌다. 그대로 자리에 주저앉은 희은과 약간 벽에 붙어 앉은 소년의 사이는 어째서인지 아까보다 훨씬 가까운 것 같았다. 희은은 소년이 가슴을 들썩이며 숨을 쉬는 것을 느낄 수 있었다. 그것은 그녀에게도 무척이나 낯선 것이라 점점 거북해지려던 차, 소년이 벌떡 몸을 일으켰다.

"어?"

깜짝 놀라 뒤로 물러났던 희은은 소년이 트렁크를 뒤져 무언가를 꺼내는 걸 보고 눈을 동그랗게 떴다.

"뭐 해?"

"이제 가."

소년이 짧게 말하고 무언가를 불쑥 내밀었다. 당황해 내려다 보자 뼈가 굵은, 긴 손가락 위에 뭔가 감겨 있는 게 보였다.

"이거 가지고, 가."

'가지고'라는 말보다 '가'에 좀 더 무게가 실린 소년의 목소리에 희은이 고개를 들어 소년을 바라보았다. 희은보다 머리 하나는 더 큰 소년의 눈동자는 유난히도 홍채가 뚜렷하고 동공은 까만빛이라 낯선 기분이 들었다.

"이게 뭔데?"

"약값. 죽 해준 것도."

"아, 그건⋯⋯."

별로 청구할 생각도 없었다. 다소 투미해 보인다는 것은 인정하지만 갓 대학에 들어가 과외로 돈을 벌기 시작해 번 돈은 모두 쓰고 있는 중인 희은에게는 그다지 큰돈이라는 느낌도 없었었다.

"가지고 가. 나 거지 아냐."

무뚝뚝한 소년이 보채듯 손을 한번 치켜 올렸을 때야 희은은 조심스레 소년의 손에서 그것을 받아 들었다. 받는 순간 손가락 끝끼리 살짝 닿았다. 무척이나 어색한 감각이었다. 아빠에게 안겼을 때도, 술 마시고 비틀거리는 선배를 부축했을 때도, 소개팅 했던 남자가 손을 잡으려는 걸 뿌리쳤을 때도, 이런 느낌은 아니었다.

285

희은은 애써 혼란을 지우려 노력하며 이제는 그녀의 손으로 옮겨온 그것을 내려다보았다. 십자가 모양의 열쇠고리였다. 열쇠고리가 따뜻해서 희은은 아직 소년이 열이 있다는 것을 깨달았다.

"어, 고마워."

"이제 가."

소년이 돌아서서 개어서 밀어두었던 이불을 당겼다. 그 뒷모습은 묘하게 쓸쓸해 보여서 희은은 주저했다. 무언가 말해야 할 것 같은 느낌이었다. 혹은 무언가 해야만 할 것 같은 느낌. 그러니까 저 여윈 어깨를 안아주기라도 해야 할 듯한.

"가라니까?"

다소 짜증스럽게 소년이 돌아보았을 때야 희은은 일어섰다. 이런 기분이 뭔지 알 수 없었지만, 그녀는 '갈게.'라고 짧게 인사하고 뒤도 돌아보지 않고 신발을 신고 녹슨 문을 밀고 나왔다. 나올 때는 당연히 들렸어야 할 삐거덕 소리도 들리지 않았다.

마구 달음박질치다 거친 시멘트에 몇 번이나 발이 채이도록 뛰어 내려온 희은은 버스정류장 옆에 서 있는 가로등에 도달해서야 손바닥을 펼쳐보았다. 몰아쉬느라 하얗게 부서지는 입김 사이로, 손에 자국이 남도록 꽉 쥐고 온 열쇠고리를 보자 어쩐지 가슴께가 아릿하니 쓰렸다.

그때, 아마 희은은 선을 넘었던 것 같다. 소년과 희은 사이에, 그러니까 도와주는 사람과 도움을 받는 사람 사이에 있어야만 하는 선 같은 거……. 수술 의사가 환자를 사람으로 보면 안 되는 것처럼 어쩌면 사람과 사람 사이에는 그런 룰이 있는 게 아닐까?

그러나 그때 아직 미숙했던 희은은, 역시 아직 미숙했던 소년을 만나 그 선을 넘은 것이다.

정확히 무슨 일이 일어났는지는 몰랐지만 희은은 그것이 무척이나 당혹스러웠고, 그래서 그 후로 몇 번 생각났지만 다시는 그 집을 찾지 않았다. 선배들의 말로는 그들이 다시 그 집을 찾았을 때 소년은 없었다고 했다. 트렁크도.

희은은 묘하게 안도했다. 소년이 아버지에게로 돌아간 것이라고 확신했다. 진짜 가족은 아니더라도 어쨌든 그가 지켜야 한다던 사람들에게로 돌아간 것이 분명했다.

그 후로도 희은은 오랫동안 봉사를 했지만, 다시는 그날 밤 같은 일은 일어나지 않았다. 내내 적당한 거리를 유지하는 것에 성공했던 것이다.

그렇게 희은은 어른이 되었다. 그것은 아직 덜 여문 소년과 소녀가 잠깐 스쳐 지나간 그런 시간이었다.

그뿐이었다. 희은에게는.

12.

병원의 VVIP실은 조용했다. 가습기가 규칙적으로 습기를 내뿜는 소리 외에 들리는 거라고는 간헐적인 모니터 소리뿐이었다.

최근 늘어난 중국인 손님들을 위해 중국풍의 VVIP실을 만들어놓았지만, 병원 사람들은 성형 손님이 아닌 중국 손님이 이 방에 묵을 거라고 예상하진 못했다. 하지만 지금 특실의 다기능 침대 위에 죽은 듯이 누워 있는 남자는 성한 구석이라고는 찾아보기 힘든 상해환자였다.

VVIP 담당 간호사들 사이에서는 그가 중국 마피아라는 신빙성 있는 소문이 떠돌았다. 마피아들끼리 전쟁이 있었다느니, 세력다툼이라느니 영화 같은 이야기들도 뒤에 따라붙었다.

그럴 만한 것이 남자의 상태는 드라마틱할 정도로 엉망이었다. 거의 으스러져 철심을 박아 넣어야 했던 왼팔은 물론이고 오른쪽 견갑골 바로 아래, 등허리, 허벅지계까지 멀쩡한 곳이 별로 없었다.

외상보다 내상이 더 문제였다. 칼을 맞은 간은 3분의 1이 넘게 상해 기나긴 절제 수술을 거쳐야만 했다. 지독히도 강한 체질이 아니었다면 사실 남자가 살아날 수 있었을지는 의문이었다.

헬기로 이송된 지 일주일이 넘게 의식을 못 차리고 있던 환자가 눈을 뜬 것은 긴 꿈을 꾸고 난 후였다. 리 가문의 남자로 사는 것은 어찌 보면 선협에게는 편한 일이었다.

처음으로 소속감이라는 것을 느꼈다. 사실 과도한 소속감이었다. 열 살 때까지 아버지의 얼굴도 모르고 자랐는데 갑작스레 핏줄에 대한 자부심을 갖는 것은 불가능에 가까웠지만, 아무도 그의 사정을 고려해주지는 않았다. 그러는 척이라도 해야만 했다.

리웨이홍이 아버지라는 감각은 거의 없었다. 처음 만난 게 열 살이라 정을 느낄 수 없었던 것일 수도 있고, 아니면 두 사람 모두 살가운 데라고는 눈 씻고도 찾아볼 수 없는 성격들이었기 때문인지도 몰랐다. 두 사람의 관계는 사제지간에 더 가까웠다. 다만 두 사람은 상대에게 자신과 비슷한 기질이 있다는 것은 인정하고 있었다.

두 사람 모두 아무것도 무서울 것이 없다는 얼굴을 하고 있었지만 실은 가장 겁쟁이들이었다. 자기 자신의 욕구를 인정하는 데 있어서는, 다른 사람들처럼 쉬울 수가 없는 사람들이었다. 패밀리를 위해 사는 것이, 어찌 보면 무척이나 어울리는 그런 남자들이었다. 지킬 것이 있을 때 훨씬 더 강해지는. 하지만 선협이 꿈을 꾼 것은 리 가문이 아니었다. 선협은 짧았던 서울에서의 시간을 꿈꿨다.

선협이 처음 집을 장만하고 꾸몄을 때.

대망 법률사무소에 위장취업을 하고 처음 희은을 만났을 때.

변하지 않은 희은을 보고 기뻤을 때.

희은은 선협을 전혀 알아보지 못한다는 사실에 가슴에 통증을 느꼈을 때.

희은의 약점을 잡아 마침내 손에 넣었을 때.

그리고 애써 잠시뿐일 거라고 자신에게조차 거짓말했을 때.

희은을 즐겁게 해주기 위해 온 힘을 다했을 때.

희은이 선협을 향해 웃어주었을 때.

희은이 선협을 안아주었을 때.

희은의 가는 손가락이 선협의 머리카락을 쓰다듬고 무슨 일이냐고 속삭이며 위로했을 때.

선협이 꿈꾼 것은 이런 시간들이었다. 행복했던 꿈. 언제나 그 시간을 꿈꿨다. 그래서 눈을 뜨면 얼른 다시 눈을 감고 싶기만 했다. 가족을 위해 의무를 지키는 것이 두렵지 않았다. 싫었던 일들도 모두 해냈다. 패밀리 비즈니스의 깊숙이까지, 그가 할 필요 없는 일들까지 서슴지 않고 해치웠다.

마치 꿈에서는 뭐든 할 수 있는 것과 비슷했다. 그의 진짜는 밤에 침대에 누워 눈을 감은 후에 꾸는 꿈이었으므로 눈을 뜨고 있을 때는 뭐든지 했다.

그 긴긴 꿈을 꾸고, 마침내 뜨기 싫은 눈을 떴을 때, 선협은 어리둥절해졌다. 아직도 꿈을 꾸고 있는 걸까? 눈앞에 희은이 있었다. 침대에 기대 팔에 얼굴을 묻은 채 곤히 잠들어 있는 여자는 분명 성희은이었다.

선협은 그가 아직도 꿈을 꾸는 것인가 생각하다 팔을 약간 움직였고, 순간 엄습하는 통증에 꿈이 아니라는 것을 알았다. 잠시 생각하는 표정이었던 그가 팔을 뻗어 여자의 어깨를 붙잡아 틀었다.

"아!"

곤히 잠들었던 여자가 고개를 들었다. 희은이었다. 설마 했던 선협이 경악하며 희은의 어깨를 놓았다. 어깨의 통증이 스멀스멀 기어오르더니 관자놀이를 직격했다. 짓누르는 통증에 선협이 엄지를 올려 관자놀이를 눌렀다.

"선협 씨, 괜찮아?"

다시는 들을 일이 없을 거라고 생각했던 목소리가 선협을 현실로 데려다 놓았다. 그는 손을 내리고 걱정스러운 표정으로 그를 바라보고 있는 희은을 보았다. 언제부터 여기에 있었던 건지 화장기는 없고, 불편한 자세로 오래 자느라 머리카락을 흐트러져 있었다. 즐겨 입던 스타일 그대로 변호사다워 보이는 단정한 블라우스에 스커트를 입고 있었지만, 블라우스 단추는 세 개나 풀려 있었다.

'성희은이다. 성희은.'

선협은 잠시 주변을 둘러보았다. 꿈인지 생시인지 모든 것이 헷갈렸는데 차츰 머릿속이 정리되었다. 몇 번인가 잠에서 깼을 때, 서울에 있는 것 같다는 생각을 했었다. 꿈이라고 생각했는데 꿈이 아니었다. 꿈이 아니라고 생각하고 중국에서 눈을 뜨는 일이 많아 당연히 꿈이라고 생각했는데, 이번에는 정말 꿈이 아니었다. 그는 서울에 있었다.

아니면…… 죽어가는 중인 걸까? 사람이 죽을 때는 뇌가 인생에서 가장 행복했던 순간의 꿈을 꾸도록 한다고 했다. 그런 걸까? 그래서 지금 성희은을 보고 있는 걸까?

"선협 씨."

희은의 손이 뻗어와 선협의 뺨을 감쌌다. 그 체온은 놀랄 만큼 따뜻해서, 선협은 다시 한 번 정신이 들었다. 선협이 희은의 손을 잡고 내리다가 윽 하고 인상을 찡그렸다. 등골이 오싹해질 정도의 통증이 등줄기를 핥고 흘러내렸다. 절대 이 모든 것은 꿈이 아니라는 반증 같은 것이었다.

"여기서…… 왜…… 어떻게…….."

뭘 물어야 하나 두서없이 입술을 움직였는데 희은이 선협의 어깨를 감싸 안았다. 여자의 힘이지만 바짝 끌어안는 힘을 감당하기에 문제가 있는 몸이었지만 얼떨결에 그녀를 받아 안았던 그가 뜨거운 숨을 토했다. 품 안의 체온이 너무나 선명해 도리어 정신이 혼몽해졌다. 다시 의식을 잃을 것만 같았다.

"바보야. 죽을 뻔했다잖아."

희은이 끌어안았을 때만큼이나 격렬하게 선협을 밀어냈다. 그를 바라보는 그녀의 눈에는 눈물이 그렁그렁했고, 노려보는 눈빛은 살벌했다.

"왜 사라진 거야? 아무 말 없이? 이 꼴로 다시 나타나려고?"

이 꼴이라는 희은의 말에 선협이 자신의 몸을 내려다보았다. 처음 보는 것처럼 낯선 눈이었다. 어울리지 않게 헐렁한 환자복과 감겨 있는 붕대들, 그리고 두통을 불러일으키는 약 냄새가 그의 몸을 감고 있었다.

"내가 여기 있는 건 어떻게 알았어?"

"어떻게 알았는지가 뭐가 중요해?"

희은이 다시 확 선협의 품에 안겼다. 바보처럼, 꼭 바보처럼 희은을 다시 안은 선협이 그녀의 등에 손을 감고 무의식중으로 쓸어내렸다. 손 아래서 기억하고 있던 작은 등이 착 감겨들자 찌르르 하고 왼쪽 가슴이 울었다.

"너……."

한참을 아무 말도 못하고, 실은 제대로 숨을 쉬는지도 알 수 없이 희은을 안고 있던 선협이 간신히 있는 힘을 쥐어짜 입을 열었다 도로 다물었다. 뭐든 물을 이유가 없었다.

중국 공안과의 추격전에서 날뛰다 상처를 입은 선협이 여기에 있을 수 있는 이유는 하나였다. 리웨이홍. 그가 선협을 홀로 서울의 병원에 입원시켰을 리가 없으므로 희은이 여기 있을 수 있는 방법도 하나였다. 리웨이홍.

"이런."

혀를 차며 선협이 희은의 어깨를 붙잡아 밀어내고 시선을 맞췄다. 뜻밖의 상황을 맞아 둔해졌던 머리가 차츰 제 속도로 돌기 시작했다. 그는 질문을 바꿨다.

"여긴 왜 왔어?"

"뭐?"

"열 번을 못 채웠다고 이러는 거라면…… 한 번쯤은 그냥 내가 봐주는 걸로 해. 가."

"무슨 개뼈다귀 같은 소리야?"

야물게 묻는 희은의 질문에 말문이 턱 막힌 것처럼 선협이 입을 벌렸다가, 다물었다. '집중하자.'고 얼굴에 쓰여 있었다.

"아버지를 만났어?"

"그래."

"누군지 알아?"

"당신 아버지라는 것 외에 알아야 하는 게 있어?"

"중국 삼합회 서열 7위야. 삼합회가 뭔진 알아? 한국의 조폭 같은 게 아니야. 그냥 어깨에 힘주고 다니면서 으스대는 걸로 되는 게 아니라고."

"알아. 벌써 두 번이나 만났는걸."

"난 장난하자는 게 아냐!"

선협이 희은의 거칠게 양팔을 붙잡아 눈을 맞췄다. 하지만 꼼짝 못하게 붙들려서도 희은은 겁을 먹은 얼굴이 아니었다.

"나는 장난하자는 걸로 보여?"

"미쳤군. 내가 뭘 하는지 알기나 해?"

"그게 문제가 돼?"

"문제가 돼. 왜냐면 넌 평범한 게 좋다고 했잖아. 위험한 건 싫다고 했잖아. 내가 사는 방식이라는 게 이 두 가지와 아주 거리가 멀거든."

"그건 너를 제외하고 한 이야기잖아! 그런 게 좋아. 그렇다고 꼭 그렇게 살겠다는 건 아니잖아. 그렇게 따지면 난 진짜 법의 보호를 받지 못하는 사람들만을 위해 살고 있어야 하게? 나지금도 그러지 않잖아. 그럴 수 없는 상황이니까, 그러지 않고도 열심히 사는 거야. 원래 그래."

"……."

"평범한 것도 좋고, 위험한 것도 싫어. 하지만 네가 평범하지 않다면, 네가 위험하다면, 난 그것도 좋아. 네가 없는 것보다는 뭐든 낫다고."

"미쳤군. 뭘 알고 하는 소리야?"

"도대체 내가 뭘 알아야 한다고 그러는 거야? 그럼 너는 내가 뭘 하는지 알아?"

다시 한 번 선협이 할 말을 잃고 눈빛이 흔들렸다. 그는 잠깐 인상을 찡그렸다가 뭔가 말하고 싶은 것처럼 입술을 달싹였다가 굳게 다물었다. 시선을 비스듬히 옮기는 그의 얼굴은 난감하기 짝이 없었다.

"모르잖아! 좀 귀찮지만 정 많은 엄마랑 게으르지만 가족밖에 모르는 아빠 밑에서 자라서 한 번도 궤도 이탈 같은 거 안 해보고 자란 내가 변호사가 되어서 뭘 하는지 잘 모르잖아. 어차피 사람들은 다 서로 모르는 거야. 안다고 착각하는 것뿐이라고!"

완전히 흥분해서 희은이 소리쳤다.

"민주 언니가 그랬어. 결혼이라는 건, 나와 함께 이불을 덮고 자는 남자가 철저한 타인이라는 것을 발견하는 과정이라고. 그걸 우린 미리 알게 된 것뿐이야. 너하고 나는…… 사실 아는 게 아무것도 없다는 걸 먼저 깨닫고 시작하는 것뿐이야."

"시작? 누구 맘대로?"

누가 먼저 입을 맞췄는지는 몰랐다. 어쩌면, 아니 분명히 선협이었던 것 같다고 희은도 선협 자신도 생각했을 뿐이었다. 희은은 몰랐지만, 매번 선협을 무장해제 시키는 것은 희은의 어울리지 않는 언행이었다.

11년 전 고고한 대학생답지 않게 호강에 겨워 똥을 싼다는 구수한 언어를 구사하는 거나, 이번에 느닷없이 개뼈다귀가 튀어나온 거나…… 또 '너'라고 부르는 것. 물론 희은이 선협보다 연상이므로 그럴 만한 일이라고 생각하면 납득할 수는 있었으나 그렇게 느닷없는 돌출행동에 선협은 철저히 분해되어 어쩔 줄 모르게 되어버리고 만다. 그저 사랑스러워서. 말짱하게 곱게 자란 변호사가 다른 사람은 알까 싶은 이야기를 해대는 것이 귀여워서.

희은의 양 뺨을 붙잡아 깊게 입술을 포긴 선협의 혀가 그녀의 작은 입 안을 마구 헤젓고 다녔다. 축축하게 여린 점막이 강한 압박에 붉어지고, 감아 당기는 혀의 힘에 영혼이 송두리째 빨려나가는 기분을 느끼며 희은은 그에게 매달렸다.

허리가 꺾어지도록 깊게 그녀를 안아 삼키던 그가 거친 숨을 내뱉으며 그녀의 등을 끌어안았다. 통증 때문에 움직이기 쉽지 않은 것이다.

"가만히 있어, 가만히."

희은이 선협을 도로 눕히고 어깨를 토닥여주었다.

"내가 할게."

희은은 이미 불끈 서 있는 선협의 남성을 쓰다듬다가 팬티를 단숨에 벗어 내리고 침대 위로 올라갔다. 치마를 허리춤까지 밀어 올리고 양 무릎을 벌려 선협의 위에 타오르듯 버티고 선 희은을 보며 선협이 눈을 감았다. 환자에게는 지나치게 선정적이었다. 온몸의 피가 한 부위로 모인 듯 머리가 멍해졌다.

"할 수 있겠어?"

선협의 환자복을 헤치며 희은이 물었다. 대답이 돌아오지 않았다. 손을 멈추고 희은이 선협을 바라보았다. 한 손을 올려 얼굴을 덮고 있던 선협이 손을 치우고 그녀를 바라보았다. 이미 그의 눈은 정념으로 가득했다. 손 하나 까닥 못할 것 같은 중상은 이미 별로 중요하지 않았다.

"하고 싶어."

선협이 신음했다.

"나도, 하고 싶어."

희은이 대답했다. 바라는 것은 그뿐인 것 같았다. 희은은 선협의 남성을 답답한 환자복에서 해방시키고 느리게 그 위에 주저앉았다.

"으음……"

삽입되는 순간 선협의 목이 끓는 것 같은 소리를 냈다. 관자놀이께가 벌떡벌떡 뛰는 것이 육안으로도 보일 정도였다. 결합은 깊었다. 두 사람 모두 어찌 다시 안 만날 생각을 했는지 알 수 없을 정도로 서로를 원하고 있었기 때문에 희은의 여성은 매끄럽게 선협의 남성을 삼켰다. 서로 빈틈없이 맞물린 것만으로도 폭발할 것 같은 충족감이 끓어올랐다. 이대로 희은이 선협을 조이면 사정도 가능할 것 같은 그런 감각이었다.

"젠……장."

선협이 헐떡대자 입술을 꼭 깨물고 있던 희은이 허리를 굽혀 그의 입술에 입을 맞췄다. 그러느라 움직이자 그녀의 내부에서 그가 움찔거렸다. 그의 분신이 그녀의 배를 묵직하게 누르는 감각은 결코 잊을 수 없는 것이다.

"선협 씨……."

수염이 돋아나 까칠한 선협의 턱을 입술로 애무하며 희은이 그의 이름을 속삭였다. 얼마나 그리워했던가. 죽어간다고. 꼭 내일이 없는 놈처럼 군 끝에 진짜 내일이 없을 수도 있게 되어 누워 있다는 말을 들었을 때는 온몸의 피가 다 씻겨 나가는 느낌이었다.

'이럴 거면 왜 사라졌어, 왜.'

선협의 목울대가 크게 움직였다. 그는 마치 상처 입은 짐승처럼 땀을 흘리며 숨을 몰아쉬고 있었다. 머릿속이 텅 비어버린 것 같았다. 선협은 지금 자신이 희은을 안고 있다는 사실을 믿을 수가 없었다.

선협은 빙글 몸을 돌려 그녀를 침대에 뉘였다. 언제 아팠는지 고통이 싹 사라졌다. 그의 몸 안에서 돌고 있는 것은 피가 아니라 아드레날린인 것 같았다. 만약 이대로 아드레날린 과다로 죽는 한이 있어도 멈출 수 없었다. 확인해야만 했다. 뼈가 부러지고 살이 찢겨나가도, 이선협이 지금 성희은을 안고 있다는 사실을 확인해야만 했다. 그는 힘껏 허리를 밀어 넣었다.

"아흑!"

직격하는 감각에 희은이 숨을 몰아쉬며 고개를 뒤로 젖혔다. 선협이 팔을 뻗어 블라우스 위로 희은의 가슴을 쥐었다. 가는 허리를 쓰다듬고 통통한 엉덩이를 붙잡아 당긴다. 불편하게 몸에 감기는 환자복을 끌러내다 손등 위에 꽂혀 있는 링거가 역류했다. 귀찮다는 듯 링거를 뽑아내 던진 그가 희은을 부둥켜안고 다시 한 번 자신을 찔러 넣었다. 좁고 깊은 여성이 마치 기다렸다는 듯 그의 분신을 집어삼켰다.

"헉!"

"학!"

가장 여린 살덩이와 통로가 다시 한 번 빈틈없이 꽉 맞물리는 순간 두 사람 모두 고개를 뒤로 젖히며 바튼 숨을 내뱉었다. 어떤 전희도 없었지만 이미 두 사람은 머리끝까지 흥분해 있었고 온몸의 신경이 서로를 갈구하며 아우성치고 있었다. 바짝 긴장했던 내부가 약간 힘이 풀리는 순간 선협은 움직이기 시작했다.

퍽퍽퍽 있는 힘을 다해 자신을 그녀의 안으로 박아 넣던 선협이 팔을 뻗어 그녀의 등을 감싸 안아 올렸다. 방금 전까지 팔도 제대로 못 뻗었던 것이 거짓말처럼 그녀를 끌어안아 당겼다. 희은이 그의 목에 팔을 감아 그를 도왔다.

"아흑!"

중력과 더해진 감각에 희은이 몸을 뒤틀었다. 선협이 그녀의 발목을 잡아 단단히 등 뒤로 고정시키고는 몸으로 그녀를 눌렀다. 풀썩 희은의 등이 다시 침대 위로 떨어졌다. 그가 그녀의 위로 몸을 겹쳤다.

"하아…….."

두 사람이 내뱉는 뜨거운 숨이 허공에서 섞였다. 어쩌면 잠깐 시선이 마주친 것 같기도 했다. 정념에 들떠 흐릿한 두 사람의 시선이 잠깐 닿았다가 떨어졌다.

"하악!"

한쪽 손으로는 희은의 발목을 잡아 자신의 등 뒤로 고정시키

 사랑은 아무도 모르게 핀다

고, 다른 한 손으로는 그녀의 엉덩이를 잡은 다음 선협이 그대로 그녀를 밀어붙였다.

그가 허리를 움직여 그의 분신을 진퇴시킬 때마다 희은이 거칠게 신음을 뱉으며 몸서리쳤다. 그의 목을 단단히 껴안은 채, 그리웠던 단단한 어깨에 손톱을 박아 넣었지만 비명을 지르지 않기 위해 참는 일은 쉽지 않았다.

비교적 예의 바랐다(?)고 할 수 있었던 겨울의 기억과 달리 선협은 어떻게 생각하면 화가 날 정도로 정신없이 희은을 점령했다. 그가 그녀의 내부에서 움직이는 것을 느끼며 희은은 숨을 몰아쉬었다. 이래도 되나 걱정스러울 정도였다. 가르고 들어오는 힘이 마치 그녀를 두 조각 낼 것 같았다.

그것이 슬펐다. 그리웠다고 말하는 거 같아서, 그가 얼마나 그녀를 그리워했는지 알 것 같아서. 그렇게 그에게 전부를 내어주고, 또 그녀를 덮쳐오는 감각에 마냥 정신을 놓지 않으려 애쓰며 그녀는 그를 받아들였다.

"으…… 흥……."

희은이 약간은 고통에, 그리고 더 많은 쾌락에 콧소리를 흘리면 선협은 더 심하게 그녀를 몰아붙였다. 신음 소리가 마치 발정제라도 되는 듯했다. 더 깊숙이, 더 강하게…… 점점 기세는 엄청나질 뿐이었다. 다리 사이가 경련이 일어날 것만 같았다. 그리고 절정은 알아들을 수 없는 외침과 함께 찾아왔다.

희은도 선협도 뭔가 소리를 내질렀지만, 두 사람 모두 상대가 뭐라고 했는지 심지어 자기 자신이 뭐라고 했는지도 몰랐다. 머리부터 발끝까지 달리는 느낌에 두 사람 모두 잠시 숨을 멈췄다 동시에 거칠게 내뱉었다. 다리 사이가 질펀하게 젖어드는 느낌이 났다.

아직도 선협은 희은의 안에 들어와 있었지만, 이제 두 사람 모두 서로의 눈을 바라보고 있었다. 믿기지가 않았다. 이런 미친 짓. 그대로 그의 목에 팔을 감고, 허리에 다리를 감은 채 희은은 선협을 쳐다보았다. 뭐가 뭔지는 알 수가 없었다.

리웨이홍에게 들은 이야기들, 그리고 사무실을 나서기 직전 마지막으로 던진 리웨이홍의 말.

「그놈, 책임질 수 있습니까?」

'왜 책임을 내가 져야 하는데. 이렇게까지 끌고 온 게 누군데, 이렇게 짐승처럼 날 가진 게 누군데, 날 이렇게 만든 게 누군데, 이제 와서 그렇게 강아지 같은 눈으로 날 계속 봐왔다고 이야기하는 건데.'

시선은 잠시 고요하게 닿아 있었다. 방금 전까지의 격정이 거짓말인 것처럼, 아직도 서로가 서로를 품고 있다는 사실을 믿을 수 없게. 그리고 다음 순간, 다시 한 번 격렬하게 서로에게 입을 맞췄다. 희은의 안에서, 사이즈를 줄였던 선협의 분신이 다시 그 크기를 키웠다. 정액으로 젖어 있는 통로의 감각은 또 색다른 것이었다. 맞닿은 곳에서 음란하게 질컥거리는 소리가 났다. 선협은 몸을 약간 들어 그녀의 양다리를 잡고 마구 허리를 움직였다. 그러는 그의 등 뒤의 창가에는 붉은 노을이 가득했다.

정신없이 흔들리며, 깊은 곳에서부터 치밀어 오르는 감각에 정신을 놓기 전 희은은 그녀가 마음을 결정했다는 것을 알았다. 원망인지 원망이 아닌지 알 수 없는 감정은 남아 있었고, 알 수 없는 것투성이였고, 앞으로 어떻게 될지도 무서웠다.

하지만 지금 이선협을 놓을 수는 없었다. 절대 그럴 수는 없었다.

희은은 손을 뻗어본 적이 없을 정도로 흥분해서 그녀의 안으로, 안으로 마구 파고들고 있는 선협의 머리카락 속에 손을 찔러넣었다.

"아흡!"

희은의 허리가 활처럼 휘었다. 선협의 입술을 비집고 뜨거운 숨이 한탄처럼 터졌다. 벼락같은 두 번째 오르가슴이 온몸을 휩쓸고 지나간 후 가만히 숨을 몰아쉬는 그의 어깨가 안쓰러워서, 희은은 그녀의 위로 몸을 포갠 채 숨을 몰아쉬는 선협의 등을 가만히 쓸어주었다.

뭔가 뭔지는 알 수 없지만, 마음이 보였다.

사랑한다.

사랑하게 되어버렸다.

13.

"죄송해요."

처음 만났던 호텔 커피숍에서 고개를 숙인 희은의 정수리 위로 상욱의 시선이 꽂혔다. 빤히 쳐다보는 그의 시선을 느끼며 그녀는 고개를 들었다. 사흘 전, 병원에서 나오자 전화가 수십 통와 있었다. 상욱이었다. 가슴이 철렁 내려앉았다. 이상욱의 존재가 비로소 떠올랐다. 만나기로 했었다는 사실도.

"연락이 뜸해지기 시작했을 때 예상 못 했던 건 아니지만 갑작스러운 것도 사실이군요."

상욱은 비교적 차분했다.

"보통 이렇게 칼 같게 자르진 않잖아요."

확실히 선을 봐서 만난 사이에는 대강 연락이 뜸해지다가 끊기는 일이 많았다. 하지만 희은은 그럴 수 없었다. 계속 선협이 마음에 있었기 때문에 더욱 그랬다. 상욱을 속였다는 느낌까지 들었다. 제대로 사과를 해야만 할 것 같았다.

"갑자기 왜 이러시는지 물어봐도 되나요? 저는 우리가, 음,

꽤 잘 지내고 있다고 생각했거든요. 전 희은 씨를 점점 알아가는 게 좋았는데 혹시 제가 뭔가 잘못했나요?"

상욱의 목소리에는 그다지 상실감은 없었다. 그저 진짜 이해가 안 가고 궁금하다는 투였다. 아마도 그를 거절하는 여자는 그렇게 많지 않았을 것 같다.

"아뇨! 상욱 씨 탓은 아니고요."

다시 한 번 보아도, 상욱은 정말 괜찮은 남자인지라 희은은 속이 좀 아팠다. 누가 봐도 참 괜찮은 남자였다. 외모로 보나 성품으로 보나. 다시 이런 남자를 만날 수 없으리라. 아마 엄마가 이 사실을 안다면 희은이 미쳤다고 할 게 분명하다.

"죄송해요."

이렇게 괜찮은 남자를 앞에 놓고…… 다른 남자를 잊을 수 없어서 안 되겠다는 말을 하는 것은 어쩐지 더 무례한 짓인 것 같아 희은은 미안하다고 거듭 고개만 숙였다.

하지만, 이상욱은 이선협이 아니었다. 다시 만나고 나서 더욱 절실히 깨달았다. 사람이란 정말 무서운 거다. 언제 그랬는지 본인도 모르는 사이 성희은은 이미 이선협이라고 정해버렸다. 그녀가 정한 것이 아니었다. 정해진 거다. 상욱은 정말 괜찮은 남자인데도 희은에게는 오답이었고, 선협은 도무지 알 수 없고 답답하기만 한 상황인데도 정답이었다.

삼합회. 리(李) 가문. 감당할 수 있을까? 한편으로 안쓰러웠던 것은 선협은 희은에게 묻지조차 않았다는 것이다. 감당할 수 있어? 단 한 번만 물었으면 어떻게 되었을지 모르는데 선협은 묻지 않았다. 떠날 때도 묻지 않았고, 이번에도 묻지 않는다.

그 마음은 답답할 정도로 알기 쉬웠다. 선협이 희은을 너무나 사랑한다는 것. 그것은 어쩌면 사랑이 아니라 숭배에 가깝지 않을까 걱정스러울 정도로, 절대적으로 그녀를 긍정한다는 것. 그녀의 결정 앞에서 그의 바람 같은 것은 그다지 중요하지 않다 생각할 정도로, 차라리 죽기를 불사하더라도 그녀가 싫은 일은 단 하나도 하지 않을 것이라는 것.

별것 아닌 성희은이라는 여자를 이렇게까지 생각해주는 남자를 다시 만날 수 있을까? 이상욱 같은 남자를 다시 만날 수 없는 것보다, 이쪽이 더 힘들 거라고 희은은 확신했다. 선협의 감정은 오래 가슴에 품은 순정이 가장 강한 금기를 걸고 풀려난 짐승 같은 애욕과 합쳐진 끝에 탄생한 것이었다. 위험하고 안타깝고 슬펐다. 감당할 수 있을까 싶었다가 이내 그런 생각을 했던 것 자체가 미안해진다.

"다른 남자가 있었나요?"

희은이 말을 하지 못하고 얼버무리자 상욱이 직접적으로 물어왔다. 헤어지자고 말하는 마당에 다른 남자가 있었다는 것은 지나치게 무례한 일이 아닐까 싶어 망설이던 희은이 고개를 끄덕였다. 이렇게까지 묻는데 끝끝내 부정하는 쪽이 더 결례가 아닐까 싶었다.

"나와 두 달간 꼬박꼬박 아침저녁으로 안부인사를 주고받고,

함께 저녁을 먹고 차를 마시고 드라이브를 했는데도 다른 남자
가 좋다니 실망스럽지만 별수 없군요."

장난스러운 건지 아니면 비꼬는 건지 알 수 없는 상욱의 말
에 희은은 깨달았다. 그랬다. 상욱의 말이 옳았다. 상욱과 두 달
이나 만났다. 선협과의 시간도 겨우 두 달 남짓이었을 뿐이다.
알고 지낸 것은 9개월 가까이지만, 그와의 시간이라고 할 수 있
는 시간은 두 달을 조금 넘었을 뿐이었다. 그 시간 동안 선협과
는 회사에서 마주친 것 외에는 밤을 보낸 것뿐이었다. 하루 종일
같이 있긴 했지만, 주로 침대에서 서로 몸을 부대끼며 호흡을 들
이마시고 숨결을 나누며 그렇게 보냈다.

그뿐인데, 선협이다. 견주어볼 수 없을 정도로, 선협을 생각
하면 온몸이 조여든다. 머리로는 상욱이 훨씬 좋은 배우자감이
라는 것을 알고 있는데 그런 모든 상식과 이성을 다 이길 정도로
선협이다. 본디 연애라는 것이 이렇게 대중없고 비상식적이고
비논리적인 것일까? 아니면 사랑이라는 것은 원래 밤에 꽃피는
걸까? 정말로?

"어쩔 수 없는 일이지만 아쉽기도 하군요. 혹시 내가 양다리
걸치라고 하면 걸칠래요?"

"네?"

희은이 눈을 동그랗게 뜨자 상욱이 킬킬 웃었다. 늘 모범생
같던 얼굴에 약간 금이 갔다. 그동안 '선남'이라는 가면을 뒤집어
쓰고 있던 그의 장난스러운 본모습을 약간 본 것 같다.

"어쨌든 이대로 끝나긴 아쉽군요. 나도 뭔가 보상을 받아야겠어요."

그런 희은을 빤히 쳐다보고 있던 상욱이 팔짱을 끼며 등을 소파에 기댔다.

"이렇게 하죠. 딱 한 번이면 되니까 거절은 없는 겁니다."

～ ～

리웨이홍은 두 주먹을 쥔 채 버티고 선 선협을 바라보았다. 병원에서 환자가 사라졌다고 난리가 났다며 보고가 들어온 지 얼마 안 돼 선협이 나타났다. 아직 움직이지 녹록치 않을 텐데 무서운 회복력이었다.

언젠가부터 읽기 힘든 얼굴을 하고 있던 선협은 오늘만은 아주 알기 쉬운 얼굴을 하고 있었다.

『하고 싶은 말이 있니?』

『한국에 남겠습니다.』

『널 데려온 게 나야. 당장 데려갈 생각 같은 건 안 한다. 한국에서 푹 쉬다 돌아와. 그 여자하고도…… 끝까지 가봐. 애잔한 감정 남게 기한 같은 거 정하지 말고 정이 떨어질 때까지 곁에 둬봐. 우선은 병원에서 몸부터 회복한 다음에.』

선협은 대답하지 않았다.

『내가 아직 멀쩡할 때 방황하는 게 좋을 거라고 생각한다. 서

두르지 않을 거야. 걱정하지 마.』

『방황이 아니라면 어떻게 하시겠습니까?』

묵직한 선협의 물음에 리웨이홍이 책상 위에 팔꿈치를 괴고 깍지를 꼈다. 그의 표정이 단박에 가라앉았다.

『무슨 뜻이냐?』

『아버지.』

선협이 부르는 목소리에 리웨이홍이 움찔했다. 데려온 이후로 선협이 리웨이홍을 아버지라고 부른 것은 손가락에 꼽았다. 굳이 리웨이홍도 강요하지 않았다. 호칭 자체가 어색했던 탓이다.

『저는 리 가문의 수장이 될 자격이 없습니다.』

『얼마 전까지 죽음을 불사하고 중국 전역을 날아다니던 녀석이 할 말은 아니구나. 그동안 너에게 의구심을 갖고 있던 가족이 있었다 해도, 이번에 너의 활약으로 모두 지나간 일이 되었을 거다. 다들 너를 가족의 우두머리로 받아들이고 있어.』

『그건 가족을 지키기 위해서가 아니었다는 거 아시잖습니까.』

어떻게 되도 상관없기 때문이었다. 정확히 말하자면 죽고 싶었기 때문이었다.

『돌아가지 않겠습니다.』

쾅, 하고 리웨이홍이 책상을 내리치며 벌떡 일어났다.

『그건 네 마음대로 되는 게 아니야!』

리웨이홍이 전광석화처럼 책상 서랍을 열고 총을 꺼냈다. 철
컥 하고 허공에서 장전되는 소리가 울렸다. 총구가 선협의 머리
에 겨눠졌을 때는 이미 방아쇠가 반쯤 눌린 채였다. 그러는 동안
선협은 미동도 않고 서 있었다. 항상 그렇듯 칼을 꺼내 들어 자
신을 방어하지도 않았다. 그것은 리 가문의 후계자로서의 일이
었다.

　　지금 그는 그런 일들에 진력이 났다. 어차피 선택의 여지가
없어서 했던 일들이었다. 열여덟 살, 희은에게 피할 수 없으면
즐기라는 말을 듣지 않았다면 지금까지 오지도 않았을 것이다.

　『죽겠다는 거냐?』

　『아니요.』

　『그럼?』

　『한국에 남습니다.』

　『가족들은?』

　『키워주신 것은 감사합니다. 앞으로도 감사드릴 겁니다. 하
지만 만약 누군가 저에게 하고 싶은 일이 없다면 일단 해야만 하
는 일을 하라고 말해주지 않았다면, 전 10년 전에도 한국에 남
았을 겁니다. 이제 저는 하고 싶은 일이 뭔지 정확히 알 것 같습
니다. 그러니까 한국에 남습니다. 저는 리 가문에 어울리지 않아
요.』

　　리웨이홍이 총을 거둬들였다.

　『리우웬은 어떻게 할 거냐? 20년 넘게 너만 봐온 아이야.』

선협이 조용히 숨을 내쉬었다.

『아버지는 어떻게 하시겠습니까? 가문도, 리우웬도 제가 해
결한다면…… 아버지는 저를 놔주시겠습니까?』

선협의 시선이 곧장 리웨이홍에게 향했다. 그 시선을 받으며
리웨이홍은 처음으로, 선협이 그의 아들이라는 것을 실감했다.
어쩌면 리웨이홍이 그랬던 것처럼 선협 역시 리 가문을 휘어잡
고 모두를 복속시킬 수도 있었다는 것을.

그러나 리웨이홍이 갈림길에서 가문을 택한 것과 달리, 선협
은 다른 선택을 하고 있었다.

「지금 저에게 물어보시는 것이 답이라고 생각됩니다. 만약 미
스터 리께서 과거의 결정을 후회하지 않으신다면, 30년도 넘은
지금 저에게 와서 이런 걸 물으셨을 리가 없다고 생각하니까요.」

리웨이홍은 담배를 빼서 물었다. 30년이 넘게 자신의 선택을
후회하는지 몰랐는데, 그 여자가 말하는 순간 깨달았다. 후회하
지 않는다면 계속 떠올릴 이유도 없었다.

독한 푸른 연기가 허공으로 날아올랐다.

❧ ❦

조르륵 소리와 함께 녹색 찻물이 하얀 자기에 담겼다. 리우

웬은 차통을 들어 손에 굴린 다음 코끝에 가져다 대었다. 운남에서 구해온 귀한 차라더니 제법 향이 괜찮았다. 우습지만, 가끔은 중국에서 구할 수 있는 것보다 더 좋은 차를 한국에서 구할 수 있었다.

'역시 유통의 문제야…….'

리우웬은 리진 상사를 좀 더 효과적으로 사용한다면 떼돈을 벌 수 있을 것을 직감했다. 그러기 위해서는 적당한 시기를 보아 그녀의 사람들을 투입시켜야 할 것이다. 여우같은 리웨이홍이 절대로 돈이 될 만한 곳을 놓아주는 일은 없을 테니.

시시가 방문을 열고 들어온 것은 리우웬이 막 찻잔을 입가에 가져다 대었을 때였다.

『선협 님이십니다.』

시시를 뒤따라 바로 찬 바람이 들어왔다. 느린 걸음으로 들어온 선협이 리우웬이 앉아 있는 차테이블의 반대편 의자를 빼서 앉았다.

『아직 돌아다닐 만한 몸 상태는 아니라고 들었는데요.』

찻잔을 내려놓은 리우웬이 빙그레 웃으며 말했다. 선협 몫의 찻잔을 준비하고, 차를 따르는 그녀의 표정은 담담했다. 하지만 그와 별개로 혀는 차갑게 할 말을 한다.

『차 한 잔 하시겠어요? 약혼자가 병원에 있다 해 한국까지 달려왔는데 병상을 지키는 건 제가 아니더군요. 별수 있나요? 차나 마시면서 항상 그랬듯이 기다리는 수밖에. 여자란 그런 것이니까요.』

『리우웬.』

리우웬이 내민 찻잔을 거들떠보지도 않은 채, 한 손을 티테이블에 올리고 앉은 선협이 곧장 그녀를 응시했다.

『너와 약혼을 파기하고 싶어.』

『어르신들의 허락은 받으셨나요? 장로회에서 용납하지 않을 거예요. 다시 전쟁을 치르고 싶은 건 아니겠죠?』

택도 없는 소리 하지도 말라는 표정을 감추지 않으며 리우웬이 손으로 입가를 가렸다.

『그 여자가 좋으신 거라면 저는 질투를 하는 여자는 아니랍니다. 한국에 집 하나 따로 낸다 하여 신경 쓰지 않아요. 다만 후계자는 제가 낳는…….』

『리우웬. 이런 이야기 피곤해. 모르는 척 에두르는 거 그만하자.』

정말 피곤한 얼굴로 선협이 한숨을 내쉬었다.

『네가 리콴을 밀고 있는 건 진즉에 알았어. 내버려둔 것은 네가 절대로 날 배반하지 않을 거라는 걸 알아서야.』

『어째서죠?』

『내가 리콴보다 강하니까. 그런 이상 너는 절대로 나에게서 등 돌리진 않을 거라고 생각했어.』

리우웬이 미소 지었다. 인정하는 것이다.

『내가 후계자니까.』

그 역시도 맞는 말이라는 듯 리우웬이 고개를 끄덕였다. 그러는 얼굴에는 균열 한 점 없었다.

『하지만 넌 리콴이 리 가문을 이끄는 쪽이 좀 더 좋겠지.』

『……왜죠?』

『리콴은 나보다 약하고, 또, 널 사랑하니까. 너도 리콴을 사랑하고.』

리우웬의 얼굴이 비로소 웃음기가 사라졌다.

『이런 이야기는 우리 사이에 어울리지 않는 이야기인 것 같네요.』

쌀쌀맞은 얼굴로 리우웬이 일어섰다.

『나는 가문을 떠날 거야.』

일어서려던 리우웬이 멈칫하고 선협을 바라보았다. 그러더니 그녀는 도로 자리에 앉았다.

『무슨 말씀이시죠?』

『리콴이 있으니까 장로회는 좋아할 거야. 리콴이 좀 더 정통 후계자가 아닌가 고민하는 장로들도 많았으니까.』

『아버님이 그냥 두지 않으실 거예요.』

『내 아버지는 내가 알아서 해.』

『저희 아버지도 좌시하지 않으실 거고요.』

『해야 할 거야.』

선협이 벌떡 일어났다. 그러고는 뚜벅뚜벅 걸어가 방 한쪽에 있는 작은 문을 열어젖혔다. 뒤늦게 쫓아 나간 리우웬이 제지하고 뭐 하고 할 틈도 없는 엄청난 속도였다. 뒷방에 숨어 있던 리 콴이 어색한 얼굴로 나왔다.

『사랑하는 딸과 약혼자의 사촌형과의 추문은 그렇게 자랑스 럽지 않을 거잖아?』

지극히도 간단하게 무미건조한 얼굴로 선협은 협조를 바란 다는 이야기를 했다.


선협이 돌아서서 나가려는 뒤, 리우웬이 그의 팔을 붙잡았 다. 눈으로 뭐냐고 묻는 그에게 그녀는 고혹적으로 웃어 보였다.

『이해가 안 가는 일이 있어서요.』

『뭐지?』

『제가 협조한다고 해도, 류 가문도, 아버님도 모두 협조한다 고 해도, 여전히 문제는 많아요. 왜 그렇게까지 하려고 하는 거 죠?』

선협은 리우웬을 바라보았다. 리우웬은 리콴이 리 가문을 잇 는다는 발상이 맘에 든 듯했다. 선협이 지적한 대로 리콴은 선협 보다 쉬운 상대였고, 또 리우웬을 사랑하고 있었기 때문이다.

하지만 리우웬은 뼛속 깊이까지 삼합회의 여자였다. 단순히 '사랑 때문에'라는 말로는 납득하지 못한다. 그녀는 콴을 사랑하 면서도 콴이 후계자가 아니기 때문에 선협과 결혼하려 했었다. 그것이 당연했다. 가문과 명예, 그리고 권력 외에 중요한 것은 아무것도 없기 때문이다.

리우웬이 납득할 만한 설명을 해낼 자신이 없어 선협은 그냥 팔을 붙들고 있는 리우웬의 손을 털어냈다.

『너도 언젠가는 알 수 있을지 모르지..』

『아뇨. 제 말은…… 성희은이라는 여자는 무척이나 평범하더군요. 어울리지 않아요. 게다가 만나는 남자도 있던걸요? 선을 봐서 꽤 괜찮은 남자를 만났던데. 이런 여자를 위해 다 버리고 싶어요? 가족을? 리 가문을?』

선협은 잠시 리우웬을 바라보았다. 그녀는 죽을 때까지 모를 것이다. 그녀에게 전부인 것이 선협에게는 처음부터 낯설었고 단 한 번도 그곳에 속하지 못했다는 것을. 언제나 잘 맞지 않는 옷을 입고 있는 느낌이었다.

그저 피할 수 없으니까 즐겼을 뿐, 단 한 번도 자신의 자리라고 생각해본 적이 없다.

하지만 설명할 자신이 없었으므로 선협은 돌아서서 뚜벅뚜벅 걷기 시작했다.

그런 그의 뒤통수로 이해할 수 없다는 듯한 리우웬의 목소리가 날아들었다.

『감사의 인사로 하나 알려드리죠. 지금 그 여자는 양수리에 있을 거예요. 러브호텔인데, 이름이…… '그레이 스케일'이라던가요? 굿바이 섹스라도 하는 건지 아니면 아직 선택을 못 한 건지 궁금한데요?』

선협은 잠시 걸음을 멈추었지만, 돌아보지도 않았고, 이내 다시 발걸음을 떼었다.

『차번호는 *3가61*7이라더군요!』


서쪽으로 설핏 기운 태양이 산등성이와 강어귀를 붉게 물들이는 시간이었다. 주말인데도 차가 그렇게 막히지 않아 선협은 인천의 차이나타운에서 양수리까지 날아온다면 딱 맞을 듯한 시간에 도착할 수 있었다.

모던한 그레이와 흑경의 대비를 이용해 건축한 러브호텔 '그레이 스케일'은 러브호텔이라는 저렴한 이름으로 부르기에는 좀 미안할 정도로 고급스러운 시설이었다. 강어귀에 건설되어 전 객실에서 강이 바로 내려다보이는데다가 강 뒤로는 여름이라 한창 우거진 녹음이 무성한 산등성이가 아름다웠다. 시간이 시간인지라 노을이 강 위로 물들면서 그림이 따로 없는 풍경이었다. 하지만 어떻게 포장하든 이 건물의 용도가 러브호텔이라는 사실에는 변함이 없었다.

차에 시동을 끄는 것도 잊은 채 선협은 몸 안을 헤집고 다니는 충격에서 벗어나기 위해 노력했다. 물론 지난 반년간 남자가 생겼을 수도 있다는 생각은 했다. 게다가 아직 그들은 미래에 대해 아무 이야기도 나누지 않았다. 결정적으로 6개월 전 그가 떠나겠다고 결심하게 만든 계기 역시 희은이 선을 보고 있다는 사실이었다. 평범한 인생을 살길 원하는 그녀를 위해 꺼져주겠다고 결심한 것을 이제야 떠올리다니 천치도 이런 천치가 따로 없었다.

리우웬이 조롱하듯 불러준 바로 그 차량 번호가 호텔의 주차장에 세워진 걸 확인한 후 선협의 호흡은 거칠었다. 확인하기 전부터 의아했다. 다른 건 몰라도 리우웬이 그에게 헛소리를 했을 리는 없다. 어지러웠다.

'정말 성희은이 여기에 있는 걸까?'

러브호텔이라는 불길한 장소가 선협의 소유욕을 자극하고 질투심을 뒤흔들어놓았다.

그동안 애써 머릿속에 떠올리려 하지 않았던 다른 남자가 잠깐이라도 성희은을 소유했을 수도 있다는 사실이 그를 뒤집어놓았다. 그 낭창하고 호리호리하니 한 손에 잡히는 허리를 누군가 안고 좁고 뜨거운 통로에 자신을 박아 넣었을 수도 있다는 상상을 하는 것만으로도 지옥이었다. 그 짙은 숨결과 가쁜 호흡, 희미하게 피부 위로 스며들던 땀 냄새와 절정에 올라 갸르릉대던 목소리…… 마찰되는 피부 위로 피어오르는 페로몬. 미칠 듯이 흥분해 머리를 흔들어대면 찰랑대던 그 검은 머리카락까지도, 선협이 아닌 누군가 다른 사람이 보았다면…….

선협은 고개를 뒤로 젖히고 길게 숨을 내쉬었다. 선협이 아닌 누군가 다른 사람이 그 모습을 보았다면, 죽여버릴 것이다.

쾅.

커다란 주먹이 핸들을 내리쳤다. 처음에는 둔중하고 묵직하게, 하지만 일단 한번 내리친 다음에는 사정을 봐주는 법이 없었

다. 쾅, 쾅, 쾅, 쾅, 쾅. 선협이 차 문을 벌컥 열고 단숨에 뛰어내
렸다.

호텔 직원을 협박해 상욱과 희은이 들어간 방 번호를 알아내
기까지는 오랜 시간이 필요하지 않았다. 실은 알아낼 수 없기를
바라기까지 했다. 모든 것이 리우웬의 착오이고, 이 호텔에 희은
은 없기를 바랐다.

하지만 CCTV에 찍힌 얼굴은 분명 희은이었다. 단숨에 호텔
의 스위트룸으로 올라간 선협은 다른 생각을 할 여유 없이 방문
을 두드렸다. 그의 주먹 아래에서 쾅쾅쾅쾅 문이 깨부숴지는 소
리가 울렸다.

**쾅쾅쾅쾅쾅쾅쾅쾅쾅쾅쾅쾅쾅쾅쾅!**
심장이 약한 사람이라면 심장마비가 왔을 정도로 거칠게 문
을 두드리는 소리가 울렸다. 소리만이 아니라 실제로 벽 자체가
부르르 떨리는 것이 느껴질 정도였다. 깜짝 놀란 희은이 펄쩍 뛰
며 상욱을 돌아보았다. 상욱 역시 그녀만큼, 아니 그녀보다 더
놀란 얼굴로 그녀를 쳐다보았다. 두 사람 다 무슨 일인지 알지
못하고 서로를 마주 보고 있을 때, 소음의 원인이 소리를 질렀
다.

"성희은!"
희은은 입을 떡 벌렸다. 그녀의 귀에 문제가 있는 게 아니라

면…… 그녀의 이름이었다. 그리고 선협의 목소리였다.

"희은 씨를 부르는 거 같은데요?"

상욱이 손가락으로 아직도 쾅쾅쾅 울리고 있는 문 쪽을 가리키며 난감한 표정을 지었다.

"아, 그게……."

어쩔 줄 모르고 허둥대던 희은이 벗었던 셔츠를 다시 집어 단추를 꿰기 시작했다. 어찌나 당황스러웠는지 새끼손가락 손톱보다도 작은 셔츠 단추가 도저히 잠기지가 않았다. 그래도 어떻게 어떻게 서둘러 마지막 단추를 채웠을 때는 낭패였다. 순서를 제대로 맞추지 못하고 엉망진창이었던 것이다.

쾅쾅쾅쾅쾅쾅쾅쾅쾅쾅쾅쾅쾅쾅쾅!

문을 흔드는 힘이 점점 강해졌다. 이러다가 진짜 문짝을 떼어낼지도 모르겠다는 생각이 들 정도였다.

"에잇!"

서두르지 않으면 진짜 방문이 부서질지도 모른다는 위기감에 희은이 대강 추스르고 문을 열었다.

"선협 씨?"

"허."

벌컥 열린 문 너머, 주먹을 쥔 채 내려치려는 자세 그대로 굳어버린 선협의 시선이 희은을 훑었다. 처음에는 얼굴을 보았던 시선이 흘러내려 가슴께를 감았다. 얼굴이 무섭게 굳었다. 그의 눈동자가 담고 있는 것이 엇갈린 단추라는 것을 깨달은 희은이 놀라 선협의 팔을 붙잡았다.

"자, 잠깐만. 선협 씨, 오해야!"

그 순간 몸이 휙 하니 날아 바닥에 나동그라졌다. 선협은 그럴 의도가 없었지만 희은이 그의 팔을 붙잡는 바람에 생긴 일이었다. 그리고 그것이 결론적으로는 언제 죽는지도 모르고 죽을 뻔한 상욱의 생명을 구하는 일이 되어버렸다.

놀라 눈을 둥그렇게 뜨고 있던 상욱을 덮치려던 선협이 완전히 바닥에 내동댕이쳐진 희은을 보고 다가와 무릎을 꿇었다.

"괜찮아?"

"안 괜찮아!"

첨에는 얼떨떨해서 이마에 손을 얹고 있던 희은이 왈칵 소리를 질렀다.

"지금 뭐 하는 거야?"

몰아붙이는 희은의 서슬에 선협이 멍한 표정을 지었다. 불같이 뜨거워져 있던 머리라도 희은의 목소리는 들리는 모양이었다.

"병원에 있어야 하는 사람 아냐? 도대체 언제 병원에서 나온 거야?"

속절없이 야단을 맞고 있던 선협은 이내 이 상황이 상당히 적반하장 격이라는 것을 깨달았다. 그의 표정이 다시 굳었다.

"내가 병원에 있으면 무슨 짓을 하려고 했는데?"

"뭐?"

이토록 싸늘한 선협을 보는 것은 처음인지라 희은이 벙찐 표정을 지었다. 언제나 웃는 표정 아니면 말이 없이 과묵했던 선협인데 눈빛 자체가 달랐다. 화가 나서 견딜 수 없다는 듯 그 눈빛이 사납게 명멸했다. 짧은 순간에도 수만 가지 색이 스쳐 지나갔다. 희은은 깨달았다. 딴청을 할 상황이 아니었다.

"잠깐. 잠깐. 내 말 좀 들어봐."

희은이 달래듯 선협의 팔을 잡았다. 혹시나라도 그가 튀어나갈 것을 방지하기 위해서였다. 아까 아주 잠깐이었지만, 선협은 몹시도 빨랐다. 상상했던 것보다 훨씬 더 빨랐다. 선협이 말했던 것이 실감났다.

「넌 내가 뭐 하는 사람인지 알아?」

어쩌면 선협에 대해서 아무것도 모르고 있는 것일 수도 있다는 불안감이 엄습했다.

"네 말은 조금 있다 들을게."

희은이 한 발짝 물러선 걸 느끼자 다시 선협의 주의가 어정쩡하게 서 있는 상욱에게로 향했다. 차분하게 말하는 얼굴은 어딘지 희은이 알고 있는 선협으로 돌아온 것 같기도 했지만, 희은은 꼭 잡아 부둥켜안고 있는 선협의 손을 놓지 않았다.

적당히 순하게 구는 척할 때도 사나운 짐승같이 느껴지던 남자였다. 안쪽 깊숙이 끓어오르는 분노는 어떤 목소리와 표정을

지어도 감출 수가 없었다. 선협은 온몸으로 상욱을 죽여놓고 이
야기를 시작하자고 말하고 있었다.

"일단 내가 먼저 설명을 할게. 이야기를 미리 했어야 했는데
미안해. 그냥 내 딴에는 괜스레 일 만들 것 없이 내 선에서 해결
하려고 했어. 저 사람은……."

"선 본 남자 아냐?"

"마, 맞는데……."

"나 없을 때 네가 한 모든 행동은 이해해. 적어도 이해하려고
노력해. 하지만 지금은 아니지."

"그러니까 지금 이 상황이 오해하기 충분한 건 아는데 선협
씨가 생각하는 그런 게 아니야."

"그럼 뭔데?"

"그림을 그리려던 거뿐이야."

잠깐 선협의 고개가 까딱했다. 전혀 예상치 못한 말에 그의
눈동자가 투명한 유리알처럼 희은의 말을 그대로 흡수했다. 희
은은 그가 그녀의 말을 이해하지 못했다고 확신했다. 그래서 천
천히 다시 한 번 말했다.

"나를 그리려던 것뿐이라고. 이상욱 씨가 그림을 그리는 게
취미인데 나를 꼭 그리고 싶다고 해서…… 내가 그에게 미안한
것도 있으니까, 그 정도는 해주고 싶었어."

내키지 않았지만 상욱이 강요했다는 말은 아예 안 하는 것이
현명할 듯싶었다. 농담으로라도 선협을 자극하는 이야기는 할

수 없는 분위기였다. 가능한 자세하게 달래듯 설명을 마쳤을 때도 선협은 별다른 반응을 보이지 않았다. 목이 타는지 옆에서 테이블 위에 있던 물 잔을 들어 마셨던 상욱이 순간 확 째려보는 선협의 눈초리에 사레가 들려 고생했다.

만약 눈빛으로 사람을 죽일 수 있다면 벌써 상욱은 시체가 되고도 남음직했다.

"선을 본 건 맞아. 하지만 이제 더 만날 수는 없잖아? 그래서 솔직히 말했어. 나는 선협 씨가 좋으니까…… 만날 수 없다고."

선협의 입매가 조금 풀어졌다. 분위기를 맞추기 위해 희은은 얼른 한마디를 덧붙였다.

"선협 씨를 사랑한다고."

"그래서?"

"그런데 상욱 씨도…… 음, 그러니까 저 사람 이름이 이상욱인데 처음부터 날 모델로 찍은 거였다는 거야. 그림 그리는 게 취미라는 건 벌써 알고 있던 일인데 인물화를 그리는 건 몰랐거든."

그러는데 옆에서 상욱이 눈치 없는 소리를 했다.

"제가 본 여자들 중에서 희은 씨의 가슴이 제일 크고 예쁘더군요. 한 번쯤 꼭 화폭에 담고 있었습니다. 그뿐이에요."

살벌한 분위기를 가라앉히기 위해서 뭐라고 말하려고 했다는 건 알겠지만 희은의 입장에서는 가슴이 무너지는 소리였다. 아니나 다를까 약간 풀어졌던 입매가 다시 팽팽하게 당겨졌다.

"무, 물론 얼굴이 제일 예쁘시지만요."

그래도 눈치는 있는지 상욱이 얼른 정정했다.

14.

　목숨 보전을 가장 우선시 여기기로 한 상욱이 바쁘게 그림도구를 챙겨 사라진 후, 방에 남은 두 사람은 완전히 어두워질 때까지 한마디도 하지 않았다. 무슨 말을 해야 좋을지 두 사람 다 몰랐다. 정확히 말하자면 희은은 몰랐고, 선협은 할 힘이 없는 듯했다. 기진맥진한 얼굴로 침대에 누워 이마 위에 팔을 올리고 있는 선협의 얼굴은 병원에서 꼼짝도 못하고 있을 때보다 더 환자처럼 보였다.

　"괜찮아?"

　화가 나기도 했지만, 한편으로는 그가 했을 오해가 미안해 희은이 슬그머니 물었다. 도저히 귀여운 질투라는 소리는 나오지 않았지만 은근 사랑스럽기도 한 것을 보면 아무래도 성희은은 제대로 미친 게 아닌가 싶었다.

　"선협 씨."

　침대로 가 걸터앉으며 아까부터 미동도 않는 선협의 팔을 슬쩍 당겨보았다. 순간 그가 그녀의 팔을 낚아채 몸을 돌려 눕혔다. 잠깐 위에서 굳은 얼굴로 그녀를 내려다보던 선협이 몸을 굴려 그녀와 나란히 누웠다.

희미하게 병원 냄새가 났다. 아직 몸이 멀쩡하지 않다는 것을 희은은 새삼 깨달았다. 움직이는 것만 보면 그렇게나 크게 다친 사람 같아 보이지 않았다.

"넌 경계심이 없어."

"뭐?"

"나하고도 그랬지. 사람을 너무 믿어. 다 너 같은 게 아닌데⋯⋯."

"결국 그래서 선협 씨하고도 잘됐잖아."

"그래, 아까 그 자식하고도 잘될 수 있었을 거야."

선협이 싸늘하게 희은을 노려보았다.

"그림을 그린다는 것뿐이었어. 말했듯이 나는 그 사람에게 빚이 있고, 또 나를 그리고 싶다는 말은 그렇게 나쁘게 들리지 않았⋯⋯."

"나도 열 번의 밤뿐이었어. 그리고 네가 지금 와 있는 곳을 봐."

"선협 씨!"

"왜 그림을 그리는데 이런 곳까지 와야 하는데?"

"그건 그 사람이 이 강을 마음에 들어야 하고 나도 또⋯⋯ 옷을 벗어야 하니까?"

선협이 벌떡 상체를 세웠다. 눈이 마주치는 순간 희은은 아직도 선협이 전혀 화가 풀리지 않았다는 것을 알 수 있었다.

"옷을 벗어?"

간신히 가라앉았던 선협의 눈빛에 다시 이채가 돌았다.

"역시 그 새끼를 죽여야겠어."

말투도 놀랄 정도로 살벌했다. 희은은 얼른 선협의 팔을 붙잡았다. 당장이라도 그가 뛰쳐나갈까 봐 무서웠다.

"그러지 마. 이러는 거, 뭔가 선협 씨 같지 않아서 무서워."

달라붙는 희은을 내려다본 선협이 손으로 그녀의 뒤통수를 부둥켜안았다. 그대로 으스러뜨리려는 듯 있는 힘껏 그녀를 안은 그는 못 견디겠다는 듯 한숨을 쉬고 다시 벌렁 드러누웠다. 자연스럽게 희은은 머리를 그의 가슴에 기댄 모양이 되고 말았다. 그의 손이 느릿하게 그녀의 등을 쓸어내렸다.

"이런 건…… 해보지 않아서 내가 좀 자제를 못 할 수도 있어."

"이런 거?"

"네가 내 거라고 생각하는 거. 아무도 손대지 않았으면 좋겠다고 생각하는 거. 손댄 놈은 죽여버려야겠다는 확신이 드는 거. 이런 기분이 집착인 건가? 이런 기분이 들었던 적이 없어서 어떻게 해야 좋을지 모르겠어. 보통 사람들은 어떻게 하지? 이럴 때도 그냥 넘어가나? 이렇게 속에 열불이 나는데 그냥 참아?"

희은은 깨달았다. 어쩌면 선협은 정말 아무것도 모를 수도 있다. 10년 전에도 그랬던 것 같다. 선협을 어려워했지만 알고 나니 평범한 열여덟 살 고등학생 남자아이들보다 더 순진하고 아무것도 몰랐었다. 희은은 살살 선협의 배를 쓰다듬었다. 단단한 배에는 아직도 붕대가 둘러져 있었다. 이러고도 휙휙 날아다니다니, 믿기지 않았다.

"선협 씨…… 그거 알아?"

"뭐?"

"우리 처음 싸운 거다?"

희은의 말에 선협이 슬쩍 고개를 돌려 그녀를 보는 것이 느껴졌다. 그의 손이 그녀의 머리를 덮고 도닥도닥 쓰다듬었다.

"미안해. 화낸 거 아니야."

희은은 보이지 않게 혀를 내밀었다. 문짝이 부서지는 줄 알았는데 그게 화낸 게 아니면 세상 사람들은 화 한번 안 내고 세상을 사는 걸 거다. 희은은 따지는 대신 몸을 일으켜 팔을 침대에 짚고 선협을 바라보았다.

"뭐라고 하는 게 아니고 말이야. 우린 이제 시작이라고."

무슨 말인지 잘 모르겠다는 표정으로 선협이 희은을 물끄러미 바라보았다.

"아마 앞으로 싸우는 일도 많을 거야. 그러지 않았으면 좋겠지만 선협 씨가 날 화나게 하는 일도 있을 거고, 내가 선협 씨를 화딱지 나게 할 일은 분명히 있을 거고."

"난 그러지 않을 거야. 진심이야."

어울리지 않을 정도로 순진한 약속에 희은이 미소 지었다.

"아니야. 원래 그러는 것인걸. 그런 게 연애야. 선협 씨가 날 선협 씨 거라고 생각하는 건 당연해. 내가 선협 씨 거니까. 자제하지 않아도 돼."

"정말? 그럼 약속해. 다시는 다른 새끼 앞에서 옷을 벗지 않겠다고."

"약속할게."

"만나는 것도 안 돼."

쏟아지는 선협의 눈동자에 담긴 위험한 느낌에 희은은 얼른 정정했다.

"조금은 자제하는 게 낫겠어. 그건 좀 그렇잖아. 세상은 절반이 남자인데, 일을 하든 뭘 하든 분명 만날 일 정도는 있을 거야."

아쉬운 표정으로 선협이 입맛을 다셨다. 가르칠 것이 많은 남자라고, 희은은 생각했다. 세상 어딘가 분명히 완성되어 있는 남자도 많을 텐데 왜 하필 이런 남자에게 빠진 걸까 고민스럽기도 했다. 하지만 은밀히 고백하자면, 뿌듯한 것이 제일 컸다.

처음이란다. 이 남자가, 이런 남자가 자기 거라고 생각하는 것이 처음이란다. 집착이 뭔지도 몰랐단다. 성희은이 처음이란다. 이 서투른 집착이라니. 이래서 남자들이 처녀를 좋아하는 건가, 하고 말도 안 되는 생각을 하며 희은이 몸을 수그려 입을 맞췄다. 이제 이 남자의 처음도, 끝도 성희은이다. 반드시 그렇게 만들겠다.

키스를 받은 선협이 팔을 내밀어 그녀가 그의 팔을 베고 눕도록 해준다.

"운동 할 줄 아는 거 있어?"

희은이 묻자 선협이 음 하고 애매한 소리를 냈다.

"농구나 테니스, 그런 거."

"해본 적은 없어."

"해보자, 나중에. 자전거는 탈 줄 알아?"

"아니."

"가르쳐줄게. 선협 씨, 잘 탈 거 같아."

언젠가 날이 좋은 날 한강이나 근처의 공원에 가서 농구도 시켜보고 자전거도 태워봐야겠다는 생각이 들었다. 새삼스레 이선협이라는 인간에 대해 아는 것이라고는 아무것도 없다는 것이 신기했다. 그런데도 이렇게 밀착되어 있다는 것이. 이렇게 딱 붙어서 서로를 쓰다듬는 것이 당연하고 좋다는 것이.

"선협 씨는 뭐 하고 살았어?"

"뭐 하고 살다니?"

"나 만나기 전에."

"그건 왜 물어?"

"선협 씨를 알고 싶어서."

희은이 베고 있는 팔을 구부려 선협이 그녀의 이마를 만지작거렸다. 흘깃 올려다보니 뭔가를 곰곰이 생각하는 얼굴이었다.

"말하고 싶지 않아."

한참을 생각하다가 선협이 단호하게 말했다.

"나는 그 시간들은 버렸어. 절대 돌아가지 않을 테니까 네가 알아야 할 일은 없어. 앞으로 일어나는 모든 일은 네가 알게 될 테니까."

몸을 일으킨 희은이 붕대를 감은 부위를 자극하지 않도록 조심스레 그의 몸 위에 올라탔다. 그리고 양손으로 선협의 뺨을 감싸고 그녀를 보도록 했다. 잠깐 고요하게 두 사람의 시선이 마주쳤다.

"나는 선협 씨를……."

"사랑해."

사랑한다고 말하려고 했던 희은의 눈이 동그래졌다. 마치 수류탄을 투척하듯 군더더기 없이 깔끔한 동작으로 떨어진 고백은 전혀 그녀가 예상했던 선협의 반응이 아니었다.

"한국에 자리를 잡을 거야."

"어떻게?"

"아마 한동안은 한국을 떠나 있어야 하겠지만, 할 수 있을 거야."

선협의 말에 희은의 안색이 어두워졌다.

"한국을…… 떠나 있어야 해? 얼마나?"

선협이 손을 올려 앞으로 쓸려 내린 희은의 머리카락을 귀 뒤로 넘겨주었다.

"너도 같이 가자."

사랑은 아무도 모르게 핀다

"뭐?"

깜짝 놀라 희은이 눈을 깜빡였다.

"1년 정도. 콴이 자리를 잡으려면 그 정도의 시간이 필요할 거야. 그동안은 내가 없는 게 낫거든. 아무도 찾을 수 없는 곳에 있는 게 나아."

"아⋯⋯."

리웨이홍도 그랬다고 했다. 30년 전, 숨기 위해 한국에 왔었다고.

"더 길어질 수도, 짧아질 수도 있겠지만 1년 정도면 충분할 거야. 나하고 같이 갈래?"

"어딜 갈 건데?"

선협이 양 뺨을 감싸고 있던 희은이 손을 떼어 손바닥에 입을 맞췄다. 그리고 그녀의 뒷목을 그러잡아 입을 맞춘다. 뜨거운 입술이 희은의 입술을 벌리고 더욱 뜨거운 혀가 입 안을 천천히 쓰다듬었다.

"네가 가고 싶은 곳. 이번에는 열 번의 밤 대신, 삼백육십오 번의 밤을 나한테 주는 거야."

키스가 뜨거워졌다. 인간의 몸 중에서 가장 강한 근육이라는 혀가 속살 깊숙이 파고들며 그녀를 매만졌다. 천천히 몸을 굴린 선협이 희은과 몸을 겹친 채 그녀를 내려다보았다. 그리고 이마에 눈 위에 코끝에 입술에 입을 맞췄다. 그러고 나서는 목덜미에. 처음에는 그저 입술을 누르는 그런 키스, 그 다음에는 여린 살을 흡입해 자신의 자국을 남기는 농밀한 키스. 다리와 다리가 엉켜들었다.

"가능하면 지키도록 노력하겠지만 네가 그동안 살던 것과는 좀 다를지도 몰라. 나는…… 평범하다는 건 모르니까 네가 가르쳐주면 좋겠어."

희은은 선협이 '평범'이라는 것에 대해 판타지가 있다는 것을 깨달았다. 그제야 6개월 전 그녀에 대한 그의 평가가 이해가 갔다. 평범한 부모님 아래에서 자라 학교를 다니고 일자리를 잡고…… 이 모든 것이 그에게는 굉장한 일인 것이다. 실상은 그렇게 살고 있는 사람들 중 단 하나도 평범한 사람은 없다는 걸 그 일상을 겪지 못한 사람은 모르는 것이다.

"나랑 같이 갈래? 잠깐 정의는 못 지킬지도 몰라."

선협의 말에 희은은 웃음을 터트렸다.

"갔다 와서 지키면 돼. 정의는 어디로 가지 않을 테니까."

희은이 선협의 목에 팔을 감으며 입을 맞췄다. 이러면 안 된다는 생각은 했지만 자꾸 그에게 입을 맞추고 싶었다. 자꾸 만지고 싶고…… 자고 싶다. 너무 밝히는 게 아닌가 싶어 부끄러울 정도로, 만약 상대가 선협이 아닌 다른 남자라면 예의상으로라도 이런 기분을 숨겨야 하는 게 아닐 정도로. 몸에 무리가 갈 텐데, 아직 환자인데, 하면서 자꾸만 몸을 붙이게 되고 만지게 되고…… 그러면 달아오르고 만다.

"해도 되나?"

쏟아지는 키스에 눈을 감으며 중얼거리자 선협이 희은의 옷을 벗기며 대답했다.

"그럼 안 하려고 그랬어?"

희은이 키득키득 웃었다. 완벽한 나신이 된 두 몸이 겹쳐졌다. 섹스는 느리게 시작되었고, 나른하게 진행되었다. 선협이 희은의 쇄골을 혀로 훑으며 둥근 곡선을 그리고 있는 가슴을 쓰다듬었다. 이미 꼿꼿해져 있던 유두가 그의 손끝에서 파르르 떨었다. 그 사랑스러운 살점을 입 안에 넣으면서 선협은 이렇게 천천히 여유롭게 희은을 안는 일이 다시 가능해진 것이 정말 꿈이 아닐까 하는 얼굴로 눈을 감았다.

"아얏!"

이를 세우자 희은이 단박에 인상을 찌푸리며 선협을 노려보았다. 꿈이 아니었다. 낮게 웃은 선협이 다시 부드럽게 젖가슴을 빨기 시작했다. 금방이라도 녹아들 것 같은 맛이 입 안에 감돌았다. 조심스레 혀로 피부를 핥아 올리자 희은이 다리를 세우며 바르작거렸다.

실체다. 희은의 다리 사이에서 느껴지는 열기도, 그의 허리를 감아오는 통통하게 살이 오른 허벅지도 모두 진짜였다. 숨이 막히는 기분으로 선협이 그녀의 젖꼭지를 빨면서 손가락으로 검은 숲을 쓰다듬었다. 그가 기억하고 있는 그대로 그녀는 반응했다. 꿈속에서 몇 번이나 안았을 때, 그때와 똑같이 반응해 어리둥절할 정도였다. 6개월이라는 간극이 있다는 것이 믿어지지 않았다. 그녀를 이렇게 안았던 것이 엊그제만 같다.

"앗!"

클리토리스를 쓰다듬고 벌써 축축하게 젖어 있는 여성을 손가락으로 쓰다듬는 선협의 눈동자가 희은의 얼굴을 더듬었다. 그의 손가락 아래에서 쾌락에 젖어 있는 완벽한 그의 여자. 저릿하고 알 수 없는 감정이 가슴을 치더니 눈이 뜨거워졌다. 눈물이 뚝뚝 희은의 가슴 위로 떨어져 내려 선협은 순간 당황해버렸다. 이런 적은 한 번도 없었다. 섹스하다 말고 눈물이라니, 이게 무슨 조화인지 도무지 알 수가 없었다. 숨을 들썩이는 것조차 없는데 그냥 눈물만 떨어진다.

"괜찮아."

당황한 기색 없이 희은은 선협의 등을 쓰다듬어주었다. 숨을 몰아쉬면서 어른인 척하는 그녀가 귀여워 그는 뺨을 손바닥으로 닦아내고 그녀의 피부에 입술을 눌렀다. 희미한 살 내음을 힘껏 들이마시자 진동을 일으키던 가슴이 차츰 진정이 되었다.

선협이 그녀의 안으로 손가락을 들이밀어 체온을 느끼고 내벽을 긁어내리자 희은은 그를 위해 다리를 활짝 벌렸다. 납작한 배에 입은 맞추고, 동그란 배꼽을 혀로 감아 간질인 선협이 희은이 다리를 잡아 들어갈 준비를 했다. 선협이 희은의 안으로 깊이 자신을 파묻자 그 육중하며 충족감이 느껴지는 감각에 희은이 신음을 내뱉었다. 가쁜 신음을 뱉어내는 그녀의 안으로 그가 끝까지 자기 자신을 밀어 넣었다. 몇 번이고 허리를 세차게 움직여 희은의 안에 자신을 깊숙이 묻으면서 선협은 죽어도 그녀를 놓지 못할 것이라는 것을 깨달았다. 밀어 올려붙이는 움직임 속에서 쾌감이 강렬하게 허벅지를 타고 올라 한 점에서 폭발했다.

마침내 그 자신을 그녀의 안에 쏟아붓고 나서 선협은 그녀의 위로 무너지듯 몸을 겹쳤다. 둘 다 온몸이 땀으로 흥건했다. 본의 아니게 남이 잡은 호텔에서 열정을 불태운 셈이었다.

"사랑해."

희은이 속삭이자 선협이 화들짝 놀라 상체를 일으켰다. 마치 못 들을 것이라도 들었다는 얼굴이었다. 그런 선협의 팔을 붙잡아 이마를 부비며 희은이 가쁜 숨을 내뱉었다.

"생각해봤는데 삼백육십오 일 밤 정도로는 안 되겠어. 아라비안나이트도 천 일인데 그 정도는 되어야지."

"천 일?"

"적어도 말이야."

희은이 말에 선협이 어쩔 수 없다는 듯 웃었다. 안심한 듯 그의 얼굴이 이 호텔에 들어선 이래 처음으로 편해졌다.

"바보."

희은을 붙잡은 선협이 그녀의 이마에 자신의 이마를 갖다 대며 속삭인다.

"넌 몰라."

천 일이 지나도 희은은 이제 선협을 벗어날 수 없을 것이다. 선협은 두려웠다. 그녀가 모르고 있을까 봐. 지금 그녀의 선택은 성희은이라는 여자의 삶을 완전히 비틀어버려 알 수 없는 곳으로 데려갈 수도 있다. 그렇다 해도 이제는 늦었다. 놓아줄 수가 없다.

잠깐이 아니라, 열 밤이 아니라, 삼백육십오 일도 아닌 천 일도 아닌 아마도 영원히, 성희은은 이선협의 것이어야만 했다. 희은을 안은 채 선협은 가문의 일을 정리할 구상을 했다. 어떻게 더 빨리 한국을 뜰 수 있을지에 대해서도.

가물가물 잠에 빠져들며 희은은 꿈을 꾸었다. 선협이 떠난 후 몇 번이나 꾸었던 그가 다시 돌아와 그녀의 곁에 있는 꿈이었다. 민주의 말이 옳았다. 연애라는 것은 한 이불을 덮고 자던 남자가 소스라칠 만큼 낯선 타인이라는 것을 발견하는 것. 그리고 사랑은 그럼에도 불구하고 멈출 수 없는 것.

아마도, 아마도, 정말 사랑은 밤에 꽃피기 때문인지도 모른다. 그저 밤을 보내는 거라고 생각했었는데 마주 닿은 몸과 몸 사이로 진심이 통하고 서로의 안에 싹을 틔워 서로를 강하게 옭아매어 꽃으로 피어났기 때문인지도 모른다.

그래서 다시는 떨어질 수 없는 거다. 떨어지면 꽃이 져버리니까.

'몸을 섞는다는 거…… 너무 위험한 거잖아.'

사람들은 임신의 위험성에 대해서만 말했지만 이런 거라고는 말하지 않았었다. 이렇게 위험한 꽃이 피는 것이라고는.

희은이 피식 웃자 그녀가 잠들었다고 생각했던 선협이 의아하게 그녀를 내려다보았다. 반쯤은 잠든 상태로 희은은 선협의 손을 단단히 잡았다. 이내 선협이 그녀의 손에 깍지를 끼는 것이 느껴졌다.

절대 풀리지 않게.

•에 필 로 그

　지중해, 몰타 아일랜드. 이탈리아의 시칠리아 섬에서 90킬
로미터 정도 떨어진 지중해의 진주 몰타는 인구가 채 50만도 되
지 않는 작은 나라다. 그럼에도 불구하고 인구과잉으로 정부가
이민을 장려하고 있다고 하니 얼마나 작은 나라인지 알 법하다.

　몰타는 유럽과 아프리카의 사이에 위치해 문화가 뒤섞여 나
라 전체가 세계문화유산으로 지정되어 있는 만큼, 수도 발레타
의 해안선에 서 있으면 마치 중세시대로 거슬러 올라온 것 같은
느낌을 받는다.

　"투 카푸치노, 플리즈."

　마치 유럽 고성의 정원 같은 거리의 노천카페에서 카푸치노
를 주문한 희은은 체크무늬 점프슈트에 커다란 선글라스를 끼고
있었다. 챙이 큰 모자를 쓰고 커다란 카메라까지 하나 메고 있어
어디 하나 빠지는 데 없는 관광객 차림이었다.

　처음에는 좀 긴장했지만 희은은 차츰 여행을 다니는 것에 익
숙해지고 있었다. 물론 대학교 때는 배낭여행도 갔다 왔고, 엄마

와 함께 일본 온천여행을 다녀온 적도 있지만, 그것은 여행이 아니었다는 것을 희은은 선협과 함께하면서 배우는 중이었다. 프랑스 파리에서 두 달, 니스에서 석 달, 그리고 몰타 아일랜드로 넘어온 지 이제 3주가 넘고 있었다.

선협의 템포로 움직이며 희은은 자신이 우물 안의 개구리였다는 것을 실감하고 있었다. 관광지를 도는 여행을 통해 배울 수 있는 것이 아니었다. 지금 하고 있는 것이 진짜 여행이기 때문에 깨달을 수 있었다. 그녀는 서울에 돌아가면 이번에야말로 그녀가 하고 싶은 일을 할 수 있을 것 같은 기분이 들었다. 조금 이른 감은 있지만, 법으로 없는 사람들을 돕고 싶다는 그녀의 꿈을 이뤄야겠다는 생각이 들었다. 정확히 말하자면 시도해볼 만한 힘이 생겼다. 열심히 살았지만, 매일매일 소모되던 시간에서 벗어나 희은은 새로 태어난 느낌이었다.

물론 그것이 가능한 것은 선협이 곁에 있기 때문이다. 선협은 놀랄 만큼 믿음직스러웠다. 서울에서 사무실 일을 도울 때 느꼈던 그대로였다. 감추고 있다고 해도 전부다 거짓은 아니었던 것이다.

그는 머리가 좋았다. 시야가 넓어 가끔은 희은이 생각하지도 못했던 것까지도 짚어내곤 했다. 여행을 하는 동안 희은은 여러 번 선협에게 놀랐다.

이런저런 생각을 하는 동안 주문했던 카푸치노가 나왔다.

"땡큐!"

방긋 웃은 희은이 카푸치노를 들고 돌아서는 머리 위로 뜨거운 태양이 푸른 하늘에 담겨 타오르고 있었다.

희은이 빌라의 문을 열었을 때 선협은 발코니에 앉아 있었다. 해가 잘 드는 넓은 발코니의 티테이블은 선협과 희은이 몰타 아일랜드의 숙소로 이 빌라를 정한 이유였다. 앉아 있으면 푸른 지중해가 한눈에 들어와 마치 영화 속의 주인공이 된 듯한 느낌이다. 선협은 신문을 보고 있었다.

"카푸치노 대령이요."

장난스럽게 희은이 티테이블에 커피를 올려놓자 선협이 신문에 눈을 둔 채 팔만 뻗어 그녀의 허리를 휘감아 무릎에 앉혔다. 그리고 비로소 시선을 맞춘다.

"나 없이 어디 가지 말랬지."

입을 맞추며 선협이 나무라듯 말했다.

"커피만 사온 건데 뭐."

"오가는 동안 말 시킨 남자는 없어?"

"없어. 없어. 그때 그건 지이인짜 드문 예다, 뭐."

니스가 마음에 들어 좀 오래 있을 예정이었는데 석 달 만에 털고 나온 것은 그곳 해변에서 놀러 왔던 이탈리아 인이 희은에게 작업을 걸었기 때문이었다. 희은이 냉철하게 봤을 땐 그녀가 아름다웠기 때문이라기보다 그 이탈리아 인이 여자에 목말라서인 듯 보였지만 선협은 그 후로 강박증에 걸린 것처럼 다른 남자를 경계하기 시작했다. 희은을 만나기 전 집착이 없었던 것이 한꺼번에 폭발하는 모양이다.

"읍! 읍! 서, 선협 씨!"

허리를 안은 채 입술을 누르던 선협이 힘을 주어 그녀를 미는 통에 희은이 그의 어깨를 팡팡 두들겼다. 등 뒤를 선협이 받쳐주고 있긴 했지만 다리가 들리고, 금방이라도 넘어갈 듯 불안해진다.

"하지 마아아!"

고개를 틀며 웃자 선협이 그녀의 목덜미에 입술을 대고 물었다.

"카페 점원은? 눈웃음치지 않았어?"

"여자였어어어어!"

혀로 목덜미를 간질이는 통에 희은이 바르작바르작 웃음을 터트리며 선협의 어깨를 밀어냈다. 꿈쩍도 하지 않은 채 그가 그녀의 쇄골을 핥았다.

"다시는 혼자 다니지 않겠다고 약속해."

"나는 그냥…… 당신이 자기에, 쪽지 써놓고 갔…… 으흡! 잖아!"

"약속해!"

갈수록 약속이 많아졌다. 다른 남자 앞에서 옷을 벗지 말 것. 다른 남자와 3초 이상 눈이 마주치지 말 것. 다른 남자에게 환하게 웃어주지 말 것 등등. 그리고 이제 혼자서 다니지 말 것.

꺄하하하하 숨이 넘어가게 웃던 희은은 결국 두 손을 번쩍 들어 항복 선언을 하고 말았다.

"알았어. 알았어. 절대로 혼자 안 다닐게."

희은이 백기를 들고 나서야 선협은 팔에 힘을 주어 희은의 상체를 일으켜 세워주었다. 아무래도 희은은 이제 좋은 시절은 다 끝난 것 같다. 선협은 먹는 것에서부터 입는 것, 다니는 것까지 모두 참견하고 나섰다. 쪽지를 쓰고 나갔는데도 혼자 나가면 안 된다니, 누가 보면 희은이 경국지색쯤 되어 지나가기만 해도 남자들이 쓰러지고 그러는 미인인 줄 알겠다. 희은이 입술을 비쭉거리는 것도 모르는 채 선협은 톱 형태의 점프슈트 위로 봉긋이 솟아 있는 가슴을 입술로 희롱 중이었다.

니스의 해변에서 즐기는 동안 태닝된 피부는 건강한 빛으로 빛나고 있었다. 희은이 기억하는 한, 그녀는 현재 가장 까맣게 탄 상태였다. 언제나 약간 흰 편이었던 그녀가 이렇게까지 까무잡잡할 수 있다는 게 거울을 볼 때마다 새롭다.

"앗! 그만!"

천천히 입을 맞추거나, 혀로 쓸던 선협이 점프슈트를 내리고 가슴을 드러내자 희은이 그의 손등을 찰싹 때렸다. 가장 높은 층의 스위트룸이니 어디서 보고 있을 리는 없지만 그래도 열린 공간에서 이러는 건 부끄러웠다.

"가만히 있어. 가슴만. 가슴만."

아이처럼 조르며 선협이 바람을 느끼고는 바르르 떠는 젖꼭지를 덥석 물었다.

"아흐…… 응……."

딱딱하게 경직된 작은 살점을 혀로 부드럽게 핥고, 감아서 치올리는 감각에 희은의 입술을 비집고 뜨거운 숨이 새어나왔다. 선협의 커다란 손이 바로 가슴 아래를 감싸고 받쳐 가장 예민한 살점을 희롱하기 쉽도록 한다.

"선협 씨…… 아……."

고개를 뒤로 젖히자 쨍하니 맑은 지중해의 하늘이 희은을 덮고 있었다. 그녀는 손을 뻗어 선협의 머리카락 사이로 밀어 넣었다. 짧은 검은 머리카락이 손등을 스치는 느낌이 났다. 씻고서 그녀를 기다리고 있었는지 옅은 샤워코롱 냄새가 흩어졌다. 선협의 트레이드마크 같은 머스크 향이었다.

선협이 입을 떼고 그의 타액으로 젖어 있는 가슴을 내려다보더니 길게 숨을 내쉬었다. 그가 엄지로 꼿꼿하게 일어서 있는 희은의 젖꼭지를 누르고 비볐다. 그러면서 유혹하듯 그녀의 귓가를 코로 비비고 숨을 불어 넣는다.

"나는 커피 말고 다른 게 더 급한데……. 응?"

"선협 씨!"

얼굴이 붉어져서 희은이 선협에게 눈을 흘겼다. 껄껄 웃은 선협이 그녀를 번쩍 안아 들고 침대로 향했다.

거치적거리는 점프슈트를 단숨에 벗겨내고 선협은 희은의

위로 올라왔다.

　마치 들이받듯 그녀를 침대에 눕힌 그가 그녀의 양손을 붙잡아 깍지를 끼고 체중을 지탱한 채 내려다보았다. 그녀는 벌거벗겨 놓은 채 입고 있는 셔츠는 단추가 절반 너머 풀어져 있어 그 사이로 남자다운 탄탄한 가슴이 보였다.

　"벗겨줄까?"

　희은의 물음에 선협은 엄격한 얼굴을 하고 딴소리를 늘어놓았다.

　"다시는 혼자…….'

　"안 다닐게. 안 다닌다니까?"

　선협의 말이 끝나기 전에 희은이 엄숙하게 맹세하자 그제야 겨우 그는 만족한 표정으로 바지와 드로즈를 벗어 던졌다. 그러고는 셔츠를 내던진다. 그녀와 눈을 마주친 채 셔츠를 벗은 그가 다시 그녀의 손을 붙잡아 고정시켰다. 그리고 천천히 희은의 얼굴을 보았다. 반질반질 반듯한 이마를, 태양을 받아 흐린 갈색으로 탈색된 눈썹을, 화장기 없이 둥그런 눈두덩을, 작은 콧날과 붉은 입술을…….

　선협은 고개만 숙여 입술을 눌렀다. 입술을 가볍게 문지르고 빨아 당기다가 천천히 혀를 입술 사이로 집어넣는다. 부드러운 애무였지만 그가 이미 발기해 있다는 것을 희은은 알 수 있었다. 단단하고 뜨겁게 일어서 있는 그의 남성이 그녀의 허벅지를 무겁게 누르고 있었다.

선협은 서두르지 않았다. 느릿하게 뜨거운 혀가 뒤엉키고 그녀의 혀를 감아 당겼다. 누구의 입에서인지 알 수 없는 신음 소리가 새어나왔다. 입술을 부비는 동안 느슨하게 혈관을 흐르던 혈액들이 끓어오르기라도 한 것처럼 뜨거워졌다.

천천히 혀를 움직이는 선협의 호흡이 희은의 뺨에 부서졌다. 두 사람은 온몸을 달리는 정욕에 어지러워진 눈으로 서로를 쳐다보았다. 하루하루가 지날수록 서로에게 무섭게 길들여졌다. 서로를 부둥켜안을 때마다 놀라울 정도로 빠르게 흥분했다. 느리게 즐기기 위해서는 일단 한번 100미터를 달려 힘을 빼야 한다며 둘이 우스갯소리를 했을 정도였다.

귓불을 잘근잘근 물며 희은의 가슴을 만지작거리는 선협의 숨이 거칠었다. 그가 입술을 내려 다시 한 번 그녀의 가슴을 희롱했다. 심장 소리를 듣듯이 뺨을 대고, 납작한 배를 손으로 쓸어내려 골반을 매만진다. 그림을 그리듯 여성의 선을 따라 손가락을 움직이는 동안 단단한 무릎이 희은의 다리 사이로 파고들어와 벌렸다. 다리와 다리가 엉켜들었다. 서로의 중심이 뜨겁다는 것을 두 사람 모두 느끼고 있었다.

희은은 아래가 바짝 조여드는 것을 느낄 수 있었다. 팔을 뻗어 선협의 어깨를 쓸면서 그녀가 뜨거운 숨을 내뱉었다.

선협이 가슴을 입에 문 채 팔만 내려 희은의 허벅지를 잡아벌렸다. 다리를 위쪽으로 들 듯 벌리고 밀착된 몸을 떼지 않은 채 그는 몸을 약간만 움직여 삽입했다. 숨이 막힐 정도로 느리게, 그녀를 가르고 들어오는 순간을 모든 세포가 생생히 느끼도록. 이미 서로에게 익숙해진 몸은 당연한 듯 단단히 맞물린다.

"아아."

희은이 헐떡이며 눈을 감았다. 느리게 하는 것이 훨씬 더 자극적이다. 온몸을 물샐 틈 없이 밀착시킨 채, 서로의 가장 뜨거운 부위를 교합하는 느낌은 색정적이었다. 선협이 천천히 희은의 안으로 밀고 들어갔다. 처음 끄트머리가 삽입되기 시작해서 뿌리 끝까지 속살이 맞물리는 순간까지는 길었다. 그리하여 더 이상 숨 쉴 틈도 없이 치밀하게 하나가 되는 순간 둘 다 잠시 숨을 멈췄다.

마치 서로가 서로에게 맞춤이라도 된 것 같다.

아주 잠깐 두 사람은 정말 하나가 되어버린 것 같은 착각을 만끽했다. 그리고 선협이 움직이기 시작했다. 그녀의 허리를 안은 채 힘을 주어 그녀의 상체를 약간 들어 활처럼 만든 후 움직이는 그의 동작에 희은이 시트를 움켜쥐었다. 깊이 당겨 안은 그의 서슬에 그의 남성이 정확히 그녀의 쾌감점을 직격했다.

"아흑! 하악!"

맞물린 부위에서 시작된 저릿한 감각이 불꽃을 피우는 것처럼 발끝까지 번졌다. 내벽 전체를 훑고 들어와 깊이 파묻고 빠져나가는 깊은 압박감과 밀어붙이는 속도에 희은의 입술을 벌리고 혼몽한 시선을 그에게 던졌다. 선협이 입술을 무는 것이 보였다.

"하악! 아…… 아아…… 아!"

삽입이 빨라졌다. 진퇴진퇴진퇴. 짧고 강하게 뒤로 물러났다 힘 있게 밀고 들어오는 감각에 전율과 함께 머릿속이 폭발했다.

"아아아……."

희은이 인상을 찡그리며 신음을 내질렀다. 할딱거리며 겨우 겨우 숨을 쉬느니 차라리 숨을 멈췄던 순간, 선협이 크게 허리를 뺐다. 꽉 채우고 있던 감각이 사라지며 허전함을 느끼는 순간, 그가 단번에 뿌리 끝까지 관통했다.

"아!"

온몸에 전기가 오른 듯했다. 손가락 끝까지, 깊디깊은 결합의 감각이 달렸다. 희은이 눈이 커다랗게 확장되었다가 감겼다. 쾌감으로 시야가 어지러웠다. 짧고 억누른 신음과 함께 사정한 선협이 마지막으로 그를 그녀의 안으로 밀어 넣으며 그녀의 위로 무너져 내렸다.

어느새 전망이 좋은 발코니가 담고 있는 하늘 위의 태양이 정점으로 치솟아 있었다.

아직 격렬한 정사의 여운이 남은 몸으로 선협의 품에 안겨 있던 희은은 몸을 빼내어 그를 쳐다보았다. 팔베개를 해준 채 무언가를 골똘히 생각하던 선협이 왜 그러냐는 듯 그녀를 바라보았다.

"무슨 일 있어?"

"무슨 일?"

제대로 설명하기 어려워 희은이 입을 다물었다.

파리에서 두 달, 니스에서 석 달, 그리고 몰타 아일랜드에서 세 주…… 거의 단 하루도 빠짐없이 서로를 맛보고 탐했다. 몸이 섞이는 순간의 감각은 이제 전문가 수준이다.

어제까지 선협은 아무 생각 없이 희은을 가졌다. 서울에서와 달랐다. 희은이 서울을 떠나오면서 그녀 자신을 찾았듯, 선협 역시 그런 듯했다. 오로지 서로에게만 집중했던 날들이었다.

하지만 방금은 달랐다. 선협이 희은 외의 것에 집중했다는 것은 아니지만, 무언가 다른 것이 섞여 있었다. 선협을 몰아붙이는 것. 그가 그녀에게 더 몰입하도록 만드는 것.

"뭔데?"

애교스럽게 콧소리를 섞어 희은이 선협에게 바짝 붙으며 물었다. 선협의 목울대가 울컥하더니 망설이듯 눈빛이 깊어졌다. 그가 시선을 비키는 통에 희은은 팔을 뻗어 그의 양 뺨을 잡아 눈을 맞췄다.

"뭔데에?"

한참 동안 희은을 바라보던 선협이 산뜻하게 입을 맞추더니 옷도 입지 않은 채 침대에서 내려섰다. 닫아놓은 발코니 창을 열어젖히자 바람이 들어왔다. 땀이 다 식지 않은 몸에 시원한 바람이 감겼다. 한참 동안 바람을 맞고 있던 선협이 돌아서더니 이렇게 말했다.

"삼십 분 정도만 가면 사원이 있대. 어제 인포메이션에서 유네스코 어쩌구 하던데…… 거기 가볼래?"

고대유적이라는 사원은 정말 고대유적처럼 생겼다. 온통 돌로만 지어지고 모양도 없어 마치 고인돌의 발전된 형태를 보는 것 같았다. 그 규모가 어마어마하다는 것만 제외하면 말이다.

황토색의 돌들이 방사형으로 세워져 있는 길을 따라 걸으며 희은은 부채질을 했다. 모자를 꼭 쓰고 가라는 말을 들었다며 선협이 씌워준 모자가 아니었다면 열사병에 걸렸을지도 모르겠다.

태양이 뜨겁고 숨이 막혔다. 옆을 흘깃 보니 선협은 모자도 쓰지 않으면서도 아무렇지도 않은 얼굴이었다. 땀방울이 건강하게 타 있는 관자놀이를 흘러 남자답게 조여져 있는 뺨을 긋고 떨어졌다.

"안 더워?"

"난 괜찮은데?"

땀을 손바닥으로 닦아 털어낸 선협이 빙긋 웃더니 희은의 손에서 부채를 빼앗아 부쳐주었다.

"여긴 그늘진 곳에 들어가면 금방 안 더워지고, 밖으로 나오면 덥네."

"지중해니까."

선협의 조용한 지적에 희은이 고개를 들리자 마치 코앞에 펼쳐져 있는 것처럼 착시를 일으키는 바다가 눈에 들어왔다. 조금만 시선을 돌려도 금방 산등성이에 시야가 부딪치는 한국과 달리 외국은 평원이 많아 원근이 혼란스럽다. 코발트 블루 빛깔의 바다가 손을 뻗으면 닿을 것처럼 찰랑댔다.

"생각해봤는데 말이야."

손을 내민 선협의 손을 잡으며 희은이 빙긋 웃었다.

"어딜 가도 정말 다 다른데…… 불안하지가 않은 건, 선협 씨 때문인 거 같아."

"나?"

"응. 선협 씨는 뭐든지 아무렇지도 않게 만들어버리는 기술이 있거든. 분명 생각하면 문제가 되는 것도 선협 씨라면…… 이라는 기분이 들어버린단 말이야. 처음부터 그랬어. 그것처럼, 지금도 선협 씨 하고 있으면 아무리 낯선 곳에 있어도 서울이랑 별로 다르게 느껴지지 않아."

선협이 느리게 눈을 깜빡였다.

"신기한 일이지?"

선협이 커다란 손을 뻗어 희은의 양 뺨을 감쌌다. 뜨거운 태양 아래서도 그의 손은 찼다. 차가운 손이 뺨을 감싸자 기분이 좋아져 희은은 고양이처럼 그의 손에 기댔다. 그런 그녀의 고개를 들게 한 그는 눈을 감은 그녀의 입술에 입을 맞췄다. 그러고 나서도 한참 동안 희은의 눈을 들여다보던 선협이 읽기 힘든 목소리로 말했다.

"한국으로 돌아갈래?"

사랑은 아무도 모르게 핀다

"뭐?"

얼떨떨해져서 희은이 되물었다. 떠나올 때 선협은 분명 최소 1년이라고 했다. 그래서 엄마와 아빠에게도 그렇게 말했었다. 여행이 아니라 연수라고 알고 있지만, 어쨌든 아직 반년도 지나지 않았다는 것을 감안하면 지나치게 이른 이야기였다.

"무슨 일이 있어?"

선협이 빙그레 웃었다.

"콴이 생각보다 더 유능했던 모양이야."

그날 밤, 밤의 파도 소리가 들리도록 창문을 열어놓은 채 섹스를 한 후 희은이 고개를 돌렸을 때는, 검은 하늘 위에 달이 둥실 떠 있었다. 파도는 밤보다 더 검은빛으로 달려오다 찰나 하얗게 부서져서 사라졌다. 멀리서 누군지 알 수 없는 음악가가 알수 없는 악기로 알 수 없는 음악을 연주하고 있었다. 달빛에 선협의 몸은 하얗게 빛나고 있었다. 혹시나 싶어 내려다보니 그녀의 몸도 그랬다. 신비한 빛이었다.

"나 말이야."

희은이 선협의 머리를 감싸 안은 채 멍하니 말했다.

"생각보다 적응력이 엄청 좋은가 봐."

부드럽게 소용돌이치는 여운에 눈을 감고 있던 선협이 몸을 살짝 빼 희은과 시선을 맞추고는 이마를 그녀의 이마에 가져다 대었다. 두 사람 다 땀에 젖어 있었기 때문에 이마가 차게 식어 있었다.

"왜?"

"떠나올 때도 그러려니 했는데 다시 돌아갈 생각을 해도 그래. 왜 이러지?"

선협이 귀엽다는 듯 웃었다.

"큰일이야. 선협 씨만 옆에 있으면 뭐든 어떻게 될 거라고 생각하는가 봐."

희은이 선협을 응시했다.

"다들 그런 거지? 다들 선협 씨를 필요로 하는 거지?"

선협은 대답하지 않았다. 선협은 말해준 적이 없지만 희은은 리웨이홍을 만난 것을 토대로 대강 상황을 재구성했었다. 확고한 후계자였던 선협이 사라지면 가문 내부적으로 세력다툼이 일어날 것은 당연한 일이었다. 선협이 기다린 것은 사촌형인 리콴이 제대로 리 가문을 장악하는 것이리라. 그리고 아마도 그것이 생각보다 더 빠르게 이루어진 듯했다.

"어떻게 되는 거야, 이제?"

"달라지는 건 없어. 그저 내가 리진 상사를 맡게 되겠지."

"응?"

"한국지부만이지만. 다른 건 욕심 없다고 했어."

"왜?"

"나는 세력다툼보다 성희은에게 관심이 있으니까."

선협이 편하게 웃었다. 그제야 희은은 어디를 가든 신문을 놓지 않았던 선협이 기다린 것이 무엇이었는지를 깨달았다. 아마도 그것이 조건이었을 수도 있다. 리 가문의 합법적 회사인 리진 상사를 선협의 손에 넘겨주는 것. 대신 리콴은 리 가문의 수장이 되는 것이다.

"정의로운 와이프에게 해가 되는 일은 하지 않아야지."

선협이 희은에게 입을 맞추고 몸을 굴려 누웠다. 그런 그를 바라보며 희은이 새침하게 쌜쭉댔다.

"와이프? 누구 맘대로?"

"내가 왜 서울에 빨리 돌아가고 싶은지 알아?"

"왜 그러는데?"

"너희 가족을 만나고 싶어. 제대로 허락받고 그 다음에는 너하고 정식으로 결혼하고 싶어."

경악한 희은이 베개를 들어 선협을 팡팡 때리기 시작했다.

"무슨 소리를 하는 거야! 이렇게 매너 없는 일이 어디 있어?"

완전히 당황해서 선협이 몸을 일으키다 힘껏 후려친 베개에 정통으로 얻어맞고 말았다. 그래도 멈추지 않는 베개 짓에 그가 팔로 베개를 밀어내고 겨우 희은을 잡는다.

"무슨 소리야?"

"무슨 청혼을 그렇게 재미없이 해? 누가 결혼해줄 줄 알고? 부모님 허락만 받으면 되는 줄 알아?"

"아니, 나는, 그게······."

당황해서 목소리가 딱딱 끊기며 선협이 허둥댔다.

"나쁜 것만 배우고! 못된 것만 배우고! 집착만 배우고! 낭만은 어디 간 거야! 내 로망은!"

꽉 붙잡고 있는 선협의 손을 뿌리친 희은이 다시 베개를 휘두르기 시작했다. 속절없이 맞고 있던 선협이 어이없다는 듯 껄껄 웃더니 희은의 허리를 안고 쓰러졌다. 그대로 그에게 깔린 채 희은이 눈을 흘겼다. 그런 그녀가 귀엽고 사랑스러워 어쩔 줄 모르는 눈으로 쳐다본 선협이 베개를 빼앗아 멀리 던져버리며 입술을 눌렀다.

"맞고 사는 남편이 될 거란 생각은 단 한 번도 안 해봤는데."

"남편이 될 수 없다니까 그러네."

무기를 빼앗긴 대신 맨 손으로 선협의 어깨를 두들기며 희은이 고집을 부렸다. 결국 그가 그녀를 안고 데굴데굴 굴렀지만 그녀는 결혼은 없다고 소리를 질렀다.

그러거나 말거나 그녀를 속박한 채 키스를 퍼부으며 선협이 태연히 자신의 꿈을 설계했다.

"난 아이는 최소한 셋쯤은 낳았으면 좋겠어. 넌 낳아주기만 해. 내가 키울 거니까. 이상적인 건 아들 하나 딸 둘이지만, 뭐…… 사실 구성이야 어떻게 되든 무슨 상관이겠어? 가족이 생긴다는 게 중요하지."

검은 이국의 밤하늘 위로 뜬 달은 휘영청 밝았다. 가장 로맨틱한 밤의 로맨틱한 다툼이었다.

외전. 좋은 남편의 조건

회색빛이 가라앉은 침실, 킹사이즈 침대 위에 서로 엉켜 있는 나신의 남녀는 선협과 희은이다. 하얀 침구가 구겨진 채 서로 엉켜 있는 다리 사이를 가리고 있었다. 희은은 선협의 팔을 벤채 곤히 잠들어 있었고, 선협은 한쪽 팔을 희은에게 내어준 채 다른 팔은 그녀의 어깨에 둘러 끌어안다시피 하고 고른 숨을 내뱉고 있다.

- 빠라빰빰빠라빰빰빠라빠라빠라빰빰.

가라앉은 공기를 뚫고 몰타에서 사온 나팔 알람이 힘차게 울었다. 귀여워서 산 것인데 소리가 어찌나 큰지 시체라도 벌떡 일으켜 세울 판이다.

"!"

동시에 몸을 일으킨 선협과 희은은 눈이 마주치자 픽 웃었다. 누가 먼저랄 것도 없이 서로를 끌어안은 채 뺨에 입술을 부빈 두 사람은 다시 침대로 푹 쓰러져버렸다.

"알람 꺼야 해."

꼭 끌어안고 다리를 얽은 채 서로의 품에 몸을 비비면서 희은이 말했다. 즉 선협더러 끄라는 소리다.

"응."

긴 팔을 휙 뻗어 협탁 위에서 울고 있는 알람의 버튼을 누른 선협이 일어날 생각은 하지 않고 도로 희은에게 팔을 두른다. 그리고 이마 위에 입술을 부비다가 그냥 한 번 해보는 말이라는 듯이 슬쩍 속삭였다.

"오늘은 법원으로 바로 가도 되는 날이지?"

결혼한 지 7년째, 희은은 선협이 원하는 것을 즉각 알아들었다. 아까부터 배를 튼튼하게 일어선 그의 남성이 쿡쿡 찌르고 있었다. 7년 동안 하루아침도 빠짐없이 늠름한 이선협의 분신은 아침에, 저녁에, 마주치는 매 순간 그녀를 원했다. 귀여운 부분은 그녀의 스케줄을 고려해 괜찮을 것 같은 날에만 시도한다는 거다. 치밀한 남자였다.

"글쎄……."

늘 해온 대로 튕기자 선협이 픽 웃고는 긴 다리로 그녀의 엉덩이를 감아 자신의 몸에 바짝 붙였다. 배와 배가 마주 닿고 다리 사이로 뜨거운 남성이 파고든다.

"지은이 깰지도 몰라."

"아직 안 깼어."

귀를 기울여봤지만 아직 집안은 고요하다. 누굴 닮은 건지 지은, 지운, 지원 세 남매는 일단 잠들면 업어가도 모른다. 날 때부터 효자효녀란 이런 것이라고 친정 엄마의 칭송이 보통이 아니었다. 그리고 생각건대, 효자효녀 맞는 것 같기도?

"그래도 글쎄."

희은이 눈동자를 빛내며 짓궂게 웃었다.

"요, 여우."

그런 희은을 바라보며 입꼬리가 올라가려는 것을 억지로 누른 선협이 엄한 표정을 짓고 몸을 휙 돌려 그녀를 타고 오른다. 단단하고 남성다운 어깨와 가슴, 탄력 있는 복근이 드러났다. 양 다리 사이에 그녀를 가둔 채 고개를 숙인 그가 입술로 이미 빳빳해져 있는 그녀의 유두를 희롱했다.

잠기운이 희미하게 남아 있는 정신에 애무를 받자 나른하게 좋았다. 뜨거운 그의 손이 맨 어깨와 쇄골을 매만지고 겨드랑이 아래의 여린 살을 쓸어올려 풍만한 가슴을 움켜쥔다.

어디 하나 말랑한 데라고는 없는 선협의 허리와 허벅지를 어루만지며 희은은 온몸을 감아오는 열락의 감각을 즐겼다.

서로를 원한다는 것은 정말 좋은 일이었다. 매일 살을 부비고 입술을 맞대는데도 질리지 않고 모든 것을 다 내어주는데도 비는 법이 없다는 것은 신기할 정도였다.

고양이가 그루밍을 하듯 몸을 비비다 희은의 다리를 벌리고 선협이 느리게 그녀의 안으로 들어왔다. 벌써 몇 번이나 맞물려 서로에게 익숙해진 페니스가 꼭 조여드는 미지근한 그녀의 안을 가르고 들어와 깊이 박혔다.

그 충족감에 희은은 허리를 꺾으며 가쁜 숨을 내뱉었다. 그가 그녀의 안에 들어와 있는 느낌은 뜨겁고 또 뚜렷했다.

끝의 끝까지 몰아붙이는 나이트 섹스도 좋았지만 결혼하고 난 후 발견한 새로운 기쁨이 모닝 섹스였다. 잔뜩 긴장한 채 몸을 부딪치는 것도 좋지만 모닝 섹스는 이미 풀려 있는 몸을 조이는 느낌이랄까? 무방비라는 점 때문에 더 섹시하기도 하고.

서로를 끌어안고 키득대다 어깨동무를 하고, 옆구리를 찌르며 침실을 나오는데 입주 도우미 아줌마와 눈이 딱 마주쳤다.

"하이고! 오늘 아침도 굿모닝이시네요!"

50대인 김포 댁은 두 사람이 자기가 본 가장 완벽한 부부라며 입에 침이 마르지 않았다. 결혼하고도 진짜 사랑하는 미국드라마 부부라는 거다.

동의하는 건 아니지만 나름 동경을 담은 칭찬에 선협과 희은은 그저 감사하기로 했다. 친정 엄마가 도와준다고는 해도 맞벌이 부부의 집안살림에 세 아이 양육에 지대한 공헌을 하고 있는 김포 댁이 그들이 잘 봐준다면 더할 나위 없이 감사한 일이기도 했다.

"아이들은 아직 안 일어났어요. 와서 아침식사 하세요."

"아침은 저희끼리 먹고 나가도 된다니까요."

"눈이 떠졌어요. 드세요."

사람 좋게 웃은 김포 댁이 희은의 습관대로 진하게 내린 블

랙커피를 내려놓고 아직 꿈나라인 아이들의 방으로 들어갔다. 식탁에는 갓 구운 모닝빵, 계란 프라이, 베이컨, 매쉬드 포테이토가 예쁘게 접시에 담겨 있었다.

"나는 살림만 해도 아줌마처럼은 못 할 것 같아."

감동하며 식탁에 앉자 그녀의 뺨에 입을 맞춘 선협이 앞자리로 가 앉으며 동의했다.

"당신은 다른 걸 잘하지."

"내가 뭘 잘 하는데?"

눈을 반달로 휘며 희은이 장난스럽게 묻자 선협이 하하 웃고는 웃음기가 가시지 않은 얼굴로 말했다.

"날 황홀하게 만드는 거?"

역시 웃으며 눈을 흘긴 희은이 발로 선협의 무릎을 아프지 않게 걷어차주었다.

෯ ෮

밤 늦게 집으로 돌아오는 길, 신호대기에 걸린 희은은 피곤한 눈을 문질렀다. 이렇게 늦어질 날이 아니었는데 꼬여버렸다. 오늘 같은 날은 회사 대표인 남편의 시간이 비교적 유동성 있는 게 감사했다. 아직 어린 지운이와 지원을 돌보느라 바쁜 김포 댁이 배움 욕심이 많은 지은이까지 케어하기는 무리였다.

이 시대의 어머니들이 대단하다고 느껴지는 것이 − 특히 워

킹맘! – 아이가 셋 쯤 되자 사람을 쓰고 친정 엄마까지 붙어도 하루가 어찌 돌아가는지 몰랐다. 선협이 물심양면으로 돕는다는 것이 정말 감사한 일이었다. 그는 돕는다기보다 당연히 해야 할 일이라고 생각하는 모양이었지만 우리나라 남자들의 성향을 알고 있는 희은으로서는 그저 생큐베리감사할 뿐.

그리고 보면 선협은 요즘 뜬다는 중국 남자인 건가? 일도 하고 살림도 한다며 그 가정적임이 전설처럼 떠돌던데, 혼혈이긴 하고 어렸을 때 한국에 있긴 했지만 잘 따져보면 중국 남자이긴 하다.

선협 생각만 하면 입꼬리가 올라가 배시시 웃게 되는 부작용을 겪으며 희은은 반성했다. 날이 갈수록 남편이 완벽하게만 여겨지는 이 병을 어찌하면 좋단 말인가? 팔불출도 이런 팔불출이 없다. 하지만 눈에 콩깍지만은 아니라고 생각되는 게 외국인이라는 말에 떨떠름했던 친정엄마도 요즘은 이선협의 팬을 자처하고 있지 않은가.

혼자 실실 웃고 있는데 휴대전화가 울렸다. 액정을 확인한 희은이 눈살을 찌푸렸다. 회사였다. 늦은 퇴근을 하는 이 시간에 회사에서 전화가 온다면 상당히 불길한 상상이 가능하다.

"여보세요?"

블루투스를 연결하고 전화를 받자 다짜고짜 긴 한숨이 귓전을 때렸다.

- 조재중입니다.

사랑은 아무도 모르게 핀다

"예. 무슨 일이세요?"

조재중은 과거의 선협처럼 조사원이었다. 나쁘지 않은 실력의 소유자였지만, 선협과 일해본 적이 있는 희은으로서는 가끔 아쉬울 때가 있었다. 티는 내지 않지만 이게 아니다 싶어지면 자꾸 선협에게 의지하고픈 마음이 생겨나는 거다.

- 아무래도 구린 냄새가 나는데요.

3년 전, 회사에서 인정을 받아 독립된 팀을 꾸려 무료 변론 쪽으로 선회한 이후로 희은은 곤란한 일 연속이었다. 약자의 입장에 선다는 것은 이 정도면 끝날 거라고 생각했던 것도 끝나지 않는다는 희한한 경험을 할 수 있게 만들어주는 것이었다.

단순한 절차상의 문제로 일어난 사건도 이해관계가 얽혀들면 미궁에 빠져드는 일이 다반사다. 오늘만 해도 관례상 벌써 종료되었어야 하는데 어쩐지 까다롭게 군다 했더니.

"어느 쪽 문제인 것 같아요?"

- 검찰 쪽 관계자인 것 같습니다. 이거 계속 파볼까요? 좀 위험할 거 같기도 하네요.

"위험?"

- 조폭들이 개입된 거 같습니다. 유한 회사를 설립했는데 이게이게, 냄새가 아주 구려요. 어떻게 할까요?

희은은 한숨을 내쉬었다.

변호사도 사람이다. 사명을 갖고 일하는 것과 신변의 위협에 대한 명백한 경고 사이에서 겁을 먹는다.

"그래도…… 알아봐야죠."

- 괜찮으시겠습니까?

걱정하는 재중을 안심시키고 전화를 끊은 희은은 입맛을 다셨다. 입이 썼다. 문득 선협에게 기대어볼까 싶어졌지만 이내 그런 생각을 지운다. 한두 번이면 몰라도 평생 할 일이었다. 그 때마다 선협에게 부담을 줄 수 없었다.

하지만 그 정도의 조사원을 찾기 쉽지 않다는 건 아쉬운 부분이었다. 새삼 그의 능력이 대단하다고 여겨지는 것이, 물론 리가(家)라는 엄청난 뒷배경을 갖고 있다 하여도 실제로 한국에서는 혼자 움직였을 텐데 어떻게 그렇게 조사할 수 있었을까? 다른 조사원에서 선협으로 넘어갈 때는 그냥 좀 대단하다 싶었을 뿐이지만 이제 다른 조사원하고만 일하려니 답답하기 그지없었다.

"아아, 팔불출 그만."

선협과 아이들하고만 지낼 때는 몰랐는데 얼마 전에 동창회 나가서야 알았다. 친구들이 남편욕을 하는 대열에 낄 수가 없는 거다. 자신이 생각해도 얄미울 것 같은데 진짜로 선협은 욕할 게 없었다.

괴롭힌다는 시댁도 없고, 일은 알아서 척척 해오고, 집을 어지르는 건 오히려 희은 쪽이다. 선협은 빨래도 빨래 바구니에 분류하고 쓰레기 분류수거 같은 경우는 김포 댁이나 희은과 비교할 수 없을 정도로 완벽히 깔끔히 한다. 게다가 지은이만 해도 안 그랬는데 애가 셋이 되나보니 약간 투미해진 희은에 비해 지운이와 지원이를 여전히 알뜰히 챙기고.

게다가…….

상황에 맞지 않게 희은은 키득댔다.

결혼 3년만 넘어도 아내가 샤워하면 자기 바쁘다는 친구 신랑들과는 달리 그들의 섹스 라이프는 정말이지…….

눈에 넣어도 안 아플 것 같은 남편 생각에 일이 꼬여도 살만하다며 싱글벙글하고 있을 때 휴대전화가 다시 울기 시작했다. 슬쩍 내려다보자 양반은 아닌지 '내꺼'에게서 온 전화였다. 선협이다.

"응, 여보."

블루투스를 끼며 부르자 선협 역시 '여보, 어디야?' 하고 다정히 물어온다.

"지금 가고 있어. 미안해. 너무 늦었지?"

- 힘들겠네. 데리러 갈까?

"차 끌고 가는데, 뭐."

- 어딘데?

"한강대교 넘고 있지비!"

- 조심해서 와. 애들은 다 재워놨어.

은근한 목소리로 유혹하는 선협 덕에 으하하 하고 크게 웃었을 때였다.

쾅! 하고 몸이 앞으로 쏠렸다가 안전벨트에 덜컥 당겨졌다.

귀에 꽂혀 있던 블루투스가 발치로 데구르르 떨어지며 절로 헉 소리가 났다.

- 여보세요? 여보세요? 성희은!

멀리 선협이 부르는 소리가 들렸지만 정신이 없어 블루투스를 주울 틈도 없었다. 돌아보니 뒷차 창이 내려지고 차를 갓길로 대라 손짓한다. 얼결에 차를 세우고 룸미러를 확인하자 웬 떡대들이 고개를 좌우로 흔들며 다가오고 있었다. 손으로 얼굴과 몸을 더듬어본 끝에 어디 부러진 데도 피가 나는 데도 없다는 걸 확인한 희은도 차에서 내렸다.

"아! 아줌씨! 집에서 밥이나 하든가!"

노골적으로 시비를 걸어오는 남자들을 보며 희은이 눈살을 찌푸렸다. 분명히 박은 건 상대인데 하는 꼬라지가 사고가 아닌 것 같다는 예감이 들었다. 저도 모르게 그녀는 차 안에 시선을 두었다. 휴대전화는 얌전히 거치대에 꽂혀 있고 블루투스가 작동 중이었다. 뛰어들어서 차 문을 잠가버릴까?

망설이는 사이 남자들이 다가와 희은의 차 문을 닫고 퇴로를 차단해버렸다. 급박한 순간에는 생각할 틈이 없다는 반증이나 다름없었다.

그렇다고 기가 죽을 성희은은 아니었다. 공부밖에 하지 않은 평범한 인생을 살아오긴 했지만 그렇게 만만한 여자는 아니었다. 지금은 남편이지만 한때는 정체를 알 수 없는 남자에게 협박(?)을 당해 몸을 내어주기도 했고, 내일이 어떻게 될지 알 수 없는 상황에서 해외도피(?)를 해본 적도 있다.

결정적으로 이제는 남편인 과거의 협박자에게 꽤 많은 것을 배웠다.

"아쭈? 눈 치켜드는 것 좀 봐, 이 아줌마?"

"경찰 부르죠."

차갑게 말하자 남자들이 실실 웃으며 밀고 들어왔다. 주춤주춤 뒷걸음질 치면서 희은은 고양이처럼 손을 앞으로 세운 후 손가락을 구부렸다. 그녀의 자세에 다가오던 남자들이 고개를 갸우뚱거리더니 폭소를 터트렸다.

"뭐야? 싸워보기라도 하겠다는 거야? 왜? 할퀴려고? 그 예쁜 손톱으로?"

"이러지 말고 경찰을 불러요. 사고처리를 해야 하잖아요?"

"그건 우리가 알아서 할 거고, 아줌마는 우리하고 좀 가."

"야. 장난칠 시간 없어. 빨리 차 세워. 이러다 웬 정의의 사도라도 나타나면 골치 아파!"

늦은 시간이라 길에는 차가 많지 않았다. 달리고 있는 차들도 쌩쌩 지나갈 뿐 세울 기미는 보이지 않는다. 하지만 버틴다면 분명 한 대쯤은 설 거다.

남자 중 하나가 성큼 다가서는 순간 희은은 잔뜩 도사리고 있던 손을 휙 앞으로 뻗어 그의 얼굴을 할퀴었다. 예상치 못한 기습에 남자가 억 소리를 내며 뒤로 물러났다. 하지만 그대로 두지 않고 그녀는 발을 들어 그의 복부를 걷어찼다.

"으으윽!"

남자의 몸이 무너지는 사이 희은은 신고 있던 구두를 벗어 양손에 들었다. 킬힐이 아닌 것은 아쉽지만 5센티미터 정도라도 충분히 위협적이다. 남은 남자 하나를 노려보자 당황한 듯 동료의 어깨를 치며 두리번거린다.

"야! 야! 괜찮아? 저년 뭐야? 미친년이잖아?"

"변호사라며!"

"아, 쉬펄! 나도 그렇게 들었지!"

더 이상 시간 낭비를 하지 않기로 한 듯 남자가 단호하게 다가섰다. 지지 않고 희은은 몸을 웅크린 채 신발을 휘둘렀지만 저항은 길지 않았다.

첫 기습은 성공했으나 상대는 두 명, 남자였고 근육이 불룩불룩 튀어나온 팔뚝의 소유자였다. 그에 비해 희은은 아이를 셋이나 낳았지만 아직 날씬했고, 꾸준히 운동 하는 편이지만 지금 들고 있는 서류와 가방 이상은 좀 무리지 않을까 싶은 덩치니 애당초 싸움이 될 리가 없다.

재중이 찝찝하다는 이야기를 하자마자 30분도 지나지 않아서!

양 손을 붙잡힌 채 남자들의 차 쪽으로 질질 끌려가고 있을 때였다. 빠앙! 하고 길게 경적 소리가 밤공기를 가르는가 싶더니 타이어가 바닥을 긁는 소리가 귀를 찢을 듯 울렸다. 반대차선에서 달리고 있던 차량이 중앙선을 가르고 있는 보도 위를 넘어서 곧장 갓길로 달려와 덜컥 섰다.

차 문이 열리고 선협이 다가와 희은을 잡고 있는 남자들의 손을 비틀어 떼어내기까지는 말 그대로 눈 깜짝할 시간이었다.

"괜찮아?"

한 명은 정강이를 차 무릎을 꿇린 다음 등을 발로 밟고, 다른 사람의 손목은 비틀어 등 뒤로 돌려 잡은 채 선협이 눈썹을 설핏 올렸다. 전광석화 같은 움직임이었지만 태도는 아침에 다 먹은 그릇을 개수대에 넣을 때와 그렇게 다르지 않게 무덤덤했다.

"응, 괜찮아. 굿 타이밍!"

끌려가느라 바짝 경직된 어깨와 팔 다리를 풀어주며 희은은 가슴을 쓸어내렸다. 말 그대로 굿 타이밍이었다. 이럴 때 선협만큼 믿음직스러운 사람이 있을까?

"어떻게 왔어?"

"전화가 끊어졌으니까."

간단하게 대답했지만 전화가 끊어진 시간과 집에서 사고 지점까지의 거리를 생각해보면 그가 바람처럼 움직였다는 것은 명확했다. 하지만 그는 대수롭지 않다는 듯 밟고 있는 남자의 뒷주머니에서 지갑을 꺼내들었다. 신분증을 확인하는 그를 보며 팔이 잡힌 남자가 바둥댔지만 꼼짝도 못했다.

7년 전보다 더 남자다워진 선협은 순둥이 같은 이미지를 완전히 벗고 이제는 노골적으로 남성미를 뽐내고 있었다. 이제 그가 귀염성 있게 구는 것은 오직 희은과 있을 때뿐이었다. 가끔 생각하면, 회사에서 함께 근무했던 시절이 신기할 정도로 그는 상남자였다.

"김준호."

짧게 남자의 이름을 부른 선협이 희은에게 턱짓을 했다. 그녀는 잠자코 그가 시키는 대로 경찰에 신고했다. 사고도 사고지만 배후를 캐내는 게 더 중요했다.

"뭐하는 사람인지는 경찰서에 가면 나올 것 같고……."

"가, 가면 네가 유리할 줄 알아?"

"오호? 꽤 높은 사람이 사주한 모양이지?"

천연덕스러운 표정을 지으며 선협이 미소 지었다.

"그런데 나도 만만치 않아서 말이야."


"수고하셨습니다!"

90도로 인사하는 경찰의 배웅을 받으면서 서에서 빠져나오기까지는 30분도 걸리지 않았다. 희은은 살짝 혀를 찼다. 리진 상사의 대표라는 거죽이 아니더라도 사실 선협은 심플한 태도에 비해서는 무서운 사람이었다.

경찰서에 앉아 있었던 30분 만에 희은은 재판이 꼬인 이유를 알게 되었다. 그녀의 클라이언트를 눈엣가시처럼 보고 있던 라이벌 대기업 쪽에서 줄을 대고 있던 정치인을 찔러 아예 폐업을 시키려 맘 먹은 모양이다. 담당 변호사가 성희은이 아니었다면 아주 간단하게 성공했을 작업이었다.

"생각보다는 별거 아니었잖아. 내가 알아서 처리할게."

차문을 열어주며 어깨를 으쓱하는 선협을 보며 희은은 약간 떨떠름해졌다. 별거 아닌 게 아니지 않나? 거의 잊고 있지만, 평범하게 자란 그녀로서는 이럴 때면 거리감이 느껴졌다. 그녀 혼자라면 결코 해결할 수 없었을, 그러니까 그녀의 손에 쥐어진 법이라는 칼날로는 해결할 수 없는 많은 문제들이 선협에게는 별거 아니라는 것에 익숙해져도 되는지 알 수가 없었다. 어떻게 생각하면 결과가 좋으니 그럴 수도 있겠다 싶은데, 가끔은 기분이 이상해지는 것이다.

"왜 또 이런 표정이실까?"

운전석에 올라탄 선협은 희은의 기분을 민감하게 눈치 채고 팔을 뻗어 그녀를 끌어안았다.

"능숙하게 굴지 마."

"뭘? 당신을 안는 거?"

안고 있는 손에 힘을 주며 선협이 낮게 웃었다. 이럴 때면 낯설지 않은 그녀의 남편 그 자체라 희은은 매번 지고 만다. 그녀는 그의 등에 팔을 둘렀다.

"나 말이야."

한참 동안 포옹하며 서로의 온기를 느끼다가 희은은 팔을 풀었다.

"이번에는 당신 도움 안 받을래."

"벌써 받았는데?"

선협이 고개를 설핏 기울인다.

"지금 이 일 말고…… 재판 말이야."

"안 돼."

선협이 거절한다.

"상대가 이렇게 더러운 수단까지 쓰는데. 난 와이프가 위험에 빠지는 걸 멍하니 보고 있는 남자는 되지 않을 거야."

"하지만 이건 일이야. 언제까지 당신 도움을 받을 순 없어."

"내 도움을 좀 받으면 어때?"

"난 이미 당신 도움을 많이 받고 있어."

이선협의 주특기는 아닌 듯 슈퍼맨이라는 거다. 생색을 내는 법은 없지만 실제로 그에게 의논했을 때 해결되지 않는 일이 없다 보니 희은은 막다른 길을 만날 때마다 자동반응으로 그를 떠올리게 된다.

이제는 졸업해야 할 때다. 이대로라면 성희은은 매력 없는 여자가 되어버릴 것 같다.

"내 도움은 받아도 돼. 당신은 내 여자고, 나는 당신 남자야. 내가 할 수 있는 일이 곧 당신이 할 수 있는 일이야."

"도움을 아주 안 받겠다는 건 아니야."

희은이 선협의 팔을 살살 쓸며 애교를 부렸다.

"이 일이 끝날 때까지 당신이 아이들을 좀 더 봐줘야지. 지은이 발레 학원 케어, 내가 하던 거, 당신이 해주면 안 돼?"

"성희은."

"아앙, 응?"

왜 고집을 부리는지 도저히 이해하지 못하겠다는 얼굴로 선협이 희은을 바라보았다. 하지만 장화신은 고양이 같은 눈을 하고 애교를 부리는 그녀를 이겨본 역사가 그에게는 없다.

❧ ❧

일주일 후.

전쟁 같은 시간이 지나갔다. 적이 누군지 알았기 때문에 희은은 하루 종일 서류와 씨름하고 법전을 뒤지며 반격의 태세를 갖췄다. 선협의 덕분에 돈 때문에 일하지 않은 지는 오래 되었지만 이 정도면 지나친 에너지 소모가 맞았다. 든든한 남편을 둔 성희은이 아니면 누구도 나설 수 없는 무모한 싸움이다.

"아아! 너무 피곤해!"

집에 들어오자마자 큰 소리를 냈던 희은은 거실 소파에 앉아 있던 선협이 몸을 일으키며 검지를 입술 위에 가져다대자 '읍!' 하고 어깨를 움츠렸다. 엄마로서 실격이었다. 아이들을 재우지는 못할망정 다 자고 있을 시간에 큰소리를 내다니.

"물 받아놓을게. 가서 아이들한테 인사하고 와."

나무라는 법 없이 선협이 희은의 손에서 가방을 받아들고 침실로 들어갔다. 그의 배려와 따뜻한 집안의 온기에 감동하며 그녀는 아이들의 방으로 갔다.

곤히 잠든 아이들을 내려다보면 희은은 뭐라 말할 수 없는 안도감을 느꼈다. 동시에 자신은 정말 운이 좋은 여자라고 다시 한 번 깨닫는다. 우리나라에, 자신이 하고 싶은 일을 하면서 동시에 온전한 가정을 꾸릴 수 있는 사람이 몇이나 될까? 이토록 평화로운 풍경에 코끝이 시큰해질 수 있는 행운아가 그녀 말고 또 있을까?

"지은아, 지운아, 지원아, 사랑해."

아이들의 이름을 일일이 부르며 조그맣게 속삭인 희은은 말캉하고 좋은 냄새가 나는 뺨에 입을 맞춘 후 조용히 문을 닫고 나왔다.

"야식이라도 해줄까요?"

그 사이에 깼는지 옆방에서 김포 댁이 눈을 비비며 나와 묻는다.

"아이고, 아니에요."

손사래를 치고 잠이 덜 깬 김포 댁을 방 안으로 밀어넣고 문을 닫으며 희은은 자신의 행운에 다시 한 번 감사했다.


"아아, 좋아……."

뜨거운 물로 씻고 나와 침대에 엎드린 희은은 선협의 마사지를 받으며 신음을 흘렸다. 시큰대는 어깨뼈를 꼭꼭 누르고 반듯한 척추를 하나하나 문질러 내려가는 손길에 몸이 녹아내리는 것 같았다. 처음 받을 때도 느꼈지만 이선협은 진짜 여자의 몸을 다루는데 천부적인 재능이 있는 것 같다. 그런 남자가 그녀만 본다는 걸 믿을 수가 없다.

"일은 잘 되고 있어?"

엉치뼈를 누르고 포동하게 살이 오른 엉덩이를 문지르는 손길에 키득키득 웃고 있는데 선협이 무뚝뚝하게 물었다.

"응. 잘 되고 있지!"

등 뒤로 손만 돌린 희은이 V자를 그려 보였다.

"내일 재판에서 다 뒤집어 엎을 거야!"

"또 납치 시도는 없었고?"

"응. 그래봤자 불러서 돈을 먹일 계획이었을 텐데……. 자기가 경찰에 신분을 밝혔으니 저쪽도 날 매수하는 건 포기했겠지. 이렇게 되면 실력 대 실력으로 붙는 건데, 우와……. 진짜 힘들긴 했어도 이길 수 있을 거 같아."

"역시 내 와이프!"

짧고 굵게 칭찬한 선협이 몸을 겹치며 희은의 목덜미에 입술을 눌렀다. 느슨하게 풀어져있던 몸 위로 덮어오는 체온이 그녀가 눈을 감았다.

"피곤해?"

"아니……."

슬슬 몸을 쓸던 선협의 손이 희은의 엉덩이를 파고들고 입구를 확인했다. 마사지를 시작할 때부터 젖어 있는 건 거의 습관에 가까웠다. 선협의 손이 닿으면 그녀는 젖기 시작하고, 그녀를 만지면서 그는 흥분한다.

느리게 몸을 마주대고 문지르면서 선협의 손가락이 그녀의 안으로 들어왔다. 질척하게 젖어 있던 통로가 그의 손가락을 가볍게 삼켰다. 손가락 개수가 하나, 두 개, 세 개까지 늘어나는 동안에도 무리 없이 몸이 열린다.

"아아……."

시트를 움켜쥐고 엉덩이를 살짝 들어 흔들며 희은이 아래에 힘을 줬다. 그녀는 여전히 후배위가 좋았다. 이상한 이야기지만 그가 뒤에서 들어올 때면 온몸이 다 저릿하게 섹시했다.

"좋아?"

선협의 숨소리가 거칠어져 있었다. 그는 입술로 그녀의 귓바퀴를 애무하며 뜨거운 숨을 불어넣었다.

"가만히 있어."

선협이 들어오기 쉽도록 움직이기 위해 팔 자세를 바꾸자 그가 제지하고 속삭였다.

"내가 할 테니까 당신은 가만히 있으면 돼."

그의 입술이 그녀의 뺨을 누르고 내려가 어깨를 핥았다. 그리고 등을 천천히 따라 내려가는 것과 동시에 손으로 엉덩이를 벌리고 입구에 뜨거운 남성을 갖다 댄다. 허리만 움직이면 결합이 되는 위치에서 그는 잠깐 멈춘 채 키스를 퍼부었다. 감질맛이 나는 행동에 아래가 뻐근해져 희은은 입술을 꼭 깨물고 시트를 움켜쥐었다.

"으응……."

천천히 밀고 들어오는 선협의 남성이 그녀를 묵직하게 채워 내렸다. 몸을 겹친 채 그녀의 양 손을 손등에서 잡아 깍지를 끼고 허리만을 움직여 삽입한 그는 그녀의 어깨를 빨며 얕게 진퇴를 반복했다.

물결을 타는 것처럼 부드럽고 느린 동작에 희은이 고개를 젖히며 신음을 흘렸다. 그의 손이 그녀의 가슴을 감싸고 천천히 움켜쥐었다. 꽤 센 힘이건만 그녀는 거의 아픔을 느끼지 못했다. 입을 벌린 채, 소리가 되어 나오지 못하는 신음을 허공에 흩고 있을 뿐.

"아아…… 으웃……."

두 손을 꾹 움켜쥔 채 희은이 베개에 얼굴을 묻고 허리를 들썩였다.

"자, 자기야……."

참지 못하고 엉덩이를 그의 국부에 비비며 애원하자 선협이 겹친 몸을 떼고 그녀의 엉덩이를 잡아 허리가 꺾어지게 세웠다. 그리고는 좀 더 깊이 결합해 들어갔다. 강하게, 밀어올리듯!

"아앗!"

갑자기 색을 달리한 자극에 희은이 도리질 치며 큰 소리를 냈다.

선협이 멈추지 않고 몸을 뺐다 다시 밀어넣는다. 다시, 또다시…… 강하게 살이 마찰되는 색정적인 소리가 어두운 방 안을 울렸다.

"아아! 아앙! 하……앙!"

빠르게 밀고 올라오는 오르가즘에 고양이 같은 소리를 내지르던 희은이 눈을 크게 뜨고 몸을 경직시켰다.

"웃!"

그녀의 안이 무섭게 수축대며 조여오자 선협이 희은의 위로 몸을 겹치며 그녀를 끌어안았다. 그는 그대로 사정해버렸다. 서로 몸을 꼭 맞붙인 채로 폭풍처럼 온 몸을 휘감아오는 오르가즘을 즐겼다.

눈 앞이 하얘지고 심장이 미칠 듯이 질주하다 제 템포를 찾기 시작했을 때다. 몸을 일으키려던 선협이 설핏 눈썹을 치켜 올렸다. 그대로 정지화면이기라도 한 것처럼 희은을 내려다보던 그가 쿡 하고 낮게 웃음을 터트렸다.

희은은 그대로 쌔근쌔근 고른 숨을 내뱉으며 잠이 들어 있었다. 방금 전의 관능은 어디로 간 건지 마치 아기처럼 순진무구한 얼굴이다.

"미치겠군."

선협은 허리를 숙여 그녀의 이마에 입을 맞췄다. 그리고는 몸을 빼내려던 생각을 바꿔 도로 그녀를 등 뒤에서 끌어안았다.

아직 결합이 된 채였다.

그는 그녀의 목덜미에 얼굴을 파묻었다. 이대로 잘 생각이었다. 한 번쯤 꼭 해보고 싶은 일이었다. 그녀의 안에 들어간 채로,

잠이 드는 거.

"이런."

생각만 했을 뿐인데도 줄어들었던 남성이 다시 커지고 있었다. 하지만 아내는 이렇게 곤히 자고 있으니 참을 수밖에 없다.

선협은 그가 가장 사랑하는 아내의 체취를 깊이 들이마셨다. 아내가 자기 하고 싶은 대로 맘껏 살게 하기 위해서 그는 더욱 바빠야 했다. 내일도 바쁘기 위해서는 이만 잘 시간이었다.

잘 수 있을지는 모르겠지만 말이다.

<br>

ॐ ॐ

<br>

두 달 후.

펑! 펑! 펑!

"와아아아아!"

"와아아아아!"

케이크를 사면 끼워주는 폭죽 세 개가 연속으로 허공에 쏘아지자 아무것도 모르는 지원을 제외한 지은, 지운 자매가 손뼉을 치며 좋아했다.

희은의 승소 기념으로 온 가족이 파티를 하는 날이었다. 아직 어린 지원은 김포 댁의 품에 안겨 있지만.

간만에 솜씨를 발휘한 희은의 대표 요리인 집에서 튀겨낸 탕수육과 친정엄마, 김포 댁이 마련한 잔치상은 말 그대로 상 다리가 휘어질 것처럼 화려했다.

"아이 참! 누가 보면 첫 승소인 줄 알겠네."

새침하게 빼면서도 희은의 얼굴에는 기쁨이 가득했다.

이길만한 재판을 이긴 것과 아무도 이기리라 짐작하지 못했던 재판을 이긴 것은 만족의 차원이 달랐다. 열심히 하면서도 사실 안 될 수도 있다고 몇 번이나 스스로에게 주지 시켰다. 지나치게 실망하지 않기 위해서였다.

아직까지 정당함보다는 편법이 더 판을 치는 것이 재판정이었다. 인맥, 학연, 혹은 뒷거래에 의존하지 않고 순수하게 법전해석으로 승부하여 이긴 재판의 기쁨은 말로 형용할 수 없는 것이다.

"이거 너 먹으라고 차린 거 아니야. 고생한 이 서방 먹으라고 차린 거지. 진짜 고생했지. 너 혼자 한 거 아냐!"

입바른 소리를 하는 엄마에게 눈을 흘기면서도 희은은 인정했다. 그녀가 하고 싶은 일을 할 수 있게 해주는 선협에게 진심으로 감사하고 있었다. 그는 대수롭지 않다는 듯 그녀의 허리를 휘감으며 시선을 맞춰올 뿐이지만 그렇게 든든하게, 아무 말 없이 등 뒤를 지켜주는 일이 가장 어렵다는 걸 안다.

특히 이번에는 그의 힘을 빌면 간단히 해결되는 걸 혼자 하겠다고 우겼는데도 기다려주었다.

"나는 완벽한 남자와 결혼한 거 같아."

희은이 선협의 귀에 대고 속삭였다. 그가 살짝 얼굴을 붉히

며 미소 지었다. 소년 같은 웃음이었다. 처음 보았을 때 마냥 어리고 순진해 보였던 이선협의 얼굴…… 깜빡 속아버린 그 얼굴에 그녀는 아직도 속고 있다.

"나한테 경호원 붙인 거 알고 있어."

슬쩍 속삭이자 선협이 무슨 말인지 모르겠다는 얼굴을 하고 있다. 찔러본 거지만, 그 천연덕스러운 반응에서 희은은 확신했다.

화가 나는 건 아니었다. 일을 돕지는 않았지만 혹시나 싶은 그의 심려가 고마우니까. 희은 역시 머리로는 두 번 험한 일을 할 상대는 아니라 생각하면서도 밤에 혼자 집에 돌아올 때 움찔움찔 했던 면이 있었다.

무엇보다 확신할 수 있었던 것은 이선협의 반응 때문이었다.

성희은이 아는 이선협은 그녀가 위험할 수도 있는 상황에 그렇게 태연할 수 있는 남자가 아니었다. 하지만 재판이 완전히 끝나기까지의 두 달간, 그는 집착 따위는 없는 참 좋은 남편처럼 묵묵히 그녀를 기다려주었다.

여전히 이선협의 속은 시커멓다.

처음, 사람 좋은 얼굴을 하고 그녀에게 협박해오던 그때와 마찬가지로, 성희은은 그녀를 여우라 놀리는 남자의 속을 평생 모르고 살지도 모른다.

그래도 믿을 수 있는 것이 하나 있다. 그 남자가 꿍꿍이를 꾸미면 꾸밀수록, 그녀는 행복해질 것이라는 것을.

그거면 되지 않겠는가?

선협이 알 수 없는 눈으로 슬쩍 미소 짓고 탕수육을 잘게 쪼개 딸아이의 앞접시 위에 놓아주었다. 더할 것도, 뺄 것도 없는 좋은 아빠였다.

그러다 눈이 마주치자 설핏 웃는 그 얼굴은, 완벽하게 좋은 남편.

– fin.

작가 후기

    벌써 네 번째 책입니다. 처음 책을 내면서는 두 번째 책까지 계약이 되어 있었던 터라 별 생각이 없었는데, '이상한 나라의 가정부'를 내고 나서는 그 다음 책을 낼 수 있을까 좀 궁금했었죠.

    다행히(?) 도서출판 가하에서 제의해주셔서 세 번째 책을 내고, 이렇게 네 번째 책까지…… 우보만리(牛步萬里)라더니 어느새 여기네요. 모두 사랑해주시는 독자님들과 가하의 편집부 덕이라 생각하고 있습니다.

    더 열심히 해야지 하고 마음먹었는데 벌써 2014년이 끝나버렸네요. 매년 10월쯤 되면 위기감을 느낍니다. 한 살을 더 먹기까지 겨우 두 달!

    음험한 협박자를 그리고 싶었는데 쓰다 보니 선협이 너무 순순하고 짠해서 난감했던 글입니다. 애가 좀 어두운 구석도 있고, 혼자 찌질찌질 오래 짝사랑을 품고, 그런가 하면 자기 여자는 너무 좋아해서 여신인 줄 알고 말이죠……. 이상하게 마음이 가서 마지막에는 정말 행복하게 해주고 싶었어요.

그런데 쓰다 보니 얘는 그냥 노예로 살고 있더군요. 회사일도 하고 희은이 뒤치다꺼리도 하고 아이 셋도 키우면서요. 심지어 와이프가 섹스 중에 잠들었는데도 마냥 예쁘기만 한 남자라니…… 아아, 이 바보야!

다음에는 더 이기적이고 음험한 협박자를 그려보고 싶어요. 자기만 알고, 여자를 우습게 알고…… 그런 남자를 무너뜨리는 재미도 쏠쏠할 거라 생각해요.


어쩐지 한 해 한 해 어렵게만 흘러가는 것 같습니다. 온 국민이 힘들었던 사건도 있었던 한 해였지만 절망뿐이라고 생각했던 그 순간에도 희망은 내 어깨에 타고 있었다는 말을 기억하며 내년에는 조금 더 나은 해가 되기를 빌어봅니다.

그럼 다음에 또 뵈어요.

독자님들 모두 따뜻한 겨울 되시기를.


2014년 겨울의 시작에서,

하정우